东亚学书系

中国小说与传说在日本的传播与再创

主编　吴伟明

上海交通大学出版社

内容提要

本书汇集了中国、日本、香港等国家及地区知名学者的10篇论文，探讨了一些我们耳熟能详的中国小说(诸如《三国演义》《剪灯新话》《窦娥冤》等)及传说(诸如杨贵妃、关羽、大禹、九尾狐等)如何从中国传播到日本，及在彼邦被重新演绎，最终蜕变成与中国大相径庭的新形态。各论文都能深入浅出地挖掘世俗表象下深层次的文化基因，为探讨中国对日本文化的影响及中日文化交流提供崭新的研究角度。

图书在版编目(CIP)数据

中国小说与传说在日本的传播与再创/吴伟明主编. —上海:上海交通大学出版社,2018

ISBN 978-7-313-18369-9

Ⅰ.①中… Ⅱ.①吴… Ⅲ.①小说研究—中国②民间故事—文学研究—中国 Ⅳ.①I207.4②I207.73

中国版本图书馆CIP数据核字(2017)第271019号

中国小说与传说在日本的传播与再创

主　　编:吴伟明

出版发行:上海交通大学出版社　　地　　址:上海市番禺路951号

邮政编码:200030　　电　　话:021-64071208

出 版 人:谈　毅

印　　制:上海春秋印刷厂　　经　　销:全国新华书店

开　　本:710mm×1000mm　1/16　　印　　张:10.5

字　　数:172千字

版　　次:2018年10月第1版　　印　　次:2018年10月第1次印刷

书　　号:ISBN 978-7-313-18369-9/I

定　　价:68.00元

总　序

大唐盛世与文化疆域

导　言

这套丛书取名“东亚学”，明示了这个“东亚”既不入地缘政治的范畴，也不是经济贸易的概念，更不是地理学上的术语，而是基于学理的一个架构。

“东亚”作为区域文明概念及学术研究对象，我们首先需要考量与评估：她的内涵是否具有独特性，外延是否涵盖多个民族或国家，其形成的机理与运作的规律是什么，是否具有足够的历史延续性，等等。

我们的回答是肯定的。“东亚”虽然是近代西学东渐背景下诞生的新词，即来自英语的 East Asia——“东”是 East 的意译，“亚”是 Asia 的音译省略字，但是这个区域并不是西方人发现的“新大陆”，而是宅兹东方千余年的文化疆域。

众所周知，任何主权国家都有泾渭分明的国界线，无论是陆地、海上，还是空中，每个国家的领土、领海、领空，都是神圣不可侵犯的；相比之下，关注文化疆域的人要少得多。

什么是“文化疆域”呢？它是指一种领先周边的、高度发达的、具有权威的、占据主流的文化，超越民族、宗教、国界向四周弥漫扩散，在其影响所及的区域形成一个中心，但没有明晰的边界。

国家领土原则上是排他的，在现代国际法中，既禁止扩张，也不容许退缩，内外阻隔，自成一个体系；文化疆域则多是开放式的，跨境越界，伸缩自如，具有兼容并蓄的特点。

在东亚区域，从当今的地缘政治角度观察，无论是陆地的边境、海上的岛屿，还是防空识别区，可以说冲突不断、纷争难解；从历史上文化交流的视角来看，中国文化自秦汉以来，传播周边、恩泽四邻，在大唐崛起之际，一个持续而稳定的文化共同体诞生了。这便是我们这套丛书锁定的研究对象。

一、大唐盛世

近年来，我们常说“中华民族伟大复兴的中国梦”。复兴，意思就是再次兴盛；有再次，那就有第一次。那么第一次兴盛在什么时候，又是什么模样呢？中国历史上有许多辉煌的朝代，都可以成为“复兴”的目标。虽然说众口不一，但我相信世界上大多数华人心仪的应该是唐朝。

世间对各个朝代有一些流行的说法，比如秦朝叫“暴秦”，汉朝叫“强汉”，唐朝叫“盛唐”，宋朝叫“弱宋”，等等。用一个字去概括一个朝代，当然不会很精准，却可以反映出我们对该朝该代一个最强烈的印象，一个有别于其他朝代的标志性特点。

比方说秦，始皇帝车同轨、书同文、巡行天下，对中华民族的统一贡献不小；但说到秦，给人印象最深的还是“焚书坑儒”，秦朝仅存 15 年而灭，暴政差不多贯穿了整个朝代，这在其他朝代中是比较罕见的，所以有人将其概括为“暴秦”。再比如说汉朝，《汉书》里那句“明犯强汉者，虽远必诛”，汉朝的强悍与霸气，时至今日仍然给人以无限想象的空间，所以有“强汉”的说法。

那么“盛唐”的“盛”字要怎么解？“盛”的意思大家都明白，不用在这里赘言；但安到一个国家、一个朝代头上，究竟怎样才配得上一个“盛”字呢？前面提到的秦朝、汉朝难道就不“盛”了吗？唐朝能够穿越千年，在我们心头重重地留下“盛”这个印记，自有她与众不同之处。下面我们来看看她的特殊之处究竟是什么。

大唐盛世的气势、气度、气象、气魄，可以说体现在方方面面，比如政治上制度完备，经济上府库充盈，文化上“百花齐放”，等等。然而我认为最具标志性的，应该是大唐的首都长安。为什么说长安最能体现大唐盛世之“盛”呢？

唐朝时期，世界上人口超过百万的都市全部集中在亚洲。从西往东看，最西边的是东罗马——也就是拜占庭帝国的首都君士坦丁堡，相当于现在土耳其的伊斯坦布尔；中间的是波斯帝国首府泰西封，大致在伊拉克首都巴格达一带；最东面就是我们大唐帝都长安。也就是说，长安不仅是唐朝的都城、东亚的政治经济文化中心，而且也是当时世界首屈一指的国际大都会。

根据史书记载，整个唐代，有超过 70 个国家的使节，或跨洋过海，或翻山越岭，不远万里来到长安朝贡。许多外国人因为贪恋长安的繁华就不走了。我们可以想象一下，长安一个人口百万的城市，居住的外国人可能超过 10 万，其国际化程度之高，或许不亚于当今美国的纽约。

西方有句著名的谚语说“条条道路通罗马(All Roads Lead to Rome)”,我们可以说盛唐时期“条条道路通长安”。唐末诗人王贞白有一首诗叫《长安道》,就是这么说的:

晓鼓人已行,暮鼓人未息。
梯航万国来,争先贡金帛。

这首诗的大概意思是说:通往长安的路上,从早到晚都是前来朝贡的外国使节,一派车水马龙、摩肩接踵的繁忙景象。

唐这个朝代,是一个政治开明、心态开放的时代,所以能够吸引东南西北的外国使节,也能接纳四面八方的外来文化。正因为如此,唐朝是中国威名远播四海的年代,是国家辐射力、民族影响力达到巅峰的年代。我们中华民族给全世界最强烈的印象就是“唐”。为什么这么说呢?

先说近的,日本自从全盘引进唐朝的法律制度,“唐风文化”迅速风靡全国,无论是人还是物,只要冠上个“唐”字,立刻身价百倍。去过中国学习的叫“唐学生”,中国的舶来品称“唐物”,即使到了宋代、元代、明代甚至清代,中国依然是“唐土”。最近,北京大学教授丁莉写了本备受关注的书,叫作《永远的“唐土”——日本平安朝物语文学的中国叙述》(北京大学出版社,2016),讲述日本古代文学的永恒主题便是“唐土”“唐人”“唐物”,可见“唐”的意象已经化为日本人的精神故乡。

再说远的,纽约的“唐人街”大家都知道,为什么世界各地华人聚居的社区,会被称作“唐人街”呢?为什么不叫“汉人街”“华人街”,也不叫年代更早的“秦人街”,或者更为古老的“赛里斯人街”呢?这说明“唐”这个字是我们给世界印象最深的符号,所以说唐朝的“盛”,不是我们自我吹嘘的,而是外国人的由衷赞叹、无限憧憬,在当时的世界上,没有一个国家,没有一个城邦可以做到这样万国来朝的地步,唐朝拥有那个时代最灿烂最耀眼的文明。

大约在10年前,那时我还在美国的大学任教,应邀出席日本著名画家平山郁夫先生召集的高端文化论坛,其间接受日本国家电视台NHK采访,主持人提的第一个问题是“请用最简洁的语言概括唐朝的魅力”,我几乎不假思索地蹦出“吞吐”二字。

“吞吐”这个词,日语读作“donto”,不是个常用词,这个主持人也没听明白,我接着稍作解释,大意是说:

评价一个国家文化实力的标准，原创了多少文化固然重要，而更重要的是看文化的活力。以海纳百川之势吸收周边国家的文化，这是“吞”；以天下无私之心输出文化，这是“吐”。唐朝在“吞吐”之间，既丰富了传统文化的内涵，又拓展了东亚文化的疆域，这就是唐朝的魅力所在。

二、文化疆域

前面说过，“大唐盛世”不是我们自封的，因此不需要再多说什么。然而这里有个问题，唐朝连头带尾还不到300年，一千多年持续不断的影响力，又是如何产生并且保持下来的呢？这便与“文化疆域”有关，接下来我们谈谈这个问题。

唐朝武功卓著，国家版图辽阔，面积超过秦汉帝国。笼统地说：东面的边境跨过鞑靼海峡，囊括今天的朝鲜半岛北部及俄罗斯的库页岛；北方的领土越过贝加尔湖，直抵西伯利亚的安加拉河北岸；西边的国界延伸至欧亚交界的里海东岸，与伊朗及阿富汗接壤；南端的版图以越南为中心，涵盖中南半岛北部。也就是说，唐朝的版图不仅仅局限在东亚，其疆域延伸到东北亚、东南亚和中亚，真正称得上是一个史无前例的东方大帝国！

然而，随着公元907年唐朝落下帷幕，她的军事威慑力也随之烟消云散了。试想到了宋代、元代、明代、清代，还有哪个周边国家或民族会被昔日唐朝的赫赫军威震慑住呢？很显然，“大唐盛世”的威名能够千年不坠，靠的不是武力，那么会不会是经济实力所致呢？

确实，唐朝的GDP堪称全球第一，曾占当时世界的一半，称雄西方的东罗马帝国尚不及唐朝的五分之一；然而，国家版图大大缩水的宋朝，经济实力更胜于唐朝，保守地说GDP占世界的60%，大胆的推测是80%以上，但仍然背着个“富而不强”的骂名，所以经济实力也不是“大唐盛世”的名号经久不衰的原因。

最后，我们来考虑文化因素。公元7世纪中期，也就是唐朝第三代皇帝高宗李治的时候，东亚爆发了一场史无前例的大战，因为战争的转捩点发生在朝鲜半岛的白村江海域——相当于今天韩国锦江入海口一带，所以历史上称之为“白村江海战”，或者叫“白江口海战”。

当时朝鲜半岛有三个国家，即高句丽、新罗、百济。高句丽与中国东北部接壤，经常擦枪走火，麻烦不断；百济与日本隔海相望，人来物往，素有交情；新罗为了抗衡两个强大的邻国，寻求大唐庇护，以在夹缝中求生。7世纪中叶，大战终于爆发了。大唐与新罗联手击败百济与日本的联军，《旧唐书》说“四战捷，焚其舟四百艘，烟焰涨天，海水皆赤，贼众大溃”，指的是唐朝名将刘仁轨四战皆胜，一举歼灭6倍于我的日本海军的战果。日本史书《日本书纪》也承认“官军败绩，赴水溺死者众”。此后唐军乘胜追击，数年后又消灭隋唐帝王的心腹之患——桀骜不驯的高句丽。

接下来，在唐朝帮助下统一朝鲜半岛的新罗，推行全盘“唐化”的政策，这是可以理解的；但吃了败仗、铩羽而归的日本，突然发疯似地学习唐朝，则多少令人感到意外。

这里有一个有趣的插曲：在这场大战之前，新罗国王派使节去日本时，特意让他们穿上“唐国服”，以炫耀文明和高贵，结果被日本人“诃啧追还”（《日本书纪》），就是责骂一通赶了回去，似乎对唐朝服装不屑一顾。然而，经过白村江海战的大败，日本却主动向唐朝派遣使者和留学生，学习唐朝的先进文化，而且学以致用，如模仿长安城建造藤原京，此后的平城京（现在的奈良）和平安京（现在的京都）更逼真地模仿大唐都城；再如仿造“开元通宝”制作“和同开宝”，此后250多年间日本共铸造11种货币，合称“皇朝十二钱”，都是模仿唐朝“孔方兄”的；还有学习唐朝的《永徽律令》颁布《飞鸟净御原令》《大宝律令》等，可以说9世纪之前日本的所有法律均是唐朝法律的翻版。

更直观的是，遣唐使回国时“皆着唐国所授朝服”（《续日本纪》），意思是都身穿唐朝所赐的服装，不以为耻，反以为荣；甚至遣唐使来中国时，也是一身唐人衣冠打扮，如《旧唐书》描述一位遣唐大使“冠进德冠……身服紫袍，以帛为腰带”，说他“犹中国户部尚书”，可见日本的心态发生了180度大转弯。

说到日本人的服饰，线条流畅、色彩绚丽的“和服”，是他们畅行世界的靓丽名片。然而，“和服”这个词汇出现得比较晚，明治维新前后从西方传入的服装被称作“洋服”，为了区别，日本人才把自己的民族服装称作“和服”。曾经在网络上看到过一张问帖，一位中国游客到日本买和服，导游介绍的几家都是“吴服屋”，于是她问“吴服与和服有什么区别”。

当然没有任何区别，因为和服原来就叫“吴服”。日本的正史明确记载，这种裁缝技术是中国南北朝时期江南的“吴女”所传授的，现在日本有“吴服神社”，还祭祀着这些中国人。不过，隋唐时期日本的使节直奔长安，改弦更张学习北方的中原文化，如汉字的读音从“吴音”改为“汉音”，宫廷演奏的“吴乐”逐渐被“唐乐”取代；吴服虽然没有更名，但遣唐使们“衣锦还乡”引发唐服热，促使它在唐风影响下大幅度改良。所以说，日本的“和服”是带有唐朝服装血统的。

上面我们从军事、经济、文化三个方面，探讨大唐文明千年不衰的原因。很显然，依靠武力开拓的国家版图、经济贸易促成的商品交易圈，可以说与时俱进、瞬息万变，都不会持续很久。如唐朝的辽阔版图，到五代十国时已经支离破碎，北宋统一后大为缩水，南宋时偏安江南一隅，唐朝的版图随着改朝换代而不复旧观。

经济影响力同样不能长久。唐初铸造的“开元通宝”虽开启外圆内方、四字钱文的先例，但五代十国时各自发行货币，到了宋代则有“宋钱遍天下”之说，中国境内的辽、西夏、金自不待说，东亚的朝鲜与日本、南亚的越南与印度，以及从波斯湾到非洲东海岸，都属于宋钱流通圈，宋钱代表的经济影响力是唐朝所无法比拟的。

所以说，随着唐朝落下帷幕，她的军事威慑力很快消失了，她的经济影响力也迅速萎缩了。然而令人不可思议的是，有唐一代创造的辉煌文明，犹如永不坠落的太阳，依然高悬于东方，照耀着世界。这就是文明的力量！先进的、卓越的文明，在时间上传承、在空间上辐射的巨大力量！

当我们从广袤的东亚空间来瞭望，或者从千年的漫长时段来回眸时，发现有些东西止步于国界，在域外传播不广；有些东西一朝而亡，对后世影响不大；相反的是，有些东西可以远播海外继续发展完善，有些东西可以传承后世继续发扬光大。比如说“开元通宝”作为货币早已化为过眼烟云，后世各朝各代都用自己的货币，但唐朝的货币形制，不仅在中国传承千余年，而且被东亚各国广泛仿制。

日本的“皇朝十二钱”前面已经说过，韩国的货币单位是“WON”，汉字写作圆圈的“圆”，其实原来的汉字是“圜”，即古代皇帝祭天用的“圜丘”的“圜”，自然是圆形的；越南的货币单位是“Dong”，汉字写成矛盾的“盾”，这也是错的，应该写作金银铜铁的“铜”，表示这种钱币的材质。所以说，“开元通宝”虽然流播不广、传世不长，但唐朝定型的“铜钱”形制，为东亚千年的货币定下一个标准，这是非常了不起的。我们现在强调在国际上要争取“规则的话语权、标准的制定权”，唐朝在许多方面都已经达到这个境界了。

由此看来，历史上有些摸得着、看得见、物质层面的实用性东西，比如刚刚提到的“开元通宝”钱币，未必能流传千古；倒是有些摸不着、看不见、精神层面的抽象性东西，比如外圆内方、四字钱文的货币形制，却能千古流芳。

大唐文明光环笼罩之处，便是我们所说的“文化疆域”。接下来的问题是：这个文化疆域的基本色调为什么是“唐”的色彩呢？

三、源头与中心

任何时代、任何地区的文化疆域，虽然其边界伸缩自在、流动不定，不像国界那么壁垒森严、寸土难移，但必定都会有一个源头与中心。

南宋大儒朱熹在《观书有感》中写下两句名诗："问渠那得清如许，为有源头活水来。"水塘的水为什么如此清澈呢？朱熹的回答是因为有源头活水不断地流淌进来。这句话说得很有哲理。源头即使只是一缕细细的泉水，日积月累总会造成一潭水池，水潭发展成溪流，溪流会形成湖泊，湖泊会汇成江河。战国时期大思想家荀子说过："积土成山，风雨兴焉；积水成渊，蛟龙生焉。"说的就是这个道理。

文化疆域也是同样，如果没有源头的清泉，而且源头的活水不是源源不断地流淌，再大的文化疆域早晚也会萎缩、干枯的。所以对一个文化疆域来说，源头是必不可缺的前提条件，是至关重要的基本要素。

从东亚文化交流的千余年历史来看，除了大家耳熟能详的汉字文化圈、儒教文化圈、汉译佛教圈等，还可以举出法律、教育、衣冠、钱币、节庆、都城、绘画、书法、陶瓷、园林等，这些东西都曾走出国门传扬四方，形成一个又一个的"圈"，这些"圈圈"重叠起来就形成了文化的疆域。大概世界上没有人否认，东亚传统文化中的主要元素，都是从中国源源不断地流向周边国家的，因此东亚文化疆域的源头在中国，这是铁定的事实，不用去怀疑。

中国许多王朝都具有开凿源头、供给活水的能量与气度。秦朝开国君主秦王政，自称"始皇帝"，此前一国之君、一朝之王都称"帝"，秦始皇加上个"皇"字，意思是"巨大的""最初的"，可见他有雄霸天下、推陈出新的远大抱负，可惜秦朝从兼并六国到寿终正寝，只有短短的15年时间；还有隋朝结束中国300年分裂而一统天下，开国皇帝杨坚、第二代皇帝杨广，皆有君临天下的胸襟和东方霸主的气势，可惜这个王朝四代而终，前后不到40年。

综上所述，秦朝与隋朝都有"开源"之功，气场可谓十足，只是这两个王朝太过短命，后续乏力，犹如昙花一现，虽然一时颇为壮观，却不足以持续滋润、灌溉、支撑纵横万里、绵延千年的文化疆域。然而，正因为秦朝与隋朝的"开源"之功，使得后续的汉朝与唐朝大有作为，继往开来，修成正果。

汉朝既有爆发力又有持续力，所以曾经开辟出一片文化疆域，如起源于甲骨文、通行于东亚的文字，至今仍被称作"汉字"，就是因为汉朝的隶书一锤定音，确定了方块字的话语权与标准化，成为东亚千年不易的文字规范。

汉朝的文化疆域今天仍然有迹可循，除了刚才说到的“汉字”，还可举出“汉文”“汉语”“汉族”“汉学”“汉服”等，但大部分疆域被后来居上的唐朝所覆盖，并有大幅度的拓展与更新。唐朝能在汉朝的基础上再开新局，开辟出史无前例的大文化疆域，这与唐朝文化的特质密切相关。具体而言，一是多民族血缘交融，二是多文化交汇环流。下面就顺按序谈谈这两点。

20 世纪末，一位名叫张竞的旅日学者出版了一部畅销书，书名是《恋之中国文明史》。书中讲述，唐朝开国皇帝李渊，他的生母是独孤信的女儿。“独孤”原本是匈奴的姓氏，后归附鲜卑族，与鲜卑拓跋部世代联姻，所以李渊带有匈奴与鲜卑血统；李渊的妻子——也就是后来的皇后窦氏，本身是匈奴与鲜卑的混血儿，所生的唐太宗李世民又娶鲜卑人长孙晟之女为妻，则第三代皇帝高宗李治，是多民族血缘交融的后代。唐朝 24 代皇帝，包括武则天在内，均非纯粹的汉族血统。

由此可知，唐朝帝王李氏一族是多民族血缘交融的后代，所以对跨民族的国际婚姻持非常开放的态度，最典型的例子就是所谓的“和亲公主”。我对 640 年至 821 年约 180 年间的案例做了粗略统计，唐王朝嫁往周边民族的“公主”——事实上包括宗室与大臣之女，总共有 16 位，差不多是每 10 年 1 个，这些公主们的归属地包括吐谷浑、吐蕃、奚、契丹、突骑施、宁远国、回纥等。

国家层面尚且如此，民间层面的通婚风气就更盛了。前面说过世界帝都长安，人口超过百万，其中外国人超过 10 万，唐朝的法律允许他们与唐人结婚，所以在那个时代国际婚姻是比较盛行的。大约 20 年前，我为日本知名出版社讲谈社写过一本书，书名翻译成中文是《唐代中日混血儿研究》，讲述了十几位中日混血儿悲欢离合的故事。

汉朝与唐朝都具有开辟大文化疆域的气度与能量，为什么唐朝能够后来居上，在很多层面取代汉朝而成就千年伟业呢？其中一个原因“多民族血缘交融”已经说过了，接下来谈谈第二个原因“多文化交汇环流”。

既然血缘可以交融，那么文化更应该交流。一个足够强大、非常自信的王朝，往往对外来文化采取宽容的态度，不仅不怕被外来文化吞噬，而且有信心将之同化，为己所用。唐朝充分显示出这种泱泱大国的王者风范。

20 世纪 60 年代，美国著名汉学家、加州大学教授爱德华·谢弗（Edward Schafer）出版了一部名著，书名是《撒马尔罕的金桃——唐朝的舶来品研究》，中译本翻译成《唐代的外来文明》。作者通过讲述天方夜谭式的故事，为读者展现大唐时期精神生活与物质生活的鲜活画面。该书列举 200 多种物品，包括动物、植物、纺织品、食物、香料、宝石、武器、药物、家具、器皿以及书籍等，证明这些我们习以为常、引以为傲的唐代名物，其实都是从周边国家或其他民族引进的舶来品。这本书可以说颠覆了绝大多数中国人的常识。

唐朝文化海纳百川、兼容并蓄，这种博采众长而形成的多元文化格局，天然具有越境传播、区域共享的普世特征。前面提到我写过一部《唐代中日混血儿研究》，书中讲述10多位中日混血儿的故事，他们因为兼具父母的文化背景，所以为双方所乐意接受，成为唐代中日交流的桥梁与助力。也就是说，在东亚文化交流中诞生的文化，比较容易为东亚各国所接受，这大概就是唐文化快速、顺畅、大量传播四邻的原因吧！

东亚文化疆域的源头在中国，我们已经说得很清楚了。那么，这个文化疆域的中心，是否也在中国呢？如果光看唐朝300年，那是毋庸置疑的；倘若回眸千余年，这话就不能说死。因为对一个文化疆域来说，源头是与生俱来的、亘古不变的、独一无二的，然而中心则是后天造就的、应时变迁的，可以多个中心并存的。我们还是举例说明吧。

在佛教中国化进程中，后世尊称为“智者大师”的智𫖮，在浙江天台山创立了天台宗，这是中国独创的大乘佛教宗派，迅速传播到东亚各国。唐朝时，来自高句丽、新罗、日本的朝拜者不绝于途，他们把天台山视作“圣地”，称呼国清寺为“祖庭”，韩国与日本先后建造的归宗认祖纪念碑，至今依然矗立在天台山。此外，新罗入唐僧悟空、日本入唐僧最澄，先后在天台山建立“新罗院”与“日本堂”，供本国留学僧研习天台宗之用，这足以说明唐代天台宗的学问中心在中国。

唐朝时，最澄学成回国后创立了“天台法华宗”；北宋时，高丽王子义天登临天台、祭拜祖师，回国后也创立了天台宗。自此，东亚出现三个天台宗的中心，呈现同源异流、和而不同的景观。然而，中国天台宗遭遇唐末战乱、五代板荡，藏经几乎散佚殆尽，于是吴越国王钱弘俶出重金向海外求书，高丽国派谛观、日本国派日延前来送书，为两宋时期天台宗的复兴创造了契机。因此可以说，至少在唐末至五代的约200年间，天台宗的发源地失去了中心的地位。

天台宗的源头——天台山与国清寺，被东亚各国尊为“圣地”与“祖庭”，这是祖先留给我们的遗产，自然应该珍惜呵护；然而要确保“中心”的地位，唐朝“气吞山河”的气概、“日月无私”的胸襟值得我们学习，高丽、日本的继承、创新、回馈也值得我们借鉴。

我在反复思索：文化疆域的“源头”与“中心”，说到底还是能够测度的空间表象，至少我们可以在地图上定位或者画界，更不用说摸得着、看得见的货币、建筑、丝绸、瓷器、服饰之类的有形物了。文化疆域既然可以脱离孕育她的国家而扩散到海外，可以脱离催生她的朝代而传承至后世，那表明从她“呱呱落地”之时起，就是一个独立的生命体，拥有她自己的生命体系。那么支撑、维系文化疆域生命体系的“灵魂”究竟是什么呢？下面我们来探讨这个问题。

四、书籍之路

唐代著名诗人王维，是一位喜欢交朋友的性情中人，他写了很多真情流露的送别诗，尤其那首《送元二使安西》，堪称千古绝唱：

渭城朝雨浥轻尘，客舍青青柳色新。
劝君更尽一杯酒，西出阳关无故人。

这首诗很快被谱上乐曲，古人送别饯行时最喜欢唱这首歌，因诗中有“渭城”和“阳关”，所以也称作《渭城曲》或《阳关曲》。明代音乐家杨抡收集古谱，编成《太古遗音》(《真传正宗琴谱》)，对此曲的精妙有 4 个字的评价：“咫尺千里”。

怎么理解呢？现在主客就在眼前、近在咫尺，但一旦跨过阳关走出国界，那今后便要天各一方、千里相隔。也就是说，中原与西域，空间距离只是一步之遥，但心理距离恍如隔世，阳关那头“无故人”，是一个完全陌生的世界。

我们再来鉴赏王维的另一首送别诗，是赠送给日本人阿倍仲麻吕的。这个日本人几乎彻底“唐化”了，大约 19 岁就来到长安，进入国子监的太学学习，参加科举考试成功后，就留在唐朝做官，一直做到“秘书监”这样的大官——相当于现在的国家图书馆馆长，而且连姓名也按中国习惯改为“晁衡”。王维的这首送别诗叫《送秘书晁监还日本国》，有一段很长的诗序，其中这样描述日本：

服圣人之训，有君子之风。正朔本乎夏时，衣裳同乎汉制。历岁方达，继旧好于行人。滔天无涯，贡方物于天子。

中国与日本有大海相隔，按照唐代的造船技术与航海水平，这段旅途非常危险，唐人甚至比喻为“地狱之门”。诗中提到“滔天无涯”，是说旅途凶险无比；“历岁方达”是指路途遥远，需要航行一年才能到达。与空间距离遥不可及截然不同的是，心理距离却近在咫尺，王维称赞日本“服圣人之训，有君子之风”，说明日本接受儒学，尊奉孔孟之道；“正朔本乎夏时”说明日本使用中国历法，生活在同一个时间循环圈中；“衣裳同乎汉制”说明日本模仿中国衣冠，身上穿的是“汉服”。

反复体味这两首诗的意境，脑海里浮现出一个巨大的问号：位于今甘肃省敦煌市西南的阳关，历来是中国通往西域的咽喉之地，是丝绸之路南路必经的关隘，为什么大量的、频繁的“丝绸”交易没有形成文化共享的局面，令王维送友人出关时情凄凄宛如生离死别，发出跨过阳关“无故人”的叹息呢？

回头再看日本，远在万里天涯，唐人视之为“绝域”，鉴真和尚要去日本时，弟子们用“百无一至”来劝阻他，意思是死亡率超过 99%，虽然有点夸张，但日本学者统计遣唐使的死亡率超过 30%，可以想象唐代时横渡东海有多么危险！然而，这个遥不可及、虚幻缥缈的国家，在王维眼里却是神交已久的“旧好”邻邦，与唐人一样服从圣贤的教诲，与唐人一样以君子为楷模，与唐人一样顺应自然节气，与唐人一样穿着打扮。

“西域”与“绝域”，一西一东，为何有如此巨大的反差？中原与西域陆地相连，中间没有不可逾越的自然屏障，阳关不仅是中外交通的关隘，而且也是文化疆域的界碑，说明“丝绸”这种商贸物品，虽然走出国门，但没有扩展文化疆域，所以越界之后便“无故人”、非我族类了。中国与日本大海相隔、天险为阻，成为人们谈虎色变、难以往来的“绝域”，然而彼岸“正朔本乎夏时，衣裳同乎汉制”的君子，都可以看作是“故人”，那片“服圣人之训，有君子之风”的土地，显然是已经“唐化”的文化疆域，所以王维送别阿倍仲麻吕的诗，全无《渭城曲》那般生离死别、悲怆万分的氛围。

接下来的问题是，孤悬于亚洲最东端的几座海岛，与中国人来物往极少的日本，即使在中日交往的“蜜月”，遣唐使平均 20 年才派遣一次，通过什么方法建构起一片唐风熏染的文化疆域呢？先讲结论：这既不是唐朝靠武力征服获取的，也不是靠丝绸贸易等经济手段开拓的，而是因为博大精深的中国书籍彻底改变了彼岸的文明景观。

王维的两首送别诗引发我对丝绸之路的深度思考，等到我再次阅读《旧唐书》的《日本传》，突然灵感闪现，找到了解答这个问题的关键。据书中记载，开元五年（也就是公元 717 年），日本遣唐使来到长安，“所得锡赉，尽市文籍，泛海而还”。意思是他们向唐玄宗朝贡，获得了大量丝绸的赏赐，他们把这些丝绸全部用来购买书籍，然后满载而归。其实日本来中国购求书籍由来已久，据日本史书的记载，7 世纪初遣隋使小野妹子来到中国，他肩负的使命就是“买求书籍”（《经籍后传记》）。

西域各国的使节频繁出入长安，他们瞄着丝绸而来，满载丝绸而归，19世纪普鲁士地质学家李希霍芬把东西商贸通道命名为“丝绸之路”，是十分贴切的。然而，日本、朝鲜甚至越南的遣唐使，他们主要是瞄着书籍而来的，甚至舍弃丝绸购买书籍而归，那么东亚各国之间的通道，应该称“书籍之路”才对。

那么，唐代到底有多少书传到日本呢？答案是“几乎全部”。公元730年，唐僧智升编了一部《开元释教录》，这是唐玄宗开元年间佛教大藏经的总目录，收入佛经5 048卷；当时日本僧玄昉正好在长安，仅仅5年之后的735年，他“赍经论五千余卷”（《续日本纪》）而归，显然把开元年间的入藏佛经全部席卷而归了。现在日本东大寺的一个仓库——正仓院，还保存着大量中国传去的佛教书籍，包括隋代写经22卷，唐代写经221卷，宋版114卷，总数达4 960卷之多。这便是“书籍之路”的最好证明。

我在20多年前最早提出“书籍之路”的概念，当时国内外主流媒体均有较大反响，如日本的《朝日新闻》《每日新闻》《东京新闻》以及共同通信社等，中国的《人民日报》《光明日报》《解放日报》以及新华社等，均先后予以报道。其中，《光明日报》1999年8月10日刊登《日本研究专家王勇提出：中日文化交流史上曾有一条“书籍之路”》的长篇专访，开篇引用我对“丝绸之路”与“书籍之路”的描述：

> 沙漠，驼队，西方，夕阳西下，背负的是鲜艳的丝绸，这是古代的丝绸之路；大海，船队，东方，旭日东升，运载的是飘香的书籍，这是古代的书籍之路。

从这段略带文学性的描述可知，“丝路”与“书路”呈现出不同的文明景观：中国通往西方的是“丝路”，穿越广袤的沙漠，骆驼运载的是丝绸；中国连接东亚各国的是“书路”，跨越浩瀚的大海，舟船运载的是书籍。

“丝路”与“书路”不仅地域不同、传播工具不同、流通内容不同，更重要的是文明内核与生命机制也有所不同。古代曾经大批量、持续性输往西域的丝绸，现在即便从深埋沙漠的遗存中出土，大概也已经腐朽而不堪穿用；然而，当年遣唐使携归的书籍，直到今天依然是人们智慧的源泉。

自从汉武帝时张骞凿空西域，开拓了贯通东西方的丝绸之路，“丝绸”便源源不断地传播到西方。古罗马人基于牧民的思维，坚信这些神奇的纺织品，其原料采集自长满羊毛的树木，虚构出所谓的“羊毛树”传说。大致在同一时期，中国的养蚕、植桑、抽丝、纺织技术传播到东亚各国，到了魏晋南北朝时期，朝鲜半岛、日本列岛均能量产丝绸，有些具有本土特色的丝绸还回传到中国，充实了丝绸文化的内涵。隋唐时期中国书籍大量传播到海外，更是熏陶了周边民族的心灵。

总而言之，以“丝绸”为代表的物质文明，能给其他文明增添异国色彩，但无法从根本上影响其文明的形态；以“蚕桑”为代表的技术文明，能促进周边民族的生产力发展，但无法重塑人们的内心世界；唯有凝聚着中华民族理念、智慧、知识的书籍，犹如文明的种子播撒到周边国家，在异国他乡生根发芽，虽然不免出现种种变异，但中国文化的遗传基因始终传递着古老的信息。这些源源不断从源头输送至周边的DNA，便是文化疆域的生命源泉和灵魂。

结　语

1980年，美国社会学家托夫勒出版了轰动全球的名著《第三次浪潮》，作者把人类文明进程划分为三个阶段，即约1万年前出现的农业革命、18世纪60年代开始的工业革命、20世纪中叶发端的信息化革命，这三次生产形态的革命激起浪潮，推进了人类文明向前迈进。

纵观千年，放眼东亚，以中国为源头的文化疆域，也可以分为三个阶段。第一波浪潮无疑发生在汉代，大一统王朝的巨大能量，把丝绸、纺织、农耕、金属、陶瓷等技术与产品推广到周边地区甚至遥远的西方，开创出一个庞大的物联网。

第二波浪潮来自唐代，在汉代的文化疆域基础上推陈出新，尤其通过传播典章制度、宗教信仰、儒教伦理、天文地理、建筑园林、绘画书法、音乐舞蹈等，极大地提升了周边国家的文明程度与知识水准，重塑了周边民族的心理世界，熏染了东亚地区的文明景观。

在第二波浪潮之后，又经历了千余年的沧桑变迁，虽然宋元明清各朝各代在某些局部均有超越前代或开创新局的成就，如宋代的禅宗、朱子学、印刷术，明代的医学、航海术、白话小说等，起到了充实、加固、扩展传统文化疆域的作用，但没有一个朝代能从根本上取代唐朝的影响力。

近年来，以习近平主席为首的党中央，倡导实现“中华民族伟大复兴的中国梦”。我的解读是，既然是“伟大复兴”，目标至少要定位在汉唐盛世；并且，“中国梦”不仅仅只是恢复旧观那么简单，要像唐朝扬弃汉朝那般，继往开来，与时俱进，志存高远，再开新局。“改革开放”40年来，国家领导层的胸襟气度、国家综合实力的快速提升、民族凝聚力的空前增强，预示着第三波浪潮已经来临！

文化疆域的源头与中心，是一个民族、一个国家“软实力”的集中体现。这种文化软实力，在建构未来新型国际秩序之际，与军事力、经济力相比，具有更强的穿透力与亲和力、可塑性与持续性。

大唐盛世造就的东亚文化疆域，不仅当时是世界上文化最先进、最发达的地区，而且至今依然充满勃勃生机。然而，“源头”是需要我们去继承、呵护的，“中心”是需要我们去激活、争取的。如果我们高枕无忧、掉以轻心，不仅会退出“中心”，甚至有可能连“源头”也会枯竭。

关于这套丛书的缘起，我至今依然记忆犹新。那是2014年1月9日，上海交通大学出版社在北京大学图书馆举办《日本汉文史籍丛刊》新书发布会，我应邀做了一场《东亚视域中的“汉籍”》的演讲。在场的韩建民社长、刘邦权先生、李阳女士等对“东亚研究”表现出浓厚的兴趣，于是我们开始共同策划一系列合作项目，这套丛书便是其中的衍生产品。

上海交通大学出版社历任社长、总编承前启后，一直致力于打造“东亚研究”出版的高端平台，最近还专门成立了“东亚出版中心”，我相信依托该社卓越的远见、丰富的资源、高涨的热情，这套丛书一定会有一个光明的前景。

是为序。

浙江大学日本文化研究所　所长

王　勇

2014年10月1日

2018年6月1日修订

前　　言

以中国小说及传说塑造日本文化

一、和 魂 汉 才

大中华主义者贬视日本文化为中华文化的支流，而日本本土主义者则强调日本文化的独特性及优越性，刻意忽略中国文化的影响。其实两者皆有所偏，未能全面了解日本文化的本质。中国文化对日本文化的影响固然无从否定，但必须注意日本文化具备鲜明的主体性及包容性。对日本人而言，中国文化的主要功能是作为日本塑造自己文化的素材。中国的典籍及词汇在日本经历本地化洗礼，其解说及应用均与中国迥然不同①。中国儒者从道统的角度可能贬斥日本同侪离经叛道，但从儒学的全球化而言，这种在地实践出现的变调实在平常不过。同样地，中国小说及传说在日本大受欢迎不能单纯从慕华情怀加以理解，日本人其实利用了中国小说及传说作为塑造本土文化的素材。换而言之，就是“他山之石，可以攻玉”，中国文化往往用来建立及强化日本文化，而非用以取代。日本人自古称这种文化挪用为“和魂汉才”。要研究中日文化交流史，不可不了解这种文化摄取及挪用的形态。

二、日本文化的多样性

日本文化的多样性从其与外国文化的互动中可见一斑。日本对中国文化的吸收出现双重结构：一方面是如实地引进与保存；另一方面是将中国原型加以摹仿及在此基础上加以创新。保存与创新往往同时进行。以中国四大名著之一

① 参见吴伟明：《德川日本的中国想象：传说、儒典及词汇的在地化诠释》，北京：清华大学出版社，2015 年。

的《水浒传》为例，德川时代（1603—1868）既有冈岛冠山（1674—1728）的日译本《通俗忠义水浒传》（1728）及曲亭马琴（1767—1848）、高井兰山（1762—1838）合译的《新编水浒画传》（1805），但亦出现二十多种摹仿或改编自《水浒传》的日文通俗小说——“水浒物”[①]。有意思的是译者曲亭马琴本身亦是数种这些所谓“水浒物”的作者。德川日人改编及创作的“水浒物”有不同形式，包括将背景改为日本的《本朝水浒传》（1773）及《日本水浒传》（1777），将主角变为日本女性的《女水浒传》（1783）及《倾城水浒传》（1825），甚至借题发挥的《天明水浒传》（1793）、《忠臣水浒传》（1801）及流于恶搞、荒唐的《伊吕波醉故传》（1794）。可见日本“水浒物”虽受中国《水浒传》的启发，但不论在内容、价值观，还是在精神上都大异其趣。它们反映的是江户时代的人情风貌，而非《水浒传》的创作年代及地方。这类对中国小说的“二次创作”在近世日本十分流行，反映出日本作家以中国文化为创作灵感的情况。

三、中国小说及传说的日本视角

长期以来，中国小说及传说在塑造日本文化上扮演重要的角色。至今，对日本的中国小说及传说的研究多从民族学及文学的视角出发，其实它们在思想史及文化史上都十分重要，有助于了解日本人如何超越本土主义与引进中国文化的心理矛盾。

各式各样的中国传说在日本遍地开花，而且出现颇具特色的日本版本，它们包括中国人渡来说（如徐福、杨贵妃、吴太伯）、中国圣帝名君论（如大禹、神农、伏羲）、民间故事（如花咲爷、班竹姑娘、羽衣传说）及怪力乱神论（如九尾狐、石敢当、关帝）等。中国传说跟日本风土人情、宗教与价值观融合，产生崭新的内涵与意义。例如神农信仰在日本与神道教及佛教混同，神农被为认为是日本神祇或佛教菩萨的化身，而且成为药业、香具师及的屋的行业神，出现大量的神农图赞[②]。杨贵妃更摇身一变，成为阻止唐朝侵日、渡海迷惑唐玄宗的日本护国天神，在热田神宫被供奉。日本人心目中的神农及杨贵妃形象可说是跟中国的传统概念完全不同，甚至是彻底颠覆。

中国明清小说在德川日本大受欢迎，而且影响当地的文艺创作。“四大奇

① 有关《水浒传》对德川日本的冲击，参见高岛俊男：《水滸伝と日本人》第 1 部，东京：筑摩书房，2006 年。
② 参见吴伟明：《德川日本神农信仰的形成与本质》，《中国文化研究所学报》65 期，2017 年，第 203 - 214 页。

书”的《水浒传》《三国演义》《西游记》及《金瓶梅》在德川时代均有日译本。《水浒传》及《三国演义》对日本的冲击最大，它们既是德川文人学习中国语的教材，亦是作家摹仿的对象，出现大量“水浒物”及“三国志物”。其实摹仿只流于故事、情节、结构等形式，内涵却是日本的风土人情及价值观。例如以《水浒传》为蓝本的《南总里见八犬传》(1814—1842)所反映的是日本武士道理念，而《水浒传》的官迫民反及成王败寇观并不符合日本的政治伦理。对日本人而言，八犬士比 108 位梁山泊好汉在道德上更为完美。梁山泊好汉属于在乱世为生存而抗争的土匪，八犬士却是甘愿为仁义而牺牲的武士。

四、中国小说及传说与日本的互动

本论文集分小说篇及传说篇两大部分，由中国、日本、中国香港地区的学者撰写。10 篇文章独立成文，但其内容均是中国小说及传说与日本的互动。这些研究不约而同显示中国文化在日本的传播过程中加入崭新的元素，在性质上属于混种文化的创新，而非外来文化的移植。

小说篇探讨中国小说从中世至近现代在日本的传播与创新。一方面日本人透过重印与翻译令中国小说普及，另一方面使用中国小说的元素从事日本小说及文艺的创作。《中国通俗小说对中世日本的冲击》(长尾直茂)以《三国演义》的关羽故事、《新刊全相平话前汉书续集》及《蒙求听尘》为例，说明中世日本人是如何理解及借用中国通俗小说的，其中以中世日本武将造型如何受关羽形象影响的分析最有意思。《江户戏作中呈现的幻想中国形象》(武田雅哉)介绍德川文人雅士在一片慕华气氛下的另一个有趣现象，就是在戏作的世界故意塑造虚构可笑的中国语、中国人形象加以讽刺及恶搞，可以说是日本版东方主义的始祖。中国小说被诙谐模仿，例如明朝小说《剪灯新话》成为俏皮及情色会话的洒落本《穿当珍话》。由此可见，江户洒落本呈现另一种中国情怀，跟慕华儒者形成强烈对比。《江户隐逸传的中国情怀》(丁国旗)介绍中国的隐逸文化如何在德川日本呈现及产生变化。佛教型隐逸为儒道型隐逸所取代，这跟近世日本的政治气候及思想变迁相关。《〈通俗三国志〉对天命观的演绎》(李维俭)以比较《三国演义》与日译本《通俗三国志》的天命观为切入点，检讨译者湖南文山如何透过加译、取代、删减等手段企图改动原著的思想框架。江户日本人透过阅读《通俗三国志》认识三国故事，它亦启发同时代的日式《三国志》读物(如《绘本三国志》《三国志画传》)。难怪中日对三国故事有如此不同的解读。

中国小说对近现代日本文坛仍有影响。《幸田露伴与元杂剧》(井上泰山)分析近代小说家幸田露伴如何借用元杂剧《窦娥冤》来创作其短篇小说《好是奇怪也》,两作在故事、情节及结构有多处相近。幸田露伴的"汉学素养"一直是其创作的灵感及素材。《〈浮生六记〉在日本的翻译》(陈小法)记述清朝散文集《浮生六记》在近现代日本的翻译情况。日本人对六记中的偏好(例如偏好《闺房记乐》,忽略《中山记历》)似有其文化及政治因素。日文翻译有直译及意译,反映日本人对吸收中国文化时呈现的多元性。

传说篇讨论天狗、玉藻前、禹王及源义经这四种中日文化交流史的传说。前三种是中国传说在日本的创新,后者则是日本人自创的渡中传说。《古代中日天狗的形象研究》(姚琼)指出天狗在古代中日是名同实异之物,一个源自中国的词汇被彻底改头换面,成为日式妖怪的代表。天狗被传到日本后,与佛教及修验道结合,无论在形象还是在其所代表的意义上都产生巨大变化。《中世及近世日本玉藻前传说的文献考察》(吴伟明)探讨日本版九尾狐传说是如何揉合日本的佛教、神道教、阴阳道等元素及如何跟日本的历史与风俗结合的。日本玉藻前传说跟中国的九尾狐传说差异颇大,九尾狐在中国有正反两面;九尾狐(玉藻前)在日本是恶妖而非瑞兽;中国的九尾狐故事只化身作恶一次,在日本则成穿梭中、印、日的千年妖精。《德川时期源义经入夷说及入满说初探》(丁依若)是中国人渡日传说的倒置,源义经竟被认为去了中国东北当王,成为清帝的祖先。这种想法除反映日本流行的英雄不死传说及雄飞海外的浪漫情怀外,还符合江户幕府的意识形态。《日本禹王传说的今生前世》(王敏)介绍禹王传说在日本从近世至当代的传承,特别是现代日本人对大禹的崇拜。此文让我们不禁思考:为何日本人如此崇拜一位中国的古代领袖?他们心目中的禹跟中国人的认识有何不同?

中国文化对日本影响之深远无庸置疑,不过我们必须明白日本从来不是被动及全面吸纳中国文化。长期从来,日本以自身的需要及取向为依归,有选择地引进中国文化,而且将中国文化作为素材去构建自己的文化。这种趋向从中国小说及传说在日本的传播及再创亦可窥见,此亦是本论文集重点所在,治中日文化交流史者应该对此有所认识。

香港中文大学比较日本学研究中心主任
吴伟明
2017 年 11 月

目　　录

小　说　篇

传　说　篇

小说篇

中国通俗小说对中世日本的冲击

长尾直茂　李维俭　译

一、前　　言

中国通俗小说在中世日本流传甚广，对中世文化造成颇大冲击。本文通过《三国演义》的关羽故事、《新刊全相平话前汉书续集》及《蒙求听尘》这三个例子，说明中世日本人是如何理解及借用中国通俗小说的。本文的三个部分是以拙文（日语论文）《中世纪禅林关羽故事的接受——百万军中取颜良和关羽大刀的一种考察》（2002）、《关于中世纪禅林〈新刊全相平话前汉书续集〉的接受——清家文库藏"汉书抄"的引用》（2001）及《清原宣贤的中国通俗小说的接受——〈蒙求听尘〉作为题材》（2016）加以整理统合而成，以说明中国通俗小说在中世日本的传播与影响。

二、关羽像所带来的影响

1336年足利尊氏（1305—1358）于筑前国多多良滨与南朝军交战，击破菊池氏军队。就在那时流传着以下这个不可思议的传闻：

> 等持相公（作者按，足利尊氏）于九州多多良滨与南军交锋，傍有一英雄提长刀为先驱。怪而问之，则曰："蜀将关羽也。"不几南人败绩矣。凯旋之后，相亲知神之所助，命工写我像，谓之甲胄之影，秘置京之等持。今所丹青亦其模，而其所持乃关羽刀也。①

---

① 兰坡景茝：《雪樵独唱集》卷五，玉村竹二编：《五山文学新集》，第337页。

尊氏军阵旁有位手持长刀的武将，这位武将于两阵交战中作为先驱。传说这位手持长刀的英雄正是蜀国的关羽。因有神力之助，故尊氏得以胜利[①]。尊氏凯旋归来后，为感谢关羽的协助，命人描绘了一幅手持长刀、身穿盔甲的自画像，据称收藏于等持院中。上述引文是京都五山禅僧兰坡（1419—1501）于1470年所撰写的。这是悼念一位死时23岁的青年武士武田文秀而制作的画像中的赞文。这幅文秀的肖像画是模仿藏于等持院的尊氏自画像绘制而成。兰坡留住在尊氏菩提寺的等持院时，有幸得见秘藏于同寺的尊氏自画像。兰坡于赞中记载了文秀肖像画模仿尊氏自画像的特征，同样手持“关羽刀”。尊氏肖像画以“甲胄之影”“等持院殿御影”流传到等持院，其身穿盔甲骑马的形象清楚活现[②]。虽然这幅自画像是否流传下来未被确认，又该幅画是否手持“关羽刀”也不确定，但根据兰坡的文章所记，尊氏手中所持的武器是“青龙偃月刀”的可能性很大[③]。

受尊氏“甲胄之影”影响而制成的肖像画中，现存的有细川澄元像（永青文库所藏）[④]。该肖像画是狩野元信所绘制。景徐周麟（1440—1518）1507年有题为《源公澄元甲胄寿容》的笔赞[⑤]。景徐在赞中记述：“所闻尊氏甲胄留像，复睹郎君画图命工”。景徐所指的“郎君之画图”就是画工狩野元信按尊氏盔甲形象而描制的澄元肖像画。所以一经确认是澄元像，就发现像中人物确实右手持长刀。这就是被称为“长卷”的长刀的一种，于战场上确实被用作武器。根据上述景徐的赞，澄元像留下了尊氏盔甲形象，加上开头所引兰坡的赞里，按尊氏自画像模仿而成的武田文秀肖像画是手持“关羽刀”的形象，他们右手所持有的相当于青龙偃月刀。就是被收录于松平定信编《集古十种》（1800年序刊）古画肖像四以澄元肖像画为基础绘制而成，画像经处理把右手所持之刀转变为青龙偃月刀。青龙偃月刀的画像是利用了《绘本通俗三国志》中的插图（二代目葛饰戴斗画）。

在此想更深入讨论的问题是兰坡有否阅读过《三国演义》。兰坡执笔撰写赞

---

① 長尾直茂：《中世禅林における関羽故事の受容—“百万軍中取顔良”故事と関羽所用の大刀をめぐる一考察—》，《汉文学解释与研究》第5辑，2002年。以多多良滨交战的插话论述关羽显圣谈的有田中尚子的论文《関羽顕聖譚の受容—〈碧山日録〉を端緒として—》，收入《三国志享受史论考》，东京：汲古书院，2007年。关于尊氏信仰关羽方面的文物还有作为尊氏生前所爱而传承的关羽木像现存于京都大兴寺（非公开）。

② 谷信一：《室町时代美术史论》，东京：东京堂，1942年。第二篇“出阵影”中，关于“盔甲の影”的记录引用《蜷川家古記録之内抜書》，文明十年（1478）的记录有“等持院殿御影”。

③ 宫岛新一：《武家の肖像》，《日本の美術》第385号，东京：至文堂，1998年，第86页。在该书附论1“騎馬武者像と甲冑像”里，手持关羽刀的尊氏形象被描绘出来。

④ 宫岛新一：《武家の肖像》，第88页。

⑤ 景徐周麟：《翰林葫芦集》卷十一，上村观光编：《五山文学全集》卷四，第561页。

文的年份相当于明成化六年(1470 年),当时《三国演义》最早版本嘉靖本还未刊行。嘉靖本中有弘治七年(1494 年)的序,但兰坡的赞比此序还要早。不过即使没有刊本,也会有《三国演义》的抄本。若是如此,兰坡又是否阅读过这些抄本呢?结论是兰坡应该并没有看过《三国演义》。

推测理由是如果兰坡曾阅读过《三国演义》的话,必然会在赞里记载"青龙偃月刀";写成"长刀"或"关羽刀"表明兰坡并不知道关羽所用的武器在小说里被称为青龙偃月刀,可以让人推测所谓"长刀"的关羽武器的形象恐怕不是从文字资料而是根据视觉资料生成的。阅读过《三国演义》,兰坡就会理解青龙偃月刀象征着关羽的武器,就不会记述成"关羽刀",而理应写成"青龙偃月刀"。故此,不得不推断兰坡没有读过《三国演义》。

如果以来自中国的绘画、小说插图、雕像等视觉资料来设想,阅读元至治年间(1321—1323)刊行的《三国志平话》,就有可能知道关羽是以"刀"作为武器的武将,再看该书的插图就知道关羽是使用长刀的武将①。

三、清原宣贤与《新刊全相平话前汉书续集》

清原宣贤(1475—1550)作为继承清原家的明经博士而被人认识,是该家学集大成的人物。宣贤不但继承由中古到中世贵族博士家的学术,亦积极吸收了流传于五山禅林的学术,并试图以此再增润清原家学。宣贤借入五山禅僧景徐周麟于明应年间作为讲义手稿而撰述的《汉书》,于 1523—1524 年间亲自抄录《汉书帝纪抄》②。这部《汉书帝纪抄》中,宣贤记引用了全相平话的一种《新刊全相平话前汉书续集》(以下简称《前汉书平话续集》)③。

《汉书帝纪抄·文帝纪》:

平话汉书云:大汉十六年五月初四日寅夜,樊亢领三千军入内,将吕家

① 长尾直茂:《清原宣賢の中国通俗小説受容—"蒙求聴塵"を題材として—》,三国志学会编:《狩野直祯先生米寿记念　三国志论集》,东京:汲古书院,2016 年,第 405－407 页。

② 该书现收藏于京都大学附属图书馆清家文库,《汉书抄》六册中的一册。

③ 长尾直茂:《中世禅林における"新刊全相平話前漢書続集"の受容—清家文庫所蔵"漢書抄"—》,《汉文学解释与研究》第 12 辑,2011 年。这里所谓《汉书帝纪抄》是清家文库所藏的《汉书抄》六册中以帝纪为主的三册的总称。在这三册之中,第四册《汉书抄·高帝纪上下惠帝纪吕后纪》与第五册《汉书抄·文帝纪景帝纪武帝纪昭帝》里,能找到《前汉书平话续集》的引用。

> 三千口家属尽皆斩首云云。早晨密旨行请周勃,接关外三王云云。[①]

《前汉书平话续集》卷下:

> 大汉十六年五月初四日寅夜,樊亢领三千军入内,将吕家三千口家属尽皆斩首。太平天子今岁合登禅位。早晨密旨行请周勃,接关外三王。[②]

《汉书帝纪抄》里的"云云"是省略之意,而《前汉书平话续集》的引用已确认了省略。这方面与其他引用之处共通,以大致能理解内容进行节录[③]。从这个意义来考量,《前汉书平话续集》的引用发挥着备忘录的作用。

从这个引用引申出这是出于宣贤还是景徐周麟之手这个问题。因宣贤的《汉书帝纪抄》是抄写景徐的抄本之故,《前汉书平话续集》的引用视作出于景徐。不过另一方面,宣贤抄写景徐抄本之际也有可能自行增添。由于景徐与宣贤同样阅读过中国小说,两人同样都看过《前汉书平话续集》,有可能于《汉书》的抄本中引用了该书。

接着谈谈《平话汉书》,该书是以《汉书》为题材的平话。关于这部《汉书平话》,根据大冢秀高的研究,除现存的续集以外,还有正集与别集,正集又被分为前集与后集[④]。《前汉书平话续集》是《平话汉书》唯一现存的部分,收藏于国立公文书馆内阁文库。还有基于这部《汉书平话》四集,历经时代转变而成的通俗小说《京本通俗演义按鉴全汉志传》(1588 年序刊,以下称《全汉志传》)[⑤]与《京板全像按鉴音释两开国中兴传志》(1605 年刊,以下称《两汉开国中兴传志》)[⑥]。

---

① 京都大学附属图书馆清家文库所藏。

② 泷本弘之编:《中国古典文学插画集成(六)》,东京:游子馆,2009 年,第 349 页。

③《汉书帝纪抄》第四册所收的"高后纪"中亦有引用。

④ 大冢秀高的相关论文很多,这里主要参考《前漢書平話続集・全漢志伝・両漢開国中興伝誌輯校本(試行本)並びに研究》(《日本アジア研究》第 4 号,2007 年)、《全漢志伝・両漢開国中興伝誌・漢書故事輯校本(試行本)並びに研究序説》(《日本アジア研究》第 5 号,2008 年)、《両漢開国中興伝誌・全漢志伝版本源流考》(《日本アジア研究》第 7 号,2010 年)。

⑤《古本小说丛刊》第 5 辑,名古屋市蓬左文库所藏。

⑥《古本小说丛刊》第 2 辑,名古屋市蓬左文库所藏。

四、清原宣贤与《蒙求听尘》

宣贤有一部假名抄以宋徐子光为《蒙求》加注的《标题徐状元补注蒙求》为底本并附上解说的著作，这就是《蒙求听尘》三卷（以下称《听尘》亲笔本）。与宣贤有关系的抄本大多收藏于京都大学附属图书馆清家文库里，而该书收于庆应义塾图书馆。有关该书的编成，阿部隆一与早川光三郎已谈及①。参考两人的说法，《听尘》亲笔本于大约 1523 年开始撰写，约于 1529 年完成，是宣贤由 49 岁到 55 岁的著述。

现存与《听尘》亲笔本有密切关系的书籍，有宣贤让其长子业贤抄写《标题徐状元补注蒙求》并作眉批的著述（亦有注脚，以下称眉注本）。据记载，该书卷末有宣贤讲义记录。宣贤在 1529 年六月至八月间，于能登守护畠山左卫门佐义总（1491—1545）邸宅解说《蒙求》上卷及中卷②，于翌年享禄三年三月，再次于畠山氏宅中讲解下卷，把全书讲毕③。如果推断《蒙求听尘》开始撰述于大永三年，于享禄二年完成的说法是可接纳的话，自然会明确亲笔本与眉注本的关系极为密切。即《听尘》的亲笔本与眉注本可能作为一套书放在宣贤的书桌上，在准备讲义或在讲席上确认《标题徐状元补注蒙求》的本文时，就会使用眉注本；确认讲说内容时就会使用亲笔本。

《蒙求》上卷记载的"李陵初诗"是汉李陵初次作五言诗的故事。于这里附加的徐子光注释中，提及准备归汉的苏武与李陵互赠诗歌的情景。被引用的诗是以下三首。前两首是李陵所作，第三首则是苏武所作。

携手上河梁，游子暮何之。

---

① 阿部于《庆应义塾图书馆藏和汉书善本解》（庆应义塾图书馆，1958 年）提及宣贤于 1526 年十一月十四日除去正三位，作为其于 1529 年二月十一日出家的根据。记述《听尘》亲笔本撰述时间"大永六年十一月以降，享禄二年二月之间"之外，再参照收藏于京都大学附属图书馆清家文库眉注本《标题徐状元补注蒙求》的识语，最后以"从大永末到享禄二年"为记。早川光三郎：《蒙求諸本考（その三）》，《滋贺大学教育学部纪要》第 18 号，1968 年。《听尘》亲笔本"落下历数"条记载"今ノ大永三年ハ、天元甲子ヨリ、七兆令七万令八百四十一年ト算ヲ置也"，指出该书的撰述至少可以追溯到 1523 年。

② 眉注本上卷的讲义里有"享禄二年于能州畠山左卫门佐义总亭讲之（附注：始六月廿七日、终七月十八日、十三ヶ度）""享禄二年七月于能州畠山左金吾义总亭讲之（附注：始十九日、终八月朔、十一ヶ度）"记载。

③ 眉注本下卷的讲义里有"享禄三年三月于能州畠山左金吾义总亭讲。去年下向之时，下卷不及讲之，上洛。依结约，当年亦北征终此卷（附注：始十六日、终廿二日、十二ヶ度）"记载。

徘徊蹊路侧，悢悢不得辞。

晨风鸣北林，熠耀东南飞。
浮云日千里，安知我心悲。

双凫俱北飞，一凫独南翔。
子当留斯馆，我当归故乡。
一别如秦胡，会见何渠央。
怆悢切中怀，不觉泪沾裳。
愿子长努力，言笑莫相忘。

宣贤于徐子光"陵以诗赠别曰"的注释后附加了以下解说："与苏武三首五言内一首也。此诗汉书ニハノセズ、前相(サウ)汉书ニハノスル欤。"①《文选》辑录了"与苏武诗三首"，被视为李陵所作的五言诗，据称宣贤从三首当中选出一首引于《文选》中。从辑录于《文选》卷二十九中的李陵所作的三首诗中，徐子光的注里只引"携手上河梁"，与宣贤所谓"与苏武三首五言内一首也"的解说稍有出入。以下是《文选》所辑录的第三首诗：

携手上河梁，游子暮何之。
徘徊蹊路侧，悢悢不能辞。
行人难久留，各言长相思。
安知非日月，弦望自有时。
努力崇明德，皓首以为期。

将徐子光注里被引用的诗与《文选》所辑录的诗作比较，第一首诗并没有第四首诗的后六句诗句。因此宣贤所附注《文选》所辑录的三首中的一首的解说，并没有提及徐子光注的第一首诗缺第五句以后的诗句而变为四句诗，是其不足。

接着"此诗汉书ニハノセズ、前相汉书ニハノスル欤"如何解释？首先宣贤所述的"此诗汉书ニハノセズ"是徐子光注所引用的第一首诗，并不记载于《汉

① 《标题徐状元补注蒙求》上卷，日本嘉永二年(1849年)版。

书》中，而且“前相汉书ニハノスル欤”一句(该诗不记载于正史《汉书》中)可以看成是没有记录于前相汉书的意思。那么《前相汉书》是怎样的书呢？

首先，笔者认为《前相汉书》是否是《全相汉书》的误写呢？因宣贤的抄本的性质其实是讲说时的手稿，故抄写时难免有不少错误。因此，本来应该抄写为《全相汉书》，宣贤却错误地抄写成了《前相汉书》(故以下称为《全相汉书》)。以此为前提来思考的话，可得出两个推论：一是《全相汉书》是取材于《汉书》“全相平话”的略称；二是《全相汉书》是全部页面附有插图，以《汉书》为题材的福建版小说，正如《全汉志传》《两汉开国中兴传志》等都是同样以此来命名的。

关于推论一，希望大家想一想上述提及的全相平话《前汉书平话续集》。正如《前汉书平话续集》另有别集的推论，宣贤不是也拆阅过该书而提出“前相汉书ニハノスル欤”的说法吗？但是《汉书平话》已失传而无法证明，这个说法不得不止于推论。

看成是推论二的引证的是全部页面均有插图的福建版《全汉志传》《两汉开国中兴传志》等已得到确认。收于静嘉堂文库的虎关师炼《聚分韵略》的结尾“杂记”中，记录《全相汉书》与两处标出出处的地方。这个“杂记”出于多少人手笔虽已不能确认，但《聚分韵略》这部文献刊于1606年，而“杂记”亦可以被视为以这个时期的备忘录精髓被抄录的文献。①

“杂记”中发现了以下摘录：

> 肖何曰：“臣观大王等，有如一大鹏一金翅。鹏日飞万里，群臣者，副毛也。(小注：全相汉书。肖何，萧何也。大王，高祖也)”

这是萧何向高祖刘邦推荐韩信为将军的情景。与上文几乎一致的文本也见于前文曾举出过的《全汉志传》《两汉开国中兴传志》中。

《全汉志传》西汉卷一：

> 何曰：“臣观大王等，有如一大鹏全翅。鹏日飞万里，群臣者，副毛也。”

① 长泽规矩也早就谈及这份《聚分韵略》的“杂记”中的记事，其《近十年来我国所发现中国戏剧小说研究资料》(收入《安井先生颂寿记念书志学论考》，1937年。收入《长泽规矩也著作集》第一卷)里有“吕后斬韓信の一部分が、静嘉堂文庫所蔵の聚分韻畧の末に、合綴せられた抜萃の中にも引かれてゐるのは面白い”的记录。由于《吕后斩韩信》是《前汉书平话续集》的副题，长泽认为《聚分韵略》里有引用《前汉书平话续集》。

《两汉开国中兴传志》卷二：

> 萧何曰："臣观大王，如一大鹏全翅。日飞九万里，群臣者，副毛也。"

这两段文本差不多完全一致地被引用于《聚分韵略》的"杂记"中，在这个意义上可以把这两处看成是出处。如此情况下，《全相汉书》可以理解为像《全汉志传》《两汉开国中兴传志》那样每页均有插图的通俗小说。如此，在这样的小说里，李陵与苏武的插话是如何被描写的就有确认的必要了。虽然由于《两汉开国中兴传志》里没有记载西汉文帝以后的事，宣贤认为李陵与苏武话别的情景并不存在，但《全汉志传》里就有相关的记录。

> 陵道罢，起舞作歌曰：
> 　径万里兮渡沙漠，为君将兮奋匈奴。
> 　路穷绝兮矢刃摧，士众灭兮名已隤。
> 　老母死兮心遂灰，虽报恩兮将安归。
> 陵歌罢，复吟诗一首以赠曰：
> 　携手上河梁，游子暮何之。
> 　徘徊蹊路侧，悢悢不得辞。
> 李陵诗毕，泣下数行。
> 乃与苏武决别。武惓惓之情，不忍割舍。
> 亦作诗一首以别陵曰：
> 　双凫俱北飞，一凫独南翔。
> 　子当留斯馆，我今归故乡。

李陵歌咏了第五诗后，再多咏叹一首诗，这就是与上文所举的被引用于徐子光注第一首诗相同的诗。有异于《文选》辑录的诗，这里由四句组成而引起关注。总之，《全汉志传》里确实以同一形式记载了与徐子光注中第一首诗相同的李陵的诗。再者，承继了第一首苏武所作的诗被引用为徐子光注里的第三首诗。这首诗也是四句，在徐子光注中其余的六句则被删去了。因此，虽不能说记载于徐子光注的第三首诗与《全汉志传》中的第三首诗是同一首诗，但在这点上徐子光注与《全汉志传》并非一致。

总结上述的论述：推测附于《蒙求》徐子光注的宣贤所谓“前相汉书ニハノスル欤”的讲解是错误抄录了《全相汉书》书名，所指的书可能是现今失传的《全相前汉书平话》的别集，或是如《全汉志传》一样所有页面均有插图的福建版通俗小说。

再者，由于宣贤有明确谈及中国小说之处，如上卷在“苏韶鬼灵”故事中出场的苏韶，徐子光引用了《三十国春秋》来说明。晋的中牟令苏韶死后乘马于其堂弟节前现身，节问及幽冥，苏韶如此回答：

> 韶曰：“死者为鬼，俱行天地之中。在人间而不与生者接。颜回、卜商今见为修文郎。死之与生，略无有异，死虚生实，此有异尔。”

宣贤在以上徐子光注里附加了以下的解说：

> 韶曰—修文郎ハ、文ヲ修スル郎也。剪灯新話ニ、地下修文舍人トアリ。オナキ者ハ、此職ニハエヰズト云。鬼霊ハ、鬼霊ト成テ、人ニアフト云。

宣贤读到孔子门人颜回、子夏（卜商）担当修文郎一职这一节时，想起了明代文学家瞿佑的怪奇小说《剪灯新话》。宣贤记述《剪灯新话》卷四附有“修文舍人传”。这个故事中的主角夏颜是个博学多才的人，但不幸身亡。其后夏颜成为幽灵于友人前现身，讲述了担任修文舍人这个文官的事：“乃言曰：‘地下之乐，不减人间。吾今为修文舍人，颜渊、卜商旧职也。’”

夏颜有一句对白“顔回と子夏とが以前に勤めた職である修文舍人”，是宣贤阅读《蒙求》的细目而想起。不过让人瞠目的是，体现明经博士家学艺的清原宣贤，把《剪灯新话》写入并非书册备忘录的《蒙求》注释书里，完全看不到他视通俗小说为低级之物的排除意识；相反，从中读到的是他自夸的连小说也涉猎的博览意识。正是有这种意识，就能说明把《全相平话》写入正史注释书《汉书抄》的这份努力。这有异于我们所想象的严格而墨守成规专注汉籍的方法，让我们充分见到一份自由阔达的读书态度。再者，对于像这样中世博士家学的态度，从《汉书》之类的正史的注释里发现通俗小说短文这一点的意义上，在中国决不会有这种做法，这个做法是非常日本式的。

在宣贤《剪灯新话》事例约半世纪之前，该书也有被上文提及过的禅僧景徐周麟阅读过的迹象，关于这一点早有泽田瑞穗氏提及过[①]。因此，《剪灯新话》由15世纪后半叶到16世纪前半叶这段时期确实已传入日本。今后通过对这个时期写成的抄本及汉诗文的内容进行详细的研讨，相信会发现更多关于阅读《剪灯新话》的痕迹。

五、小　结

本研究以三个例子说明中国通俗小说在中世日本的传播与影响。本文从关羽像、清原宣贤与《新刊全相平话前汉书续集》及清原宣贤与《蒙求听尘》三个不同视角来讨论。第一例显示挥舞长刀上战场的关羽像，从足利尊氏之时已经对日本产生影响，有关影响来自中国的绘图、小说插图、雕像等。第二例明经博士家的清原宣贤，借于五山禅僧景徐周麟而抄录的《汉书帝纪抄》中引用《新刊全相平话前汉书续集》，这是日本接受《全相平话》最早的例子。第三例是宣贤的抄本《蒙求听尘》为题材，在该书里找到引用以《汉书》为题材而写成的《全相平话》，或以《汉书》为题材而写成的通俗小说的痕迹，以及关于引用瞿佑的怪奇小说《剪灯新话》的情况。

（长尾直茂：日本上智大学文学部国文学科教授。专攻日本汉文学及中国古典学。近年研究以中国通俗小说在中世日本的影响、明治日本汉诗文为重点。代表著作为《吉嗣拜山年谱考证》[2015]及《新书汉文大系21世说新语》[2003]）

---

① 泽田瑞穗：《〈剪燈新話〉の舶載年代》，《中国文学月报》第35号，1938年。文中报告，景徐周麟于1482年以《剪灯新话》所记载的“鉴湖夜泛记”为题材写成七绝诗。

江户戏作中呈现的幻想中国形象

武田雅哉　仓雅晨　译

一、前　　言

对于中国文化，日本人就好像在感性上预设了某种滤网一样，会做选择性接受。这导致比如在抄录图像的时候，他们并非直接原样复制，而是多用日本风格重新绘制一遍。江户时期，从研究古籍到研究白话小说，甚至学习中文，日本人在其各自不同的身份、语言能力和兴趣倾向之下，广泛接受中国文化，最后甚至流行故意塑造虚构的中国、中国话、中国人的形象，在戏作的世界里寻找乐趣的艺术构思。拥有较高汉文学素养的作者们，并不认为中国是"应该理解的"或"应该学习的"，而是将中国文化定位成"谜一般、不好理解、难以名状却似乎很有趣的东西"。这样的中国形象，即使经历近代史怒涛般的洗刷，现在依然作为日本人所抱有的中国印象的一部分，还没有失去它潜在的影响力。

二、被筛选的中国智慧

日本从很久以前就一直吸收中国文化，是否一点都没有过滤，只是一味全盘接受呢？似乎并非如此。比如日本没有引进中国的宦官制度和缠足，这点就经常被指出。那么，日本人在感性上是如何过滤的呢？这又难以一言以蔽之。

明朝万历年间中国大量编纂了《本草纲目》(1578)、《三才图会》(1607)一类的百科全书，引进这些书籍对日本来说是一个迅速获得世界知识的好方法。但日本在引进的过程中，其实经过一定的过滤和对信息的取舍选择。

《三才图会·人物》介绍西方异国中有"沙弼茶国"，这是在西方尽头太阳沉没之处的国家。每当日落之时，太阳和海水碰撞会产生巨响。为了抵消这种巨响，国王命令乐队在城墙上演奏音乐。相关内容亦见于13世纪的《诸蕃志》。其后在《西游记》第五十九回的火焰山一段中，猪八戒口中所说的西方尽头之国亦即源于此。

另一方面，西方世界却反过来认为“鞑靼人为了抵消日出时的声响而演奏乐器”（如 13 世纪《柏郎嘉宾蒙古行纪》等）。这种看法作为有关日食的传说广泛分布在世界各地，而《三才图会》将其场景描绘为一个四人乐队和在乐队面前正要沉入海中的直径 3 米左右的“太阳”。可是，这样的表现手法对日本的《和汉三才图会》的编者来说，究竟还是无法理解接受的。其结果就是，表现这一场景时仅仅画了非常普通的唐人乐队①。

此外，《本草纲目》卷五十《兽部・羊》中介绍了有关“地生羊”的文献。“地生羊”是从大地中长出来的“植物羊”，与太阳的轰鸣一样，被认为是西方世界的奇异事物。然而同时，西方世界将几乎可以认为是同一事物的东西称为“西徐亚的羔羊”。东西方都将其作为“另一边的世界”的奇异事物记录下来。不过，编纂《本草纲目》日本版《本草纲目启蒙》（1805）的小野兰山认为其“不详实”，将这些荒唐无稽的信息全部都删掉②。不仅如此，在《本草纲目》最杰出的一卷《人部》（卷五十二）中，对人体的所有部分的药用进行解说，甚至有采集“人魄”做药的方法，但兰山只将其直译作“ヒトノタマシヒ”，这美中不足让人多少觉得可惜。

将这些事例集中起来看的话，让日本人抱有“犹豫”和“戒心”的中国成分的性质也就多少能看出来一些。他们想和中国保持多大的距离呢？这篇文章以对这个问题的考察为契机，从江户后期的洒落本和黄表纸出发，思考一边幻想中国，一边和中国游戏的人们的所作所为。

三、用中国话游戏

18 世纪初期，在元禄年间编纂的歌谣集《松之叶》（1703）中有以下这样一首题为《唐人歌》的“中文”歌谣：

かんふらんはるたいてんよ、長崎さくらんじゃ、ばちりこていみん

① 武田雅哉：《地中海から来た火焔山—日沈む処の地理学—》，武田雅哉：《桃源郷の機械学》，东京：作品社，1995 年。

② 关于西徐亚的羔羊，参见亨利・李、贝特霍尔德・劳费尔：《スキタイの子羊》，尾形希和子、武田雅哉译注，东京：博品社，1996 年。

よ、でんれきえきいきい、はんはうろうふすをれえんらんす

这大概是听了真正的中文发音而记录下来的。不过对多数的日本人来说，它的意思无关紧要，他们只是将发音的趣味作为游戏而已。

小说亦是如此，大阪的洒落本《圣游廓》(1757)就是体现了这种构想的较早期的作品[①]。作为故事舞台的是李白经营的妓院，主要的顾客是孔子、老子和释迦，而作陪的分别是大道太夫、大空太夫以及假世太夫。其他顾客还有陶渊明、费长房、周茂叔、苏东坡、韩退之(原文"之"为"子")等。帮闲的白乐天、铁拐仙人等人亦纷纷登场。故事的结局是释迦和假世留下了梵语写的决意殉情的留言后一起私奔去了。而在卷尾有题为《三圣廓中之戏言》的中文单词表，也就是相当于"日中辞典"般的附录。"戏言"一词当时的中国白话读作"とうゐん"(唐音)，附录中将"尼"注释为"にいすゑん"，将"女郎"注释为"にいくん"。"にいすゑん"当是"女僧"，而"にいくん"当是"女君"。不过，其中也有无法推测中文原词的例子。专门为了使用花街所特有的语言而附上辞典的设计，还让人联想到清朝末年二春居士(李伯元)所著的青楼小说《海天鸿雪记》之类。

在梦中山人寝言先生的洒落本《辰巳之园》(1770)中有打拳场景的描写[②]，其中有一些字词是读作中文发音的，如"ゴウサイ""ロマデエ""パマ""トウライ"等。江户戏作家的笔名"唐来参和"也是由此而来的。这位唐来参和的洒落本《和唐珍解》(1785)用汉字记载中文对话，又在汉字的右侧注音，左侧附上表示日语中意思的假名，这正是从字形和字音上进行游戏的巧思[③]。

　　ニイモンコウホイキユイ
李踏天「你們可回去」
　　なんじらは かへれかへれ

　　リンツウ
従　者「領旨」
　　かしこまりました

　　ミンチヤウサウスエイライ　コウサイチエリイテンヘウ　クワイスエイキユイリヤウ
李　「明朝早些来　我在這裏等候　快些去了
　　あすのあさはやくこい　おれはここにいてまたん　いそいでかへれ

フツコウロウシヤンチユイキヤウ
不可路上住脚」
みちくさをくふなよ

　　トウラウトウラウ
通词和田藤内「多労多労」
　　ごくろふ ごくろふ

① 《洒落本大成》卷二，东京：中央公论社，1978年。
② 《洒落本大成》卷四，东京：中央公论社，1979年。
③ 《洒落本大成》卷十三，东京：中央公论社，1981年。

以上是在日本游廓(花街)游玩的中国人及其随从、翻译的对话。先人的研究指出,这个作品中的注音参照的是冈岛冠山的《唐话纂要》等辞典①。

作者不详的洒落本《廓游唐人寐言》(约 1780)谓一个唐人获得远渡而来的荷兰人带来的浮世绘后,看到其中描绘的吉原,憧憬日本花街的游乐,就仿造图中日本游廓的建筑形式造青楼②。故事中唐人索性想要使用日语,于是去学习。书中附有"中日辞典",有诸如中文的"インケレンス"是"馬鹿らしうありんす"、中文的"ライスイドン"是"をいらん(花魁)"之类的说明。最终,唐人们计划秘密乘船前往日本吉原,虽然在途中一度漂流到女护岛,最后还是到达吉原。然而最后发现只是邯郸一梦。

虽然书中有"是からは、段々と江戸騒ぎが流行りませう。もふ当世、唐音では大の野暮でござります"(自此江户风将流行,当世唐音已太粗鄙过时)这样的唐人台词,但他们应该就是作者们的镜像,所以这其实反映江户花街柳巷中"今后唐音会流行"这种看法的盛行。

众所周知,江户时期的小说不论是何种类,其艺术构思大多借鉴中国历史或文学。在洒落本中,可以看到作者们对自己的"中国依赖症"颇有些自嘲意味的挖苦嘲弄(或者说是炫耀)。从标题来看,《异素六帖》(《义楚六帖》)、《游子方言》(《扬子方言》)、《翻草盲目》(《本草纲目》)、《穿当珍话》(《剪灯新话》)、《荡子筌》(《唐诗选》)、《郭中扫除》(《郭注庄子》)之类,大量使用对中国古籍书名的诙谐模仿③。

四、仿中国语——"唐言"

这样的文字游戏进行到最后,不如说已经离正确的中文愈来愈远,变成荒诞无稽的中国话游戏。要用虚构的中文来游戏的欲望已经迫不及待,不知原词为何的仿中国语在寻欢作乐的世界里甚至成为主流。这种出现的仿中国语被称作"唐言"。

① 小池藤五郎:《新発見の史料と洒落本「総籬」》,《國語と國文学》1959 年 3 月号;近藤二郎:《"和唐珍解"笔吟味》,《古典と現代》47 号,1979 年 6 月。

② 《洒落本大成》卷十,东京:中央公论社,1980 年。

③ 志村良治:《唐話と洒落本》,源两圆编:《江戸後期の比較文化研究》,1990 年;冈田袈裟男:《唐話の受容と江戸の言語文化》,《国语学》第 54 卷 3 号,2003 年 7 月;何晓丽:《江戸時代における中国語受容の一考察—洒落本"和唐珍解"本文の唐音を通じて—》,《冈大国文论稿》第 35 号,2007 年 3 月。

黄表纸这一文类的奠基之作是恋川春町的《金金先生荣华梦》(1775)，从该书中可以看到这种在花街被实际使用的仿中国语[①]。

> ゲコンカシコロウサコンケガ、キコナカサカイコト
> イキマカニイケクコカクラ、マコチケナコトイキツケテクコンケナ

可翻译如下：

> 源四郎说让你过来一下(源四郎さんが、来なさいと)。
> 现在就去，让他等一下(今に行くから、待ちなと言ってくんな)。

这些仿中国语在日文的文字之间插入“カキクケコ”，使之听上去像中文，以此为乐。关于这种构思，被认为影响了《金金先生》的是上文也引用过的《辰巳之园》。这本书的卷末附有指南，讲解花街老手必须学会的文字游戏，其中关于仿中国语的做法是这样说明的：

> 唐言(からこと)と名付(なづけ)て、五音を以て云(いう)事、人の知る所なれど、爰(ここ)にあらわす。
> ○アカサタナハマヤラワ　此の通りへ　カ
> ○イキシチニヒミヰリイ　此の通りへ　キ
> ○ウクスツヌフムユルウ　此の通りへ　ク
> ○ヱケセテネヘメヱレエ　此の通りへ　ケ
> ○ヲコソトノホモヨロオ　此の通りへ　コ
>
> 右の如く、カキクケコの、五音の字を付云(つけいう)也。譬(たとえ)ば、客と云时は、キキヤカクク。又おんななどとはねる时は、付字にてはねる也。女はオコンナと、オの字へつくコの字を、はねる也。清濁は、本字に直に濁也。此外に、し付、き付などと云て、其时におうじて、一チ字置に付る也。知れざる事を云时、はやく此事を考べし。又此通し言葉も、口付て云时は、いかやうにもはやくいわるる也。諸人知る所なれども、知らざるものの便にと、爰にあらわす。

① 《日本古典文学全集》46《黄表纸・川柳・狂歌》，东京：小学馆，1971年。

简单而言，原本的字和这个字后面插入的 ka 行的字要像【yi-ki】【ma-ka】【mo-ko】【so-ko】【de-ke】这样，使用相同的元音。当时，日本人经常能听到南方中国话(南京音)。在强调南京音的 k 音的基础上仿造出来的就是这种唐音。虽然也有人认为唐音是在谈论不想被别人知道的内容时作为暗号使用的，但其实不如说更像是一种语言游戏[①]。附带一提，《辰巳之园》的正文中出场的唐言是这样的：

> セケントコノヲコヒキノ、カカネケヲ、トコリキニ、キッタ
> (先度の帯の金を取りに来た)
> イキマカニ、シキココウクサカンガカ、モコッテ、ククルクカカラカ、ソコレケマカテケト、イキウクテ、ククレケ、ナカサカイキ
> (今に志厚さんが持って来るから、それまでと、言うてくれなさい)

这里使用相同元音的法则，似乎比《金金先生》里遵守得更好。

朋诚堂喜三二的黄表纸《见德一炊梦》(1781)继承了《金金先生》的构思[②]。主人公清太郎在梦中去了长崎，并认识中国人，最后成为中国文化的狂热爱好者。清太郎的书法师父是一个唐人，看了他所写的汉字，用唐言说道："ブクキキヨコオナカテケダカ。"听了这话，翻译对清太郎说："写得真好，老师夸了你。"故意将意思翻译错了。已经掌握了唐言的语法的我们，就应该能将这句话正确地理解成"手真笨"。

清太郎心中的中国热高涨，最后终于加入阿倍仲麻吕一行，亲自渡海来到了唐土。当地的女性称赞他"イキキキナカオコトコココダカネケ"(真是出色的男人)。然而十分受欢迎的他却因为多少有些语言障碍，觉得"什么东西啊，一点都不懂"，因此变得非常焦躁，结果讨厌中国而返回日本。

将汉文学和花街这两样两极分化的东西糅合在一起来取乐的艺术构想一点都不少见[③]。例如《大通多名于路志》(1778 年前后)中痴迷中国的日本人想去唐

---

① 石崎又造：《近世日本における支那俗語文学史》，东京：弘文堂书店，1940 年，第 385 页。
② 《日本古典文学大系》59《黄表纸・洒落本》，东京：岩波书店，1958 年。
③ 麻生矶次：《江戸文学と中国文学》前编《近世文学の支那的原拠》第五章"洒落本・草双紙・人情本における影響"，东京：三省堂，1946 年。

土，却被在日本的唐人陈芬汉数落的故事[①]。此外，《郭中扫除》(1777)中有祖礼(荻生徂徕)和门人们在花街游玩的故事[②]。

推动洒落本《廓游唐人寐言》的情节发展是与上述相反的"痴迷日本的中国人"这一主题，同样的构想在黄表纸的世界中也开出四方山人(大田南亩)的《此奴和日本》(1784年)这朵花[③]。

唐土浔阳盐商的儿子盐秀才热衷于"和物"，简直是"哈日族"的始祖，非日本造的东西不用。他读的书上起《日本纪》《万叶集》《源氏物语》《平家物语》一类的古典文学，下至《万载(狂歌)集》《卯颜见世评判记》等当时的俗文学之流。不仅如此，新发行的绘草纸他也要订购来看，将"哈日"进行得非常彻底。假托南亩之名的黄表纸虽然很多，但是这部作品被认为确实为他所作[④]。若说兼具汉文学素养和戏作天分的大田南亩，将主人公作为包括自己在内的"痴迷唐土之人"的镜像来塑造的话，其心理是十分值得深思的。

五、异文字的狂欢

洒落本《女郎买之糠味增汁》(1788)里，医生吞庵这样卖弄他的荷兰语："わっちゃア、フロウよりウェインがいい。"(老夫啊，比起酒来还是更爱女人)[⑤]"フロウ"是女人(vrouw)，"ウェイン"是酒(wijn)。而花街老手千丈，在明明没有中国人的地方，炫耀他的中文(唐音)。对不断说荷兰语的吞庵心生厌烦的花魁这样回答他："ぬしもとんだ唐人だね。そんな事を言いなんしちやァ、わっちどもにやァ、一ツもわかりいせん。そんな事は長崎とやらへでも行って言いなんすりやァよふおすに。"(你也真成个唐人了。你说这些，对我们来说是一点都不明白的。这种话还是去长崎什么的地方说去吧)在这里，"唐人"不仅指中国人，也被用来泛指一般的外国人，就好像什么语言或哪国人之类的问题的正确性在当时已无关紧要，在花街玩乐时所说的"外国话"就是"唐人"的语言。

用片假名注音的外语还可以作为奇特的文字图像显示，以异文字的"形"为游戏的构思也因此产生。在《圣游廓》中，释迦的留言就是月梵文表示的。

---

① 《洒落本大成》卷十。

② 《洒落本大成》卷七。

③ 《新日本古典文学大系》83《草双纸集》，东京：岩波书店，1997年。

④ 森铣三：《黄表纸解题》，东京：中央公论社，1972年，第322页。

⑤ 《洒落本大成》卷十四。

这类游戏的先驱中比较有名的是平贺源内的《根南志具佐》(1763)的序文[①]。文中将“ちんぶんかん”“おんべらぼう”“すっぺらぽん”“むちゃりくちゃり”等日文分别用汉字、梵文、字母文字和韩文等一一罗列标记。对此,高田卫评论说:“语言变得生动,同时又变得无意义,这是一种不可思议的语言生态——艺术性”[②]。

源内的构想被认为是一次性的绝技,而让这一次性的绝技脱胎换骨的是山东京传的《百人一首和歌始衣抄》(1787)[③]。此书借用古籍《百人一首》的注释书的形式,将汉字、平假名、片假名、镜像文字、梵文、字母文字等各种文字用貌似考证学的方法重新排版展示。不过,汉字已经不能算是异文字了,所以使用汉字的时候,不如说是热衷于用内容的荒唐无稽,或是有意的误读造成和死板的考证学的反差,从中获得乐趣。

例如他在注解伊势所作的和歌“難波潟　短かき蘆の　節の間も　逢わでこの世を　過ぐしてよとや”时,不仅把“逢わ”曲解成粟饼的“粟”,还为了考证它引用了“ヲランダ本草、ドド子ウスに曰く”和一段字母文字。16世纪的植物学家兰伯特·多东斯的《本草书》在1742年有名为《阿兰陀本草和解》的摘译本。而在摘译本中,装模作样一本正经的引文只被写作“AWANO MOTI MO IJAIJA ZOBAKIRI ZOOMEN KOEITAI NA(粟の餅も、いやいや。蕎麦切り索麵、喰いたいな)”(粟米饼也,不要不要。荞麦挂面,好想吃啊)这么一句。如果我们查阅一下日本荞麦的历史就会发现,正好是在同一时期流行着这样一首童谣:“どうどう巡れ、どう巡れ、粟の餅もいやいや、米の餅もいやいや、蕎麦切り索麵食いたいな。”山东京传的注解也许正是由此而来吧[④]。

山东京传在引用汉字(汉文)时,为了考证“粟·泡”又引用了《异闻集》和《维摩经》。和这些列在一处同时引用的还有《金金先生荣华梦》,大概这就是这一页的笑点吧。山东京传在比《始衣抄》早两年的黄表纸《三国传来 无匂线香》(1785)中亦使用了梵文[⑤]。被称为“見立てこじつけ”(故意演出的牵强附会)的这种方法,在江户时期的戏作中被频繁使用,而《始衣抄》的构思在现在仍在表演

---

① 《日本古典文学大系》55《风来山人集》,东京:岩波书店,1961年。
② 高田卫:《遊民のディスクール》,《ユリイカ》1988年4月号。
③ 《洒落本大成》卷十四。
④ 棚桥正博:《そのことば、江戸っ子だってね!?》第70回《江戸っ子とそうめん》,http://www.web-nihongo.com/wn/edo/70.html。
⑤ 《山东京传全集》卷一《黄表纸1》,东京:ぺりかん社,1992年。

的落语《千早振る》中被完整保留并活用，筒井康隆也创作了题为《里小仓》的作品[①]。

毋庸置疑，这些都是因为有最初的构想才出现的，同时也依靠了木版印刷术。如果把山东京传称为天才也不过分，那也是因为他始终留意着将当时的印刷技术充分活用。

六、虚构中国人名的乐趣

像上文所说的那样，当“中国”这一国度的语言和文字成为很好用的“玩具”，口中说着这种语言的人们也会发挥“玩具”的作用，于是使用这奇怪形态的言语和文字的、从奇怪国度到来的人们“大显身手”。在江户时期，作为“虚构”的中国人就是如此。

山东京传写有黄表纸《早道节用守》(1789)[②]。作品中有一个中国人是作为主人公大显身手的，他的名字叫“テレメンテイコ”。テレメンテイコ接受了秦始皇的命令，使用挂在脖子上就能一瞬间去到几万里之外的装置——早道节用守，飞到日本的吉原寻找美女。

“テレメンテイコ”似乎是仿造葡萄牙语中意为松节油(terebinthina，テレメンテイン)的词捏造出来的人名。长崎会所留存下来的荷兰船上的进口物品清单里也可以看到“テレメンテイン油”(松节油)之类的名称[③]。顺便一提，《和汉三才图会》中举出“天礼面低古”，说是一种菌类“惠布里古”的别名[④]。加地井高茂的《药品手引草》(1843)中，在“ヱブリコ”一项里有一名字“テンブリコ”，这当是讹传。

洒落本《当世爰かしこ》(1776)中有一例“てれめんていこ”“ちりめんていこ”，两个词应该都是“テレピン油”(松节油)[⑤]。式亭三马在滑稽本《小野愚谑字尽》(1806)的“妄想かなづかひ”一节有“てれめんていこ、ちりめんちんこ”这

---

① 筒井康隆：《バブリング創世記》，东京：德间书店，1978年。

②《山东京传全集》卷二《黄表纸2》，东京：ぺりかん社，1993年。

③ 小山幸伸：《幕末期長崎落札貨物の動向》，《经济文化研究所纪要》4，1999年3月；吉川润：《津田秀夫文庫文書目録5　長崎関係文書にみる幕末期の長崎会所》，《关西大学东西学术研究所纪要》40，2007年4月。

④《和汉三才图会》卷九十二“惠布里古”条目。中野美代子：《テレメンテイコの旅》，《あたまの漂流》，东京：岩波书店，2003年。

⑤《洒落本大成》卷六，东京：中央公论社，1979年。

样的流行语,并解释说:"てれめんは芝口、ちりめんは下〆。"(てれめん是芝口,ちりめん是下〆)[①]也许是和芝口松坂屋的商品有关的东西。此外,柳川重信仿照西洋铜版画所画的春宫图(19 世纪 20 年代末)的配词里,有一荷兰女子说的虚构的荷兰语台词,其中有这样一句:"ちりめんちんこ、てれめんていこ、アア、フウ、スウスウ。"[②]大概是因为格外有趣的发音和舒爽的感觉,让这个词的使用范围非常广泛。

用作人名的例子还有芝全交的黄表纸《大悲千禄本》(1785)中的日本人名"てなし貸しの手代""てれめんてい兵衛"[③]。山东京传在《早道节用守》之后两年写成的黄表纸《卢生梦魂其前日》(1791)里有这样一句:"唐土呉の丁固とやら、てれめんていことやらが……"(唐土的吴国有个叫丁固的,还是叫てれめんていこ的,他……)[④]也许是从历史人物丁固那里联想到的,剩下的就单纯是因为发音有趣,把テレピン油的"テレメンテイン"和"テイコ"组合了一下,乱造了这样一个中国人名。不管怎样,作为虚构的外语,尤其是当时对他们来说很亲切的、学习过的荷兰语和中文,在 18 世纪的江户孕育出源自荷兰语的中国人名"テレメンテイコ"。19 世纪的日本流行起因为珍奇的中国风装扮和歌词而广为人知的"看看踊",而到了明治时期则发展为"法界节"之类,继续被舞者表演。

七、唐人的梦话

话说回来,《早道节用守》中,记录了テレメンテイコ在吉原说过的梦话。

> とう人け、こひするか、びりひつくり、びんだらり、もつちや、びびんだらり、びんだらり、しやう大じ、かきーたま、ちくねんぼ、ねこにゃん、や、フウ、ゴウゴウゴウゴウゴウ、フウ

"唐人的梦话"是在指莫名其妙的话、完全不合理的内容时使用的常用语。想要听一次真正的"唐人的梦话"而聚集起来的日本人是这样评价的:"还以为唐

---

① 早稻田大学图书馆藏。参见《山东京传全集》卷二《解题》。

② 柳川重信:《柳の嵐　大判錦絵秘画帖》,林美一:《定本・浮世绘春画名品集成》,东京:河出书房新社,1996 年。

③《日本古典文学全集》46《黄表纸・川柳・狂歌》,东京:小学馆,1971 年。

④《山东京传全集》卷二《黄表纸 2》。

人的梦话会更有道理的……”

山本节就“唐人的梦话”进行了考证，并下了这样的结论：

> “唐人的梦话”大约是从江户时期的异文化交流的体验中诞生的。在与共同体范围以外来访的“外国人”接触的时候，对陌生的异域文化“惊愕、恐惧、憧憬、侮蔑”相夹杂的正反两面的感情就产生了。对锁国时代的日本人来说，这种感情的强烈程度是现在所无法比拟的，这并不难想象。“唐人的梦话”对如上所说的文化冲击反其道而行，将它戏剧化，试着让人发笑，也可以说是在这样的心理下制造出来的装置。①

山东京传所采取的态度则是将这样的“社会心理”再一次戏剧化。曾经是“死板生硬”的象征的方块字“汉字”于是渐渐地变得亲切且可以游戏了，渐渐变成一个没有棱角的“玩具”了。

从对白话小说的研究进而发展到以关注中文会话和发音为主的学习的流行，一直以来伴随着汉文学死板生硬的印象逐渐淡化，取而代之的是认为中国能够亲近了的想法。上文中引用了许多黄表纸和洒落本的例子，但是并不是说这类作品中通篇只有嘲弄中文或中国人的内容。中文游戏的领头羊们都是有着一定的汉文学基础的，而且如果不是这样，“游戏”也是无法进行的。

大田南亩创作的古文辞派汉诗文集的谐仿作品《寝惚先生文集》(1768)卷二中的《寝惚先生传》大约是仿照陶渊明的《五柳先生传》，将自己比作“毛唐人寝惚先生”而作的充满自嘲的虚构的自传②。该文联系“邯郸鲁生(原文即为‘鲁’)”“庄周梦蝶”等来自中国的“梦”的典故，如下文这样总结道：

> 先生の夢は、唯(た)だ妄想(まうざう)と二重夢(にじうゆめ)とのみ。賛に曰く、寐(ね)て果報を待たず、寤(さ)めて則ち粱飯(あはめし)を食ふ。食ふて糞(はこ)して、寐(ね)て興(を)きて、唐人(とうじん)の寐言(ねごと)、陳奮翰翰(ちんぷんかんかん)たり。先生、寐惚(ねぼ)けたか。夢か現(うつつ)か幻(まぼろし)か。
>
> (先生之梦也，唯忘想与二重梦耳。赞曰：寐不待果报，寤则食粱饭。

---

① 山本节：《“唐人の寝言”考》(1)(2)，《アジア遊学》110、111，2008 年 6 月、7 月。引文译自《“唐人の寝言”考》(2)，第 194 页。

②《新日本古典文学大系》84《寝惚先生文集·他》，东京：岩波书店，1993 年。

食而粪，寐而兴。唐人寐言，陈奋翰翰。先生寐惚乎，梦乎，现乎，幻乎）

通过汉文学来学习中国的事情，的确可以略微接近那个世界，但即使这样，对活生生的“中国人”还是一知半解。混沌之中的“中国”是让人憧憬、好奇又困惑的对象，而他们希望能一窥其真容，哪怕是在梦中也好①。“梦”成为江户时期戏作的一大主题，是不用再赘述的。

八、活在当下的唐言

用“唐言”那样的方法进行的语言游戏，在日本还被称为“入れ詞”“挟み詞”“挿み詞”等。江户时期的“唐言”以后是如何发展的，我们不得而知，但既然泉镜花的《薄红梅》(1939)等也在需要渲染江户末期的花街气氛时使用唐言，那说明它修辞上的效果还是传了下来②。不过，镜花的文中没有任何地方提及与“唐”的关系。这种暗号式的意义使我们在侦探小说中也能看到使用唐言的例子。

不仅如此，在今天的日本，类似唐言的语言游戏仍在进行，这是值得我们注意的。“ハナモゲラ語”作为荒诞无稽的日语或外语的代名词，在タモリ(本名森田一义，1945 年生)的艺术加工下大有所成。只要去听他说的ハナモゲラ落语《めけせけ》就可以发现，其中出现的ハナモゲラ落语词汇和“唐言”一样，多使用元音相同的 ka 行③，比如“へれまか(here-maka)”“はかめこ(haka-meko)”“せけめけ(seke-meke)”“へれまかし(here-maka-shi)”“へけまか(heke-maka)”“はなまか(haka-maka)”等。

《めけせけ》说的是小学徒トメ到处向近邻的老丈、年轻少爷等询问词语“めけせけ”的意思的故事。探求着没有意义的词语的意义，故事就这样向着仅在ハナモゲラ语圈才会成立的语言游戏的结尾一路失控而去。可以说这就是一部讴歌巴别塔的诅咒的作品。这应该是模仿落语《转失气》中一个不懂装懂的和尚被主治医生问“有没有‘てんしき’”，他自己不知道这个词语的意思，却让小学徒去查的故事。嵌满ハナモゲラ落语的对话将トメ转向倒塌的巴别塔的废墟。タモ

---

① 关于从南亩的“笑”中所能看到的纠结和自嘲，参见池泽一郎：《大田南畝の自嘲》，《江戸文人論—大田南畝を中心に—》，东京：汲古书院，2000 年。

② 《镜花全集》卷 24，东京：岩波书店，1940 年。

③ 《TAMORI－2》，东芝 EMI，1978 年。

リ自己也许对ハナモゲラ落语和"唐言/伪中文"的联系一无所知，但他却将虚构的"外来语/中国话"作为他的看家本领之一（如《四国语麻将》等）发扬光大[①]。两者之间，还是有相通的地方吧。

终于，テレメンテイコ式的中国人留着辫子头，两手在胸前往筒袖里一拢，操着一口奇妙的日语（角色语言）说着"ナニナニあるよ。ナニナニあるね"，作为充满谜团又"奇怪的中国人"的形象发展起来[②]。从藤村有弘（1934—1982）创作的使用疑似外语（中文）或角色语言的"可疑的中国人"，到漫画中的"滑稽的中国人"，这一形象最终发展到了タモリ作品中那样。

《早道节用守》在现代由漫画家高野文子用其秀逸之笔重新演绎，创作了同名作品。高野所设计的テレメンテイコ的形象，正是大多数日本人认同的"奇怪的中国人"的那个样子[③]。

九、唐人屋里的日本迷

话说回来，在江户时期的日本国内，也的确是有过着日子的活生生的中国人。他们对日本的喜爱屡屡达到"痴迷日本"的程度，也是广为人知的。长崎唐人街的陆明斋和孟涵九就是其中的代表，《长崎名胜图绘》中是这样介绍他们的：

> 陆明斋，清朝浙江省内乍浦人也。为交易之故，自安永年间渡来长崎，屡屡往还中日之间。甚好日本风仪，其乍浦居宅亦如日本制式，建楼二层，敷以日本草垫，用日本膳碗、食具、酒器，烹调品味亦皆仿效日本以飨宾客。又，酒酣或畅谈之时，往往哼唱忠臣藏净琉璃一二句。盖习自名曰大町之花魁矣。
>
> 孟涵九，名世焘，字涵九，亦浙江省乍浦人也，晚明斋十余年。宽政年间

① 《TAMORI》，东芝 EMI，1977 年。

② 关于中国人腔的角色语言可参照金水敏《ヴァーチャル日本語　役割語の謎》，（东京：岩波书店，2003 年）、《コレモ日本語アルカ？ —異人のことばが生まれるとき（そうだったんだ！ 日本語）—》（东京：岩波书店，2014 年）。

③ 高野文子：《高野文子作品集　绝对安全剃刀》，东京：白泉社，1982 年。

于长崎馆中学日本伊吕波假名，临摹古歌。凡有乞其书者，尽书写与之。[①]

这两人之外，还有学习假名文字、抄写《三十六人歌仙古歌集》等的陈骥官及精通日语、擅作小呗、异名小歌八兵卫的林有官等。《长崎名胜图绘》中介绍的真实存在的痴迷日本的中国人，将《廓游唐人寐言》《此奴和日本》中塑造的脱离现实的唐人们拉回了地面。这些真实存在的日本迷们，也许是日本人幻想中的“中国人”的潜在原型也未可知。而附在《长崎名胜图绘》中的，书写假名文字的孟涵九、向妓女学习净琉璃的陆明斋等人的肖像插图，乍一看简直会让人错以为出自那些洒落本、黄表纸[②]。

十、幻想的中国

《韩非子·解老篇》里有这样一句：“人希见生象，而得死象之骨，案其图以想其生也。故诸人之所以意想者，皆谓之象也。”韩非的时代，伴随着人类繁荣的是大象的稀有。大象虽然时而会由南方作为贡品呈上，但并不是随随便便可以见到的东西。见到这样珍稀的动物那格外巨大的骨骼的话，人们会在脑海中为那骨骼加上血肉，猜想它活着时候的样子。也就是说，会去“想象”。这和从恐龙化石复原恐龙的样子是一样的。

“想象”也就是“想一头象”。《韩非子》的这一修辞在语源学上是否正确暂且不论，至少它是十分有建设性的。见不到实物的情况下，我们一般会收集与之相关的信息，然后在脑中重新构筑它的整体。象这种动物，似乎“鼻子很长”，又似乎“耳朵很大”，又似乎“身体很大”。我们就这样收集关于象的各个部分的信息，然后在心里描绘出象也许就是这样一种东西。

准备一张纸一支笔，来吧，来画象吧。画出来的东西真的就是象吗？真正的象自己看了，也许会一歪脑袋很不高兴地说：“这是什么？才不是我！”这并不是象本身。一百个人来画象，就会产生一百种“似是而非的象”吧。但是，这才是产生广义上所谓的“怪物”的原动力。人们根本不需要花力气说：“来，造个怪物

① 饶田喻义编述，打桥喜笃绘：《长崎名胜图绘》，长崎：长崎史谈会，1931 年，第 243 页。唐权：《海を越えた艶ごと》，东京：新曜社，2005 年。根桥正一：《江戸時代長崎の中国人遊客》，《流通经济大学社会学部论丛》24－2，2014 年 3 月。

②《长崎名胜图绘》，第 239、242 页。

吧！”只要认真“想象”一下随便什么东西，就会造出一个怪物来。

想要从这个世界驱逐怪物的话，除了“什么都不想，什么都不思考”之外毫无办法。如果做不到的话，一不小心就会造出怪物来，然后惊叹之，嘲笑之，悸动心乱，人类的生存之道除此之外别无其他。テレメンテイコ和他的祖先们、后代们也正是这样诞生，成为日本人梦中幻想的“中国人”中的其中一员。

（武田雅哉：日本北海道大学大学院文学研究科教授。专攻中国文化、文学、艺术。近年研究包括明代小说“西洋记”之世界、中国近现代科幻小说及连环画、年画、海报。代表著作为《杨贵妃になりたかった男たち〈衣服の妖怪〉の文化誌》[2007]及《“鬼子”たちの肖像—中国人が描いた日本人—》[2005]）

江户隐逸传的中国情怀

丁国旗

一、前　　言

在中国历史上，隐士及其文学占有格外重要的地位。隐士属于士人，是未出仕或是出仕后又退隐的士人。中国古代的士人有一个根本特点，就是参政，正是所谓的"学而优则仕"(《论语·子张》)。孟子讲的"士之仕也，犹农夫之耕也"(《孟子·滕文公下》)，一语道破了士人的基本生存模式："非仕即隐"。实行科举制度后固然如此，之前也未尝不是这样。士是读书人，富有修养，或仕或隐。隐士们以不仕为高洁，超尘脱俗，留下大量脍炙人口的诗文，形成了绵绵不绝的隐逸文学传统，对后世之人的思维方式和行为方式产生了巨大影响。

隐逸作为一个文化历史现象，并不只局限于中国。在古代东亚世界的朝鲜、日本等国，受中国的影响，历史上也曾经出现过隐者群体，并有大量作品传世。只是由于历史背景、人文风土以及思想状况等的差异，在这些国家，隐逸文化呈现出与中国不同的样貌。

本文结合中国的影响，从思想史的角度，援用发生学理论，从同源特征和同功特征两个维度，对日本的隐逸现象，尤其是江户时期的发展变容作探讨，以期深化对这一具有文化史意义的文化交流现象的认识。

二、日本"隐者文学"的特殊意涵考辨

早在奈良时代，在日本最早的汉诗集《怀风藻》中已见隐士的作品。以下是署名为"隐士民黑人"的两首汉诗：

幽栖
试出嚣尘处，追寻仙桂丛。
岩谷无俗事，山路有樵童。
泉石行行异，风烟处处同。
欲知山人乐，松下有清风。

独坐山中
烟雾辞尘俗，山川壮处居。
此时能莫赋，风月自轻余。

但是，在日本文学史上，上述作品并不属于"隐者文学"。按照日本文学史的通行观点，"隐者文学"泛指出现在中世的一种以僧侣为主体的文学现象，其代表作是鸭长明的《方丈记》及吉田兼好的《徒然草》。这两部作品，被称作"隐者文学"的双璧。这样一来，就涉及一个问题了，即什么才是"隐者"，什么才是"隐者文学"。

（一）何谓"隐者"？何谓"隐者文学"？

按照《广辞苑》中对"隐者"一语的释义，此语意指那些断绝与俗世的关系，悄然隐居山野者。在日本，这个词并非如想象的那样自古即有，它是后世的学者为了研究的方便，抽象概括出来的[①]。后世所称的隐者，譬如西行、长明、兼好等都不以"隐者"自居，至少他们不会具有像我们拿"隐者"指称他们时那样的一种自觉意识。现代学者中，在文学史的记述中最早使用"隐者"一词的首推折口信夫。他在自己的著述中多次用到该词。其最早系统论述及此的是《从女房文学到隐者文学——王朝后期文学史》[②]。

按照折口的定义：

① 据考证，日本"隐者"一词最早的定义可上溯至17世纪初叶的《日葡辞典》，其解释为："舍弃社会及世间的一切羁绊，隐遁或远离世俗之人。"我认为，在日本，从严格意义上来说，这一概念在林读耕斋的《本朝遁史》及元政上人的《扶桑隐逸传》撰就后才得以成立。他们追根溯源，将隐者这一称谓追赠给了古来有高洁志向者。两者的最大区别是，林读耕斋以老庄的悠悠自适为标准收录和诠释隐者，而元政上人则以佛教无常观为导向，卷中收录的大多是僧人。他将皇子也收录在内，不免令人有些诧异。在后来的《续扶桑隐逸传》中，更有三位天皇赫然在列，更加突显中日隐者观的差异。

② 三矢重松、折口信夫、武田祐吉校：《隐岐本新古今和歌集》，东京：冈书院，1927年。

隐者分很多种,要而言之,他们是过着自由生活的人,从社会一般来看,他们是社会外的存在。他们脱离了自己的身份,亦即无籍亡命之民。不管是社会地位高于自己还是低于自己的人,他们都可以自由交往。①

在该论文中,他更将隐者分为三种:遁世而居者、一般的僧侣、处于社会底层的隐者。第三种隐者中,还包括"娼妓及其身边的男性"。

其次是石田吉贞的观点。他所著的《隐者的文学》一书中,"隐者"一词涵盖了从地痞、赌徒到流浪者等的各式人等。他明确限定"隐者文学"是"真正表现了隐之生命的文学"②。折口的"隐者文学"的外延部分,几乎涵括从平安末期至近世初期的整个"中世文学"。与此相对,石田的划分则限定在专注于自我表达的西行、长明、兼好及其继承者的作品范围以内,其余一概不收。对于中世的隐者文学,折口从轮廓上,石田则从实质上对"隐者"及"隐者文学"作了规定和描述。

除此之外,如果再加上樱井好郎的有关论述,所有的具有代表性的观点便兼收并蓄了。樱井在其《隐者的风貌》一书中指出:"可以说,在日本人的精神结构中,过去自不必说,即令是现在,隐者要素也占有相当大的比重。"③概而言之,隐者乃是指那些留下具有"隐遁这一思考及行为方式"诸种特征的、行动着的"个性的意识主体"。其研究对象与折口基本重叠。所不同的是,折口关注的是室町时期作为"文学者"的隐者阶层的成立,樱井的重心则在于通过对室町文人的研究,考察经由古代知识人士传入日本的"隐遁精神"的变迁。石田给其著作加"苦闷的美"的副题,将对"美"的问题的探讨置于中心位置。比较而言,樱井所采用的更多的是精神史、思想史的方法。

换而言之,研究对象虽同为"隐者",折口关注的是文学、艺能等的参与者和制作者;石田关注的是自我表现的主体;樱井关注的则是隐遁精神的流传与变异情况。围绕着对"隐者"及"隐遁精神"的把握,我们可以对三者做出如上概括。

(二)日本隐遁的特质

江户时代林读耕斋慕中华隐者之风:"余以本朝遁隐之无录辑为遗恨。"遂广

---

① 折口信夫:《日本文学発想法の一面》,《日本文学の発生序説》,东京:斋藤书店,1947 年。

② 石田吉贞:《隐者的文学》,东京:塙书房,1968 年。

③ 樱井好郎:《隐者的风貌》,东京:塙书房,1967 年。

为搜罗，撰成《本朝遁史》(1661年序，1664年刊)，填补了此一领域的空白[①]。同时，元政上人亦著《扶桑隐逸传》(1664)，不过，从其引用书目中列有《本朝遁史》可知，此书成书稍晚。时代再往后推移一些，1657年开始动笔、1906年方始完成的《大日本史》中亦特设《隐逸传》。

日本古代所谓的隐者却并不自知，没有作为隐者的自觉意识。从上述两本书中所收入的人物来看，形形色色，难以归类，撰者判定隐逸的标准与中国大相径庭。中国的隐者必须是曾经做过官或是有做官资格而不做的人。换而言之，他们必须是受了很好教育的人，具有反体制色彩。反观日本的上述两本隐逸传中选入的隐者，关键是看其有无“道心”，不仅不考虑受教育程度，而且天皇、皇子都有入选。这是中日最大的不同之处。

隐遁，即建立在佛教思想基础上的隐栖，这在日本的隐逸中占据最重要的位置。在进一步展开论述之前，让我们再一次思考一下隐遁的语义。因为，出家、舍世皈教者、僧侣、遁世者、隐遁者这些称谓语义模糊，容易混淆。严格说来，作为隐遁者，必须满足下述两个条件：一是出家；二是隐栖独居。因此，即使是剃发出家，如果没有隐栖草庵，譬如在家的居士或是住在寺庙里的僧侣也不算隐遁者。这种类似对隐遁者下定义的做法，不是我们现在贪图方便姑且为之，而是古已有之的精确的区分。《徒然草》中有言“世间若法师之不足羡者，鲜矣哉”，在首先举出一般的法师(僧侣)之后，又接着说：“然而一心舍世皈教者，则甚有可羡望之处也。”此处将“舍世皈教者”与一般法师做了区隔，而这个“舍世皈教者”即指隐者。在《源家长日记》中，有“僧正(慈圆)素怀遁世之心”一句，慈圆已居于僧正高位，仍然怀有“遁世之心”，显见是要在僧侣之上另求“隐遁”这个更高层次的目标之意。这表明，即便是在当时，人们也已将隐遁者和一般的出家人相区别。

按照时代及生活内容，隐遁可分为三类：平安朝型隐遁、宗教型隐遁、儒道型隐遁。

第一，平安朝型隐遁。顾名思义，指的是平安时代的隐遁。从同为出家者的隐遁这一点来看，与中世的隐遁并无不同。但由于没有强力的无常思想支撑，其修行欠缺信仰的激情，与同时代的贵族的闲居一样，追求浓厚的闲适、游乐气息是其主要特色。宇治山的喜撰、古曾部的能因、歌林苑的俊惠是其代表人物。此外，隐于摄津邂逅山的千观、视声名为草芥的增贺等也属此类人物。

第二，宗教型隐遁。此型当然非中世莫属。中世的隐遁也分为两种：一种

---

① 林靖：《本朝遁史・序》，《本朝遁史》，古刻本。

完全植根于信仰(信仰型隐遁),另一种则是在怀有信仰的同时,又操文学、学问之业(文学型隐遁)。从出家本来的旨趣来看,前者无疑是真正的隐遁,但从文化的角度来看,又恰恰是后者有迹可循,发挥巨大的影响。因此,激起我们强烈的探究愿望的往往是后者。

信仰型隐遁者大多在寺院周遭或是村落近旁结庵而居,过着孤独、寂寞、简朴、清纯的生活。这与文学型隐遁者大不相同。其差别就在于他们拥有强烈的信仰,严守佛教戒律。《撰集抄》《闲居友》《发心集》等与佛教相关的文献中,此类例子多不胜数。

第三,儒道型隐遁。隐遁者在追求信仰(求道)的同时也在追求美。他们天赋异禀,拥有非凡的艺术感受力,无法舍弃对美的追求。因此,他们的信仰与美融合一处,他们对永恒和绝对的把握也是通过美感来实现的。这种把对信仰和美的追求合一的隐遁与单纯信仰型的隐遁大异其趣。他们之所以会在文化以及艺术方面有诸多建树,道理也正在于此。

三、江户初期的思想与隐者观的变迁

(一)江户幕府与朱子学

1603年德川家康(1542—1616)经过连年的杀伐征战后,被任命为征夷大将军,在江户建立了幕府。德川家康继在政治上建立了幕藩体制之外,又致力于思想文化建设,采纳藤原惺窝、林罗山等儒学者的建议,推行所谓的"王道政治",开始大力宣扬儒学。

江户儒学以阐述以朱子学说为代表的宋学为特征。朱子学说自13世纪传入日本后,经过350多年的传播,到1603年后被德川幕府奉为官方意识形态。对于儒学尤其是朱子学在日本发达的原因,朱谦之曾经分析指出:

> 随着幕府的成立,德川氏以新的封建统治者的资格来确确实实地掌握政权,就确确实实地需要在武力统治以外另有一种思想的统治力量,即幕府的御用学说。于是就选中了大陆上传来的儒学,尤其是朱子学说。朱子学在幕府提倡之下形成极盛时代。[①]

---

① 朱谦之:《日本的朱子学》,北京:人民出版社,2000年,第159页。

朱谦之认为，朱子学之所以兴盛，除了以上封建统治阶级的主观需要之外，还存在以下三个方面的客观原因：一、明末清初之文化接触；二、佛教的衰颓助长儒教之兴起；三、江户时代的社会关系①。

朱谦之指出：

> 到了僧侣腐败到极点而根本不能成为维护封建统治工具的时候，特权阶级为要维持自己势力，已不能再靠佛教；加以理性知识的发达，佛教的信仰也已根本动摇，是不得不借助于儒教，以儒教的道德教条来代替佛教之虔诚的信仰。

特别应当指出的是，日本朱子学的开创者藤原惺窝和林罗山，在使儒学脱离禅宗走向独立、对佛教的猛烈批判、主张神儒合一、使日本儒学向伦理化发展等方面，发挥了无可替代的关键作用。

（二）江户隐者观的变迁

1336 年足利尊氏率领大军击败新田义贞、楠木正成之后，攻入京都。对足利尊氏来说，这是他人生当中最为光彩和得意的时刻。在 8 月 17 日，也就是在武力镇压成功后仅仅两天，尊氏突然给清水寺奉纳了这样一篇愿文：

> 斯世如梦，尊氏道心萌动，祈愿来世得救，欲速速遁世。所欲得道者，不图今生之果报，但求来世之救赎。今生之果报，尽付与直义（尊氏之弟），请佛祖保佑直义大吉大利。②

透过足利尊氏这样的政治人物所吐露的这样一种心情，从中可以了解到中世变革期的争斗是何等激烈。此外，这种出自道心的行动以及对安身立命的诉求，无疑构成那个时代人们的共同愿望。遁世的愿望，不仅限于特别的出家者和宗教的信奉者，它不是遁世文学者的专利。换而言之，在所有处于中世变革期的人们的内心深处，都存在这样的强烈诉求。

提到隐遁和隐栖时，大多数人都会通过这些中世的人物，描绘隐栖者的形

---

① 《日本的朱子学》，第 131 - 65 页。

② 樱井好朗：《日本の隠者》，东京：塙书房，1969 年，第 196 页。

象，那是一种否定现实以及现世，把来世以及彼岸当作真正的人生去追求的一种人生态度。近世的隐栖者的人生态度与中世人的人生态度呈现出若干不同的色调。毋庸讳言，不论是惺窝，还是长啸子，其行为方式都受到中世遁世者的影响，但就其精神底色而言，却分明闪耀着不同于中世的、近世独有的特质。

中世与近世隐栖精神的最大差异，概而言之，是各自的侧重点不同。如前所述，中世的隐遁精神主要受净土思想的影响，近世的隐遁精神则主要是老庄思想。当然，这样说决不意味老庄思想到了近世才被理解。在吉田兼好的《徒然草》中多处涉及老庄思想，影响的痕迹清晰可辨。况且在古代文人贵族之间，接受老庄思想洗礼者不在少数。

中世的隐遁与近世的隐栖有些地方很相似，有些地方又差异很大。其根源仍在于作为指导原理的净土思想和老庄思想的不同。当然，即便假设净土思想与老庄思想有连续性，那也只能说，从潜质上来看，中世的人与近世的人存在着连续性而已。实际上，中世与近世的隐逸精神呈现出明显的不同样貌。首先，中世强调彼岸性，而近世则重视人性的觉醒、主体性的发现、人的存在的自觉等。

即便在近世的人身上，存在着在净土宗看来是"顺遂造化"那样的成分，那也是主体的人经过体验和思索后发现的哲理与启示，与"皈依"这个词所表达的信仰的态度是截然不同的。"皈依"必然会带来顺从于绝对者的信仰生活和戒律性的人生态度，而这些东西与老庄思想格格不入。长啸子和丈山在多大程度上直接接受了老庄思想的影响另当别论，但他们的人生态度本身所体现出来的老庄色彩却是不争的事实。

进入江户时代后，镰仓时代以来的遁世者走向沉寂，代之而起受到瞩目的是游民(新隐者)。被视作隐者的是失去了主人的武士，在山林也好，在市井也好，他们或以诗歌聊以慰怀，或潜心于学术技艺，总之就是安于贫贱、舍弃名利。他们虽对世道不满，却无匡世之言行。隐者们离尘脱俗，一心追求内心的平安，向往更高的境界，这种作为人的道义性格正是其特质所在。汉诗人之吟咏隐逸，无非是栖心于白云青山之中、乐享清闲的文字操作而已。他们所寄情于隐者的，恐怕还是把隐者作为高尚之士的道义评价吧[①]。

俳人以及《近代艳隐者》的作者从风雅、风流的角度看待隐者，俳人中也有人虽致仕而自称隐者的，俳谐被町人作为轻松的趣味接受，町人中也逐渐有人开始

① 小林升：《中國・日本における歴史観と隱逸思想》，东京：早稻田大学出版部，1983年，第359页。

自称隐者。林靖在《本朝遁史》中收入了肖柏，元政则在《扶桑隐逸传》中收入了宗祇和肖柏。俳人之所以会被视为隐士，说明追求风雅的俳人的隐者观产生了影响。俳人当中，有人继承前代连歌师的风尚，出家过行脚生活，表现出了堪被称作隐者的风范。关于西山宗因，有《西翁隐士为僧序》一文[①]。宗因的门下旨恕自称难波津隐士[②]。芭蕉虽没有自称隐士，甚至还有意否认："唯好闲寂，非隐迹山野者也。"[③]。也许是如果自称隐士，便会因此受到约束，故意回避的吧。芭蕉的弟子各务支考则将其师视作隐者，《续扶桑隐逸传》中也收入了芭蕉，其《赞》中还引用了隐士木因的话，木因也是芭蕉的弟子。

按照中国关于隐者的观念，拒绝禄仕是其根本意义之所在。到了江户时代，这一观念得到重新认识和接受。与此同时，平安朝以来的佛家的遁世思想依然存在，对当时的遁世者，诸如宗祇、宗长以及宗鉴等人也有很大的影响。此外，有不少町人也以隐者自居，这种自称隐者的心理、隐者所承载的意味便与之前表现出了很大的不同。

近世士大夫中间出现了诸多隐逸者，他们赋诗作画，"悠悠自适"。支配这个世界的既不是中世时期"厌离秽土"那样的宗教厌世型的隐遁精神，也不是与道心相伴随的克己苦修的氛围。在他们身上，体现出更多的人性的音响和明快的色彩，洋溢的是一种新鲜活泼的文人精神。

当然，像长啸子和丈山这样，选择景胜之地，在幽寂的自然中筑起山庄，脱离尘世，靠明媚的风光修心养性，不是那个时代才有的东西。只不过，提起隐遁或是隐栖这样的字眼时，在我们的脑海中往往会产生约定俗成的印象和联想，比如"一心舍世皈教者"那样的隐者。一提到隐者，我们很自然地便会想到中世，觉得这是那个时代具有标志性的现象。不难想见，惺窝和长啸子的隐栖，肯定受到了中世隐者思维方式的巨大影响。隐遁精神在近世以前的日本文化中发挥了远超我们现代人想象的巨大作用。尤其是在文学世界当中，"隐者文学"独领风骚，占据了主流的位置。西行、鸭长明、吉田兼好、心敬、宗祇……我们可轻易举出一长串隐逸文学者的名字。顺理成章，这些中世遁世者的精神及其轨迹，深深影响了惺窝、长啸子以及丈山，成为他们的偶像和榜样。

---

① 颖原退藏：《西山宗因》，《俳諧史の研究》，名古屋：星野书店，1933 年。

② 鸟居清：《片冈旨恕》，《国语・国文》，1954 年 7 月。

③ 松尾芭蕉：《幻住庵记》。

四、江户"隐逸传"的背景及隐逸观

(一) 江户"隐逸传"的撰写背景

德川氏掌握政权之初，由于政治上的变动，或由于主家覆亡，或愤激于世道不公，或心存失望，不少人成了所谓的"浪人"。在这些浪人当中，断绝了仕官之念，遁入佛门者有之；作为有闲的知识者专事舞文弄墨者有之；为取得生活之资，放弃武士身份者有之；在他们中间有不少人被世人视为隐者。石川丈山、木下长啸子以及稍后的下河边长流、户田茂睡等都很出名，皈依佛门的深草元政似也应当归入其中。

他们之所以成为隐者可以说各有隐衷。长啸子是由于关原之战时避战之故，丈山则由于大阪两军对垒之际违犯军令所致。丈山为了奉母曾一度仕于艺州藩，母亲去世后重返京都，建诗仙堂，并终老于此。据说元政因高尾大夫自杀事件致其出家后，在深草创建瑞光寺，著有《扶桑隐逸传》。至于长流和茂睡，其遁世的直接原因难以稽考，他们和长啸子一样，都对古典文学情有独钟。

在前述这些隐士身上，洋溢着浓厚的中国隐者之风。丈山的不少诗句都印证了这点，比如"松菊吾当作主人，朱门虽富不如贫。平生性癖耽闲淡，何用浮名绊此身"①；"人生只如寄，何曾干禄位，顽躯远市朝，浩气填天地"；"世间名利人，孰知真幽胜"②。这些诗句，也许并未明言追求名利有多么丑陋，但其希望通过自然风物求得慰藉是显而易见的。在中国诗歌趣味的熏陶下，他常常将自己的心境寄托于许由、巢父、荣启期、庄周、严光等隐士身上。长啸子所仰慕的也是杜甫、陶渊明等中国诗人。

这些被称为隐士的人物的不断涌现，引起了世人的好奇之心，隐遁日渐成为日常的话题。"隐者传"的撰写与这一风潮不无关系。

(二) 江户隐逸观考辨

就学于林罗山之门、与丈山过从甚密的野间三竹，撰写了《古今逸士传》(1661 年刊)，收录从上古至明代的中国隐士。野间三竹的《古今逸士传》与诸多中国先行的"隐士传"的区别，在人见竹洞为此书所作的《序》中这样写道：

---

① 石川丈山：《新编覆酱集》卷二。

② 野间三竹：《古今逸士传》·《序》，1661 年刻本。

> 余闻其言、见其书，不堪感叹。就想，古人为逸民高士之传者，或有杂载老佛者，或有怪诞者，子苞之所编者，不然。……如巢许虽有清操，不见于经，则乃寓卮之言乎。措而不举之。如老庄虽有高志，固异端之流也，弃而不取也。①

要而言之，就是要排除“老佛”“怪诞”“老庄”。另外，因为不见于经，巢父、许由亦未收录。另外，从《古今逸士传》的参考书目来看，其素材大多取自中国正史的“隐逸传”。由是可知，野间三竹在《古今逸士传》中，追求的是“隐者传”的历史客观性。

人见竹洞的《序》中，还提到了明朝陈继儒的《逸民史》：

> 终以陈继儒亦明之逸士也。……子苞编斯书者宽永年中也。后齐华舶传陈继儒《逸民史》者。子苞喜暗合其编，求而得之。其以继儒终者可谓奇也。②

与《古今逸士传》一样，陈继儒的《逸民史》，对正史中的“隐逸传”利用颇多。所不同的是，《逸民史》并不排斥老庄和佛教，其中所收录的戴颙、宗炳、孔淳之、沈道虔、雷次宗等隐者，《古今逸士传》中并没有收录。其次，《逸民史》中收录了老子、庄子，中国其他诸多著名的“隐逸传”中，也都可见这两个人。但《古今逸士传》中就没有收录。

《古今逸士传》的特色和意义就在于“非老庄”“非佛教”。这自然可以解释为，作为儒者的三竹视老庄、佛教为异端。但在江户前期，整个文艺界，尤其是以林家为中心的当时的诗坛，老庄思想大为流行。同样是儒者，读耕斋对待老庄和佛教，态度就很柔软。对“中华之隐士”抱有浓厚兴趣和景仰之情的野间三竹，对于中国原典著作中的人物，为何还要自作主张、刻意剔除呢？据伊藤善隆氏考证，这与三竹本身的医者身份有关③。野间三竹既是儒者，也是医者。他反对佛教，同时强烈否定道教中所谓可以长生不老的仙术、仙药，因此与此相关的人物

---

① 野间三竹：《古今逸士传》，1661 年刻本，第 3 页。
②《古今逸士传》，第 3 页。
③ 伊藤善隆：《“古今逸士伝”考—その編集の動機と方針—》，《文学研究科纪要》第 41 辑第 3 分册，早稻田大学大学院，1995 年。

被其视为“异端”，不予收录。

林罗山之子林靖游于丈山之门，在三竹的鼓励下撰写了《本朝遁史》。为该书撰写《后序》的人见竹洞是林靖之兄林鹅峰的门下。他特以逸民冠之，并给《古今逸士传》也作了序。元政在撰写《扶桑隐逸传》时，曾参考过《本朝遁史》，因为在他的引用书目中，就列入此书。时代再推后一点，《大日本史》中也特辟了“隐逸传”。此外，还有西鹤的《近代艳隐者》(1684)，义堂的《续扶桑隐逸传》(1707年刊)及伴蒿蹊的《近世畸人传》(1790)、《续近世畸人传》等。需要指出的是，这些隐逸传由于编撰者的隐者观不同，收录隐士的取向及编写方针各有侧重。最令人称奇的是，《续扶桑隐逸传》中清和、宇多、花山诸帝赫然在列，其所收录的九十余人大多为佛者。著者在该书的《序》中申明，隐逸在心不在形，不分贱贵缁素。《近代艳隐者》书名中用来形容隐者的“艳”字，一见之下，令人诧异。细审之下，发现在该书的《序》和卷三的“嵯峨风流男”中，“艳”即“风流”，解作“风流、风雅”。看来还真不可以望文生义。《近代艳隐者》依托老庄思想等描写隐者，其关心的焦点在于风流、风雅。伴蒿蹊在《近世畸人传》的序文中交待说，他的初衷本来是辑录隐士传的，结果却成“畸人传”。大概是因为收录进来的人物所表现出来的多样性非一个“隐士”的概念所能涵括，踟蹰再三勉强命名的吧。安积澹泊(1656—1737)为《大日本史》中的《隐逸传》撰写了《序》和《赞》①。他的《隐逸传赞》，以中国隐士为典范，与林靖一脉相承：

> 士之生于斯世，贤愚随天赋与，各展其用。岂以偃蹇岩穴沉冥渔樵为高哉？异邦革命之世，或有耻事二世，高尚其事者，史传美之。皇朝神裔相承，万世不易，隐逸之士，似乎不足称者焉。然士之所遭，其途非一，有高才逸足而不见知于人者，有抱忠负节而蔽于谗佞者。与其降志屈己，望车尘而恋栈豆，孰若高蹈远引，耕富春而啸苏门乎？故所处虽有得失小大之殊，而君子皆以蛊之上九期之。若藤原藤房，谏不行而去。象所谓志可则，而进退合道者也。事在本传，不列于兹。作隐逸传。
>
> 赞曰：藤原高光，雅操恬淡。兄弟皆以显官好爵相矜，独出类离群，泥涂轩冕。岂有得贞遁之义者乎？源成信，自知其才不及四纳言，毕志丘园。

① 安积澹泊(1656—1737)，名觉，字子先，统称觉兵卫，号澹泊、老圃、常山、老牛居士，常陆国(今茨城县)水户人。澹泊为江户时代的汉诗人、史学家，10岁师事朱舜水，尊崇程朱学。他曾任《大日本史》的编修、彰考馆总裁。有《澹泊史论》3卷、《澹泊斋文集》18卷以及《澹泊斋笔记》38卷等行世。

虽非真隐之流，比夫怀禄耽宠者，殊有间也。源显基，急流勇退，素薄荣利，及后一条崩，有感于时事，遂挂冠都门，寄怀考盘。然以“忠臣不事二君”为言，则异姓革命之谓，不可施于绍袭之世，其义乖也。异日，结城朝光引此语，为梶原景时所谗，亦承其谬也。大原三寂、西行、长明，皆有高蹈之风。而西行志节高迈，卓尔不群，啸咏林薮，笑傲风云，近于遁世无闷者也。其舍身释门，遗落人伦，至得罪圣人，则当时习俗，举世所尚也，虽贤明之士，有不免也。①

他主张：“高才逸足不为人知，忠节蔽于谗佞，与其委屈己意汲汲于荣利，不如做不事王侯的隐士，保持自己孤高的志节。”出家乃当时习俗，就算贤能之士亦不能得免。他站在儒家道义的立场上，认为隐士尚能认可，佛者则不宜提倡，因为佛教从根本上说是违悖圣人之道的。

在上述诸隐者传当中，最有代表性的是林靖的《本朝遁史》和元政的《扶桑隐逸传》。如前所述，两人的隐者观也体现在各自的著述当中。林靖崇尚的是中国老庄式的山林之乐，元政上人所关心的是佛道修行，安积澹泊所注重的是儒家的道义之心。

林靖在《本朝遁史・序》的一开头就写到：“士不忘山林，故不仕焉，故归田焉，故辞官焉，故乞骸焉。”他认为隐士的本质首先在于山林之乐。其次，与在寺院中济度信众的公开的僧侣不同，那些脱离俗尘、隐身民间的着僧衣、诵佛曲的遁世者，与隐逸相类，可视作隐士。林靖在《本朝遁史・序》中还提到了大隐、中隐、小隐的说法，全传共收入隐士 51 人。

《本朝遁史》遵循的是中国隐逸思想的根本原理，伊藤善隆氏将这一原理归纳为两点：其一是“重道”；其二是“学问”②。《本朝遁史》以“中华的隐逸”为规范，从读耕斋为传中人物所做的《赞》中，可以看到相同的隐逸观。比如，“重道”，亦即“当世批判”“权力者批判”：

藤原周光：彼自称倦微官也，固宜。

---

① 安积澹泊：《隐逸传赞》，《大日本史赞薮》卷五，《日本思想大系 48　近世史论集》，东京：岩波书店，1974 年，第 226 页。

② 伊藤善隆：《“本朝遯史”における隠逸観の検討—“扶桑隠逸伝”との比較において—》，《近世文芸研究と評論》第 48 号。

惟乔亲王：惟乔之遁也者，出于不得已。

源兼明：君昏臣谀之语，兼明何其太甚乎！

平康赖：净海之罪滔天，固当诛也。

佐佐木高纲：盖以赖朝，为鸟喙之勾践乎！

小仓居士：方今日本国，非君子之可居也。闻有遣唐使事，附舶浮大洋可乎？

又如，“学问”指士，亦即读书人：

惟良春道：颇得中华之风味者也。

福可老人：况其慕中华之风者，驰情于中华之名胜乎！

嵯峨隐君子：读书破万卷者也。

源显基：……唯恨。其不尊中华之良辙者，不学之过习俗之也。

增翁：唯惜不读书。

池田樵夫：……然此一夫，耳不闻先言，目不知文字，俄然至此奇异哉！

元政上人则在《扶桑隐逸传·序》中开宗明义，宣称不论僧俗，凡有隐迹者一并收入，全传共收入75人，大多为佛僧，体现了他佛门的立场，这也是他的“隐逸传”与中国《晋书》《宋书》中的《隐逸传》大异其趣的地方。收入《扶桑隐逸传》中的人物可以归纳出以下几个性格特点：①爱好琴、瑟、琵琶；②喜爱且擅长作诗；③喜爱自然山水花草；④长于书法。其实，琴棋书画无所不能，本来就是中国文人雅士的基本条件和要求。

在《扶桑隐逸传·序》中，元政写道：

古之遁世者，或显而遁焉，或隐而遁焉。显而遁焉者，山林之士，可得而见者也。隐而遁焉者，朝市山林，无所处而不遁，不可得而见者也。可得而见者，谓之小隐。不可得而见者，谓之大隐。巢父、许由之徒，是所谓小隐也。汉之子房、东方朔、黄叔度，晋之阮嗣宗，唐之狄仁杰之辈，是所谓大隐也。而复有大于此者，佛也。[①]

---

① 元政上人：《扶桑隐逸传》，1664年古刻本，第2页。

作为“小隐”，元政列举了巢父、许由，“大隐”则列举了西汉的张良和东方朔、东汉的黄叔度、晋朝的阮籍、唐朝的狄仁杰等。在这些人之上则是佛陀，元政特别为他呈上了赞辞。

林靖与元政上人有着不同的隐者观，这在他们所刻画的人物形象以及所作的理解上有明显体现。

关于《本朝遁史》与《扶桑隐逸传》的异同，伊藤善隆氏亦专门撰文考证，为我们的论述提供了极大的便利。伊藤氏认为，《本朝遁史》的最大特征是“当世批判”“社会批评”“政治批判”“权力者批判”。表1是伊藤氏对《本朝遁史》和《扶桑隐逸传》所做的一个对比①。

表1 《本朝遁史》与《扶桑隐逸传》收入人物对比

	收入著作		类型	
	《本朝遁史》	《扶桑隐逸传》	迫于无奈	对当世持批评态度
民黑人				
藤原麻吕		×		
猿丸				
惟良春道				
大中臣渊鱼				
藤原关雄		×		
藤原春津			★	
惟乔亲王		×	★	
白箸翁				
嵯峨隐君子				
喜撰				
大伴黑主		×		
蔺笥翁				☆
南山白头翁				☆
南山亡命处子				☆
清原深养父				

① 伊藤善隆：《“本朝遯史”における隠逸観の検討—“扶桑隠逸伝”との比較において—》。

（续表）

	收入著作		类型	
	《本朝遁史》	《扶桑隐逸传》	迫于无奈	对当世持批评态度
蝉丸				
源兼明		×	★	
藤原高光				
野人若愚				
藤原为时		×		
橘正通		×	★	
源显基				
大濑近宗				
藤原周光		×	★	
佐藤西行				
增叟				
池田樵夫				
武野老翁		×		
葛城山男子		×		
斋藤时濑		×		
平康赖				☆
鸭长明				☆
佐佐木高纲		×	★	
下河边行秀		×	★	
北条时村		×		☆
丹后国士		×		
藤原藤房				
吉田兼好				
朴翁		×		☆
纪俊长				
纪行文				
美德隐君		×		

（续表）

	收入著作		类型	
	《本朝遁史》	《扶桑隐逸传》	迫于无奈	对当世持批评态度
洛市隐人		×		
福可老人				
意云		×		
板阪宗德		×		
小仓居士		×		☆
平兼载		×		
肖柏				
善住		×		

说明：×表示《扶桑隐逸传》中未收录的人士；★表示迫于无奈隐逸的人物，不遇者；☆表示对当世持批判态度者。

可见被指佛教色彩浓厚的《扶桑隐逸传》收录不少世俗人物，仰慕中华高士隐逸的《本朝遁史》也为不少出家人物树碑立传。在编纂《扶桑隐逸传》时，元政按照自己的信念，对人选做了取舍选择。而且，即便是两者都收录的人选，本文部分往往大同小异，“赞”则迥异其趣。因为，元政有意识地剔除了“政治要素”。

以下就以藤原春津、蔺笥翁、南山白头翁、南山亡命处士等4人为例，略去其本文，聚焦于两者“赞”中的差异之处。

1. 藤原春津

《本朝遁史》卷上：

> 赞曰：“……春津位仅四品，不能备贵卿之列，盖不遇乎。其养闲之趣，或出于此乎。官资虽不高，而得朝隐之娱，不亦可乎。”

《扶桑隐逸传》上卷：

> 赞曰：“……春津在乎贵显之家，而不慕荣利，安于静退焉。”

按照记述，读耕斋是把春津当作因为不遇而隐逸的人物，元政则以“安于静退焉”作结。

2. 蔺笥翁

赞曰:“……文王无冻馁之民,凡人之不出于其际,将是不幸也。翁乎翁乎,蚩蚩之氓耶,宁或暧暧含光耶?”(《本朝遁史》卷上)

赞曰:“蔺笥翁盖安贫也已乎!”(《扶桑隐逸传》中卷)

这里同是蔺笥翁,读耕斋以“氓”目之,对当时的社会作否定评价;元政的评价则是“盖安贫也已乎”,没有过多地关注蔺笥翁所处的社会环境。

3. 南山白头翁

赞曰:“……贞观以来其国政可就而知……”(《本朝遁史》卷上)

赞曰:“白头翁者,其知道者乎……”(《扶桑隐逸传》中卷)

很显然,读耕斋这里关注的是“国政”,而元政关心的是“知道”。

4. 南山亡命处士

赞曰:“……宁以亡命,有所畏惧乎?”(《本朝遁史》卷上)

赞曰:“……处士游乎天地之始者乎?”(《扶桑隐逸传》中卷)

此处,读耕斋注目的是“畏惧”,元政则引用《老子》中的一句作比,再次凸显了二者旨趣的不同。

(三) 林读耕斋的隐逸愿望与当世批判精神

林读耕斋是林罗山第四子,名守胜,号读耕斋。后因敬慕靖节先生陶渊明而改为靖,统称右近,字子文,后改为彦复。彦复有两个来源:一是取自终生未仕的尹和靖的字——彦明;二是取自隐君子林和靖的字,君复。1646 年 23 岁时,他迫于无奈到幕府任儒官,隐逸梦碎,剃发后称春德。其兄鹅峰评价他:“清白,守志刚毅,不谄不贪,敦厚寡言,韬晦自乐。”[①]正如读耕斋自述的那样:“余有肥

① 《读耕斋林先生文集》卷首《读耕林子年谱》。转引自前田勉:《近世日本の儒学と兵学》,东京:ぺりかん社,1996 年。

遁之痼疾，此多年也。”[1]他年轻时怀有强烈的隐逸愿望。

对“山林”的憧憬构成了林读耕读斋思想和行动的基调。他之所以成为《本朝遁史》的著者决非偶然。在序文中，读耕斋如是写道：

呜呼！余素意在山林，读中华之典籍，慕幽人之风，企高逸之躅，故春顾洛师之乔木，搜求洛表之云栖，而耕于宽闲之野，钓于寂寞之滨，是之所欲也，是之所期也。然而，时事龃龉，以乖夙念。然而，山林果不可忘，故乡固不可忘，其不忘之者，炯炯于方寸，而傍观以为既忘之乎？无奈之何。[2]

对他来说，执笔撰写《本朝遁史》是对不能达成隐逸之志的一种代偿行为。在他倾力刻画的西行、长明、兼好等遁世者的形象上，寄托着他所未能实现的隐逸理想。

那么，林读耕斋为何坚持不愿做官、矢志隐逸呢？当然，可以举出“禀性嗜闲静”[3]一类的与生俱来的性格因素以及病弱等体质方面的原因，但在这之上，更为决定性的理由恐怕还是对幕府的现实政治的强烈批判意识。

虽然林罗山深得幕府倚重，但“高处不胜寒”，林靖必定更深切地感受到了某种危险。陶渊明有《感士不遇赋》：“密网裁而鱼骇，宏罗制而鸟惊。彼达人之善觉，乃逃禄而归耕。”上述诗句对一向敬慕渊明的林靖来说，一定不会陌生。尽管怀有强烈的隐逸愿望，读耕斋还是不得不屈服于压力，含泪出仕。关于此事，《读耕林子年谱》中有如下记载：

1646 年 12 月 8 日，读耕斋之父林罗山收到了来自大老酒井忠胜和老中阿部忠秋的一封信函。函中写道：“明日让读耕斋剃了发随你一同来衙。”罗山把信拿给读耕斋看，他登时就愣住了，随即匍匐于地，泪流不止。其父罗山与其兄鹅峰都来劝导他：

先考（笔者注：罗山）起坐谓靖曰：“汝平素之志，我亦能知之。故不悍时世，以过数年。今钧命如此，无奈何之。我怜汝之志不遂，然汝焉何不察我之意哉？且断发亦我所不愿也。然昔仕官之初，因神君之命而如此。恕

① 林靖：《读耕诗集》卷八，1647 年。
② 《读耕斋林先生文集》卷十三，第 120 页。
③ 林靖：《读耕外集》卷六。

（笔者注：鹅峰）亦受元老之旨，既薙其发。汝纵虽执拗，然官事无盐。强听时俗，则于我苟安耳。呜呼！汝其念兹。"其言未毕，落泪行行。先妣亦泣。恕复告谕之曰："卿之志，举世知之。今时势既迫，纵虽登营祝发，然大隐之迹，何不蹈之耶？丈夫之志，何可变之耶？"于是，靖举首谨启考妣曰："平日之志，至此而废。然为人之子，何敢违严命乎？"先考曰："可也。"先妣亦解色。虽不得已，祝发①。

在这个富有喜剧色彩的场面中，作为读耕斋承诺剃发出仕的理由，鹅峰举出两点：其一是王土王臣思想，罗山的一句"官事无盐"乃为此意，此语出自《诗经·小雅·北山》篇；其二是此乃父母之命的缘故。简言之，就是"忠"与"孝"两方面的问题。

读耕斋出仕之后，仍然保持了其一贯的批判锋芒，有诗为证：

吾侪亦是圣人徒，学业专攻心未枯。
德亦雄儒空失志，缙绅公子更荣躯。
楼台但饰千堆锦，宫阙唯悬万迭珠。
衰政浇风真太息，不逢皞皞又驩虞。

这首诗中感叹"衰政浇风"的尾联，典出于《孟子·尽心上》中的一句："霸者之民，驩虞如也；王者之民，皞皞如也。"读耕斋称他连"霸者之民"也未曾遇到。他在自注中说："近世之政劣于霸政，况皞皞乎？"

他对"近世之政"的批判，在其出仕之前的宽永时期所写的文章中表现得尤其显著。比如"王纲衰废，政归武人。尔来丧学术，流至近世，坏乱已极"②等。以下是他以《写忧》为题的三首绝句，特附于此，以为进一步的佐证：

其一

本意云山寄此生，无端误在武陵城。
一身好去红尘陌，笑向苍天诉不平。

---

① 《读耕林子年谱》。转引自《近世日本の儒学と兵学》，第121－122页。
② 林靖：《读耕斋文集》卷十八，1640年。

其二

暮伪朝真时势妆，一身漫入宦游场，

巢由指我莫相笑，毕竟山林更不忘。

其三

感事愤时心不安，男儿须是着儒冠，

近来凶俗妄披剃，人作僧郎一样看。

对读耕斋而言，隐逸本身即是对现实政治的批判。进而言之，它更是抵抗的一种形态，而绝非追求超俗的行为①。从这个意义上说，他的隐逸愿望不是要远离世俗，恰恰相反，是他对世俗的强烈关心的另外一种表现形式。换句话说，他之隐逸，不是老庄式的“隐者之隐”，而是儒家式的“逸民之隐”，这也有别于迄今为止日本的其他佛教隐者。这种异质性正表现出他对中国隐逸传统的准确把握和认同，说明进入近世以后，随着文化土壤的改变，以及对中国文化思想的消化吸收能力的提高，日本开始真正出现中国式的隐者。

五、隐者文学的终熄与游民文学的繁荣

（一）隐者文学的终熄

日野龙夫在其《近世文学史》中指出，进入近世以后，中世的信仰型隐者文学走向“终熄”，新的文学——游民的文学代之而起②。此处的“终熄”一词，并不是只有消亡这一层含义。它有两方面的含义：一是进入近世以后，世风改易，隐者文学也发生质的变化，不能再拿老眼光看待；二是承担文学的阶层发生了变化，从中世的隐者变成近世的游民，隐者文学自然也为游民们所承继和扬弃。

日野龙夫认为，德川幕府儒官林读耕斋所著的《本朝遁史》是宣告近世隐者——“游民”成立的标志③。该书收录了自上代至中世的日本隐者51人，每人拟一小传，各传又有《赞》附之于后。所收人物中，从《怀风藻》的诗人民黑人开始，包括猿丸大夫、西行、鸭长明、兼好法师、牡丹花肖柏等。这本书不仅是近世，

① 关于隐逸所包含的批判意识和抵抗精神，参见根本诚：《専制社会における抵抗精神—中国的隠逸の研究—》，大阪：创元社，1952年。

② 本节的提法援用的是日野龙夫的观点。日野龙夫：《近世文学史》，《日野龙夫著作集》第三卷，东京：ぺりかん社，2005年，第48页。

③ 日野龙夫：《近世文学史》，第52页。

也是整个日本历史上最早为隐者树碑立传的著作。

关于该书编纂的意图，读耕斋在《自序》中有所提及。现征引于下：

> 呜呼！余素意在山林，读中华之典籍，慕幽人之风，企高逸之躅，故眷顾洛师之乔木，搜求洛表之云栖。而耕于宽闲之野，钓于寂寞之滨，是之所欲也，是之所期也。然而时事龃龉，以乖夙念。然而山林果不可忘，故乡固不可忘，其不忘之者，炯炯于方寸，而旁观以为既忘之乎？无奈之何。
>
> 余以本朝遁隐之无辑录为遗恨，乃首出于民黑人，至于近世，仅得五十一人，叙事附赞，卷分上下，就中有避于云山，有隐于朝市，有萍漂寓泛，可披校而知之。遂命名曰《本朝遁史》。①

这段话大意是说，自己素有隐栖山林之志，然仕官之身不能如愿，但此志不曾须臾或忘。中国正史中历来都有《隐逸传》，深以本朝独无而遗憾。故此，特撰此书，一则赞颂隐者，二则抒发自己不忘山林隐栖之志。

江户时代的日本并没有像中国那样实行科举制度，虽也有不少儒者得到幕府或各藩的重用，但在现实政治中并无多大发言权。他们不属于任何阶层，其中很多人都做了“文人”，成为游民的一个主要组成部分。这些“文人”，因个性、教养和家庭背景各不相同，表现形形色色，要给他们下一个统一的定义殊非易事。加藤周一先生指出：

> “文人”的特征是，在外国（笔者注：指中国）的诗文书画的教养方面，远远脱离大众。与此同时，通过俳谐或通过花街柳巷的感觉性的接触，同大众的世界也并非无缘。②

日野龙夫在其《近世文学史》中论及“游民”时，特辟“游民西鹤”一节，作了专门论述③。井原西鹤（1642—1693）与近松门左卫门、松尾芭蕉并称“元禄文学”的三大作家，他对町人的日常生活作了细致的刻画，逼真地反映了当时的世态人情。而戏曲大师近松门左卫门（1653—1724），与竹本义太夫合作，提高了木偶剧

① 《本朝遁史》，岛原泰雄编：《深草元政集》第四卷之二，古典文库刊，1978 年。

② 加藤周一：《日本文学史序说》下册，北京：开明出版社，1995 年，第 81 页。

③ 日野龙夫：《近世文学史》，第 64 页。

脚本的文学性。松尾芭蕉(1644—1694)及其门人将俳句从俳谐连歌中独立出来,使之成为日本诗的新的形式。如上所述,既然小说家西鹤是游民,与小说家西鹤并称为元禄文学的戏曲宗匠近松门左卫门和俳谐宗匠芭蕉自然都属于“游民”的范畴。今道友信指出,元禄三大作家中,“芭蕉异于西鹤与近松”,“因为他超脱了仅以艺术为发扬己才之道或糊口手段的意识,非但实行了在艺术里看人生的艺术的存在主义,还更通过俳谐展开有关艺术的哲学,扩大并深化了日本歌论里确立的美的范畴”[①]。另外,与其他两位贴近町人世俗生活的作家不同,芭蕉以风雅为宗,追求“闲寂”的境界,他承继的是中世隐者文学的精神传统。

至于典型文人的价值观,我们也可参照加藤先生对柳泽淇园所著《独寝》所作的归纳[②]。笔者概括如下:

第一,现世享乐主义。认为人生短暂,故生活就应寻欢作乐。第二,快乐的内容是所有的艺术与技能,最好对任何艺术与技能都感兴趣,不过其极限就是“好色”。第三,对中国文物的倾倒。在以中国的古典文化为典范这点上,“文人”的教养与儒者的教养是一样的,成为武士统治阶层文化的一部分。第四,通过俳谐来表现的文人,他们是接近町人大众的世界的。

笔者认为,“文人”与“游民”是既互相联系又存在差别的两个概念。“文人”这个概念适用于汉诗文创作这个群体,属于汉文脉的范畴;而“游民”则偏重于和文文学创作活动,也就是所谓的“国文学”。不过,这只是就总体倾向而言,是论者本人的归纳,并没有什么截然的区分。例如,唐木顺三在其名著《无用者的谱系》中,以“文人气质”为题,列举了几个特立独行的人物加以论述,其中既包括一些文人,也包括用和文创作的松尾芭蕉,还有既写汉诗也写和歌的越后的良宽等,这就说明这两个概念所指的群体存在交叉,他们有着某种共通的精神特质。在以后的论述中,论者试将中国式的“儒者文人”归为一类,而把以芭蕉和良宽为代表的继承了日本“山林佛教”或曰“隐遁佛教”的传统、具有宗教色彩的人物归入“游民”一类。

进入近世以后,随着和平时代的降临,死亡意识不像中世战乱时代那样如影随形,所以人们也不再像中世时期那样渴望遁世,宗教性的隐者基本销声匿迹。不过,只要世界上有烦恼存在,人们心中就难免会有摆脱这些烦恼的向往,对隐者的思慕这样一种属于近世的隐者意识也便产生了。按照日野龙夫的定义,与

---

① 今道友信:《东方的美学》,北京:生活读书新知三联书店,1991年,第227页。

② 加藤周一:《日本文学史序说》下册,第74-76页。

现实保持距离、渴望超尘出世、冷眼看人生的人们就是“游民”。所谓“游民”就是近世这个新时代的隐者①。

游民们虽不触及生死问题，但因为他们抛开了对现实的执着，所以其看待事物的眼光就给人以超然物外的明晰之感，他们是继承了中世隐遁精神的一族。正是因为有了这样的一双眼睛，中世的隐者们看穿了现世的虚妄。而这些作为“精英”的游民们，则藉由这双眼睛看到了现世秩序背后人们的精神状态。

（二）游民文学的繁荣

日野龙夫指出，对游民文学影响最大的是两本书：一本是《庄子》，一本是《徒然草》。近世时期，诞生《本朝遁史》的宽文、延宝年间的江户诗坛是具有明确的游民意识的最自觉的部分。作为游民们最根本教典的《庄子》一书发挥出了巨大的作用。表面上看，形成文人儒者教养的是儒家的典籍，但与儒学相对的老庄的著作，与游民意识的渗透互为因果，也出现了很大的需求。

另一方面，在隐者文学当中以趣味性强著称的《徒然草》，与《庄子》一起成为游民们的巨大精神支柱。在《徒然草》中，王朝的审美与无常观相得益彰，倡言适度抑制欲望，反而能得到更大的人生享受这样的智慧，与隐逸的趣旨颇相契合，故而得到了游民们的喜爱。从近世初期开始，各种版本的《徒然草》以及注释书纷纷出现。《徒然草》虽没有《庄子》那样彻底的反常识思想，但因为是用日语写成，所以那些不具备诗人/汉学者知识教养水准的阶层便觉得更易于亲近。对这个阶层来说，《徒然草》是激发他们的游民意识更直接的思想根据。有了上述的思想基础和群众基础，游民文学的繁荣便呼之欲出。

六、结　语

通过以上的宏观分析和个案研究，笔者得出了如下结论：中国的隐逸文化是一个不断演变的历史文化现象，日本对中国隐逸思想的接受明显也是一个动态的过程——奈良平安时代是观念上的，中世时期是佛教指向的，最后在江户时代朱子学成为官方哲学之后，才开始与政治意识形态挂钩，有了一些反体制的色彩，逐渐与中国趋同。事实证明，江户时代在隐逸文化中占据着独特的地位。首先，中世宗教型的隐遁精神继续得到传承，比如其代表人物元政上人等；其次，各

---

① 日野龙夫：《近世文学史》，第 52 页。

类“隐逸传”撰于这个时代。在这个时代，日本的知识精英们的隐者观有新的变化，游民（包括文人在内）作为新的承担文学的阶层，他们以新的时代精神重构了中世隐者文学的传统，隐遁从观念到形态都发生嬗变。简而言之，从精神血脉上来说，与中国同质的、真正的隐者以及隐逸文学，在日本直到江户时代儒家文化确立后方告完型。从究极的层面看，不论是宗教型隐遁还是儒道型隐遁，皆对功利的世俗价值观起到了抵抗和消解作用。

（丁国旗：中国广东外语外贸大学东方语言文化学院副院长、教授。研究方向为中日比较文学、日本文学、翻译学。发表学术论文《日本中世纪隐者文学源流初探》[2006]及《文化视野中的中日隐逸文学》[2004]）

《通俗三国志》对天命观的演绎

李维俭

一、前　　言

《三国演义》在日本的首部翻译作品为中江藤树的《为人钞》，但它只翻译了有关连环计与孔明南征的故事[①]；首部全译本为湖南文山的《通俗三国志》(1691)，估计是由义辙与月堂两兄弟负责翻译的。他们偶然从工匠西川嘉长那儿听到京都五山和尚的讲谈，于是资助翻译此书[②]。据小川环树的研究，它是以李吾本批评本（吴观明本）为底本的[③]。

《三国演义》为历史演义，是作者透过对历史的总结，投射其价值观与审美标准，但过去有关《通俗三国志》的研究集中在译者的翻译态度，而对译本如何理解及处理原著的核心概念一直缺乏系统的研究与分析。译作如何处理原著作者的价值观、在什么程度保留或改动原著，是研究翻译作品时不可逃避的课题。

天命观是《三国演义》的核心思想之一。它描述的天命观虽与古典史籍的天命五行学说同出一源，但小说与历史论述不同，所表述的天命观亦有所分别，当中加入小说作者的价值观与文学渲染，形成一个以三国故事为背景的"天命观版本"。过去有关《三国演义》的天命观思想研究汗牛充栋，但这个担起全书框架的核心思想在江户时代如何被认识及理解并未受到研究者的重视，使我们未能全面掌握这股三国热潮历史流变的脉络。

天命观在日本政治文化里同样重要。有学者指出，日本把易姓革命不合日

---

① 德田武：《本邦最初の〈三国演義〉の翻訳》，《明治大學教養論集》340，2001 年。

② 本文所参考的原著版本为德田武：《对訳中国歴史小説選集 4　李卓吾先生批評三国志》，东京：ゆまに书房，1984 年；译本为湖南文山：《通俗三国志》，1689—1692 年刊，《物语支那史大系》第 4 及第 5 册，东京：早稻田大学出版部，1929 年。

③ 小川环树：《中国小說史の研究》第 2 部，1968 年。

本国情的思想删除，发展出具有日本特色的天命观①。三国演义版的天命观与史籍中的天命五行观有所区别。深入研究白话小说在江户时代如何被理解十分重要。本研究希望以《通俗三国志》如何理解及处理原著的核心价值观为题，填补这方面研究的不足，也为日后全面检视《三国演义》在江户时代是如何被理解、被消费及本地化做好研究基础。

二、翻译策略

本研究发现，可以通过系统整理译作的直译、增译、删减及换转来归纳译者对原著天命观的理解及认识，因为译作中增添的插入句极具研究价值，文化意义非比寻常。虽然译作并没有保留原作诗文，亦没有加入注译，更没有像原著那样于每回最后部分加入个人批评，但本研究发现译者常采取以下的翻译策略：①直接翻译；②更改原著句子或字词；③删减原著内容；④添加原著里没有的句子，例如于句子里加入“不思议”；⑤以词语“怪しんで”“怪み”“怪しく”“怪しげなる”及“怪しき”进行翻译及加译。

为了全面把握译者对原著中心思想的理解程度，本研究通过全面检视译者如何处理有关天命观的情节，并把讨论焦点放在上述策略的第5点，即以“怪しんで”“怪み”“怪しく”“怪しげなる”及“怪しき”等相关的词语进行翻译及加译，搜集及整理有关译例。译者在翻译时经常使用这些词语，留下大量的译例有待整理。全面的整理可以大致窥见译者是如何掌握及演绎原著天命观思想的。由于译者不只在有关天命观情节里使用该等词语，所以本研究采取以下方法进行分析：

首先把有关天命观的相关翻译整理出来，编入译例代号1。有研究指出《三国演义》共有近300次的天命观描写②。本研究把这些天命观的描写归纳为53个与天命观相关的故事，译者采取直译、增译、删减及换转等策略作翻译处理。

之后，把译者于天命观翻译上所采取的策略放于整部译作里作全面检视，对译者处理非天命观的一般故事情节，编入译例代号2，并与译例1作对照，从而推论译著对《三国演义》天命观的理解程度。所谓非天命观的一般情节指故事人

---

① 吴伟明：《德川日本的中国想象》，北京：清华大学出版社，2015年，第137－52页。

② 李培健、曾良：《论天命观对〈三国演义〉叙事机制的影响》，《明清小说研究》，2012年第4期，第63－77页。

物间的明争暗斗、战争谋略及一些神怪故事情节等。这方面译者同样采用“怪しんで”“怪み”“怪しく”“怪しげなる”及“怪しき”等相关词语进行翻译及加译。而由于译例众多，本研究只集中讨论以下四项：①一般心理及战争等谋略描述；②诸葛亮的鬼神之力与显灵；③关羽显灵；④曹操所遇到的怪事。

三、天命支配人事与《通俗三国志》的翻译

天命观是古代中国政治思想中一个重要的核心概念，与阴阳五行说密不可分，是古代中国人对于宇宙系统的信仰，两千余年来有着极强的影响力①。先秦时代已有五行思想，汉儒把五行思想融入政治统治意识形态，影响着中国皇朝更替学说与正统论思想的发展。

天命观是贯穿多部经典明清白话小说的核心意识。《三国演义》以汉末至晋统一天下为背景，描述三国兴亡，总结历史经验，是经过多年知名及不知名的文人改编、添加集合而成。作为一个文本，《三国演义》思想内容极为丰富，故事发展大框架由多个小故事所构成。此书以天命、天数、天意筑起故事情节发展的大框架，登场人物的命运际遇、国家兴亡、战事谋略的成败均受天命的支配，也是万事万物发展所以然的因素。

金文京认为《三国演义》无“三”不成，“三”就是作品的结构②。杜贵晨把卷数重偶、尚数字“三”、以团圆为结尾的结构称之为“圆形框架”，天命就是全书的主宰，而以天命流动来解释历史就不免带有神秘感，使古代中国政治哲学增添了浓厚的神学色彩③。这种天人合一、天人感应的天人互动思想就像巨大的神经网络一样，把人物性格、诗语内涵、情节布局都包进这张网络④。

作为叙事机制的天命观，以多种神秘方式暗示故事发展，主要透过灾异、异象、天象与算数来预兆人物与事情的吉凶，带有强烈神秘特质的谶纬文化。谯周可以说是原著里宣扬顺应天命的代言人，多次出场解释预示吉凶，是作者有意识突显天命支配人事的写作策略。除此之外，在白话小说里，天意与人事之间的互

---

① 顾颉刚：《五德终始说下的政治和历史》，香港：龙门书店，1970 年，第 1－7 页。

② 金文京著，邱岭、吴芳玲译：《三国演义的世界》，北京：商务印书馆，2010 年，第 1－12 页。

③ 杜贵晨：《传统文化与古典小说》，河北：河北大学出版社，2001 年，第 21－37 页。许丽芳：《章回小说的历史书写与想象以三国演义与水浒传的叙事为例》，台北：秀威资讯技股份有限公司，2007 年，第 47－77 页。

④ 郑铁生：《三国演义叙事艺术》，北京：新华出版社，2000 年，第 1－60 页。

动也通过充满怪异色彩的梦境(梦文化是不可忽视的文化现象),构成中国传统文化意识的重要部分。《三国演义》里有吉梦、凶梦,也有鬼神托之梦,是作品中表现天命天意的主要手法,译作如何翻译这个表达天命观的手法是检视译者对原著思想理解程度的重要线索。

周建渝在《多重视野中的三国志通俗演义》里以后现代阅读方式解构《三国演义》的文本意义,质疑天命观在文本的绝对性,并以"孔明之死"为例指出天意与人事之间的互相消解,小说不断强调孔明自知命在旦夕,最后魏延闯进帐内弄灭了孔明的主灯而说明天命已绝,周氏反问若魏延并没有闯入帐内孔明是否可以延命,并以原著作者大量引入论赞孔明人事成就的诗文为例说明文本消解天命观的绝对性①。无可否认,孔明的人事贡献再三被强化,目的也并非是对天命的消解,而是歌颂孔明的表达方式,说明孔明在书中的重要性举足轻重,而魏延闯入帐一事也由孔明亲口表达是天意安排,怪不得魏延。所以,天命支配人事是构成孔明之死的核心思想。

上文已提及《三国演义》是一部累积型通俗文学,思想内容丰富多元而互相矛盾。除上文提及的内容外,还有民间传说、民谣、占卜巫术、神妖鬼怪、道家思想,也有文人爱国忠君思想、政治权术等,所以作为文本来研究《三国演义》在江户时代的传播与演变,研究者必须对这个天命观的三国演义版的特点有充分掌握,才能整体上检视《通俗三国志》译者对中国文化思想的认识程度,从而评估译者有否或什么程度上改动了原著的精神框架与文化内涵。研究者已确认《三国演义》中与天命相关的情节多达数百处,而以完整故事为单位计算的话,带有天命观意识的大小故事共有 53 个,当中不少渗入了神怪异象,但全书亦有不少情节带有鬼怪异事,但并非表达天命观的思想,可能是受到中国志怪小说影响而产生的文化现象。这对生活于异文化下的江户文人来说,可能是极为复杂、难以理解的内容,而《通俗三国志》译者如何把原著思想透过翻译策略传递给读者就是本研究的关注所在。

四、译例 1.1: 以"怪しんで""怪み""怪しく""怪しげなる"及"怪しき"进行加译

在天命观故事情节里,译者会在原文中有相关汉语字词提示的情节里采取

① 周建渝:《多重视野中的三国志通俗演义》,北京:中国社会科学出版社,2009 年,第 15-22 页。

直接翻译法，例如原文里“天命”“气数”“不祥”及“不利”这些词明显反映天命支配人事的思想，反映天命观的灾异、天文气象、托梦、谶纬神怪文化意义。译者直接翻译有关情节，就保留了原著天命观思想的文化符号的原意，从而传递了相关文化概念。这方面译例共35个，以下相关译例值得关注：

（1）卷5“迁銮舆曹操秉政”中太史令王立与宗正刘艾观天象后指出汉室“天命有去”，及卷13“郭嘉遗计定辽东”中荀攸观天文后曹操掘出一铜雀，荀攸称此乃“吉祥之兆”，保留了这些关键词。

（2）拥有神力的孔明最后也敌不过天意，译者直接保留孔明对天命弄人的慨叹，原文汉字一一照搬到译作里，例如卷43“孔明葫芦谷烧仲达”里“谋事在人，成事在天”，及卷43“孔明秋风五丈原”里“死生有命富贵在天”“是否天命已绝”都充分保留下来。

（3）原著作者透过不同人物传递天命支配人事的思想，如殷馗（卷12“曹操仓亭破袁绍”）、刘馥（卷20“曹操横槊赋诗”）分别论述新皇者起于梁沛之间与曹操赤壁战前咏史无技可依的不祥等预示的保留；而被称为天命代言人的谯周五次观天预示均被完整保留①。

（4）托梦预示登场人物的吉凶，董卓梦“龙”（第9回“王允授计诛董卓”）、马超卧身雪地被群虎咬（第58回“马超兴兵取潼关”）、曹操梦三马同槽（第78回“魏太子曹丕秉政”）、后主梦见锦屏山崩倒（第105回“武侯遗计斩魏延”）及邓艾登高山望汉中，忽见泉水上涌（第115回“姜伯约洮阳大战”）都在译作中完整地翻译出来，文化讯息丝毫未减。

本研究发现在其他天命观故事情节里没有“天命”与“气数”等明显汉语字词为提示时，译者惯性采用“怪しんで”“怪み”“怪しく”“怪しげなる”及“怪しき”字词进行有系统地加译。

该等字词的添加反映译者的翻译策略背后可能存在特定的思考逻辑，是探讨译者理解故事意思的重要线索。译者于译文中添加“怪しんで”“怪み”及“怪しく”用来深化故事人物的惊慌、疑惑或疑虑的心理状态，以下就这三个添加词各举一例加以说明。

以“怪しんで”加译的译例共有五次，均是故事人物遇到天意预示时心理出

① 译文的相关卷数为：卷27“玄德平定成都”、卷34“汉中王即皇帝位”、卷39“孔明初上出师表”、卷43“孔明六出祁山”及卷48“姜维大战洮阳城”。

现疑惑的情绪活动[①]。例如：

原　　著	译　　作
第9回　王允授计诛董卓 ……兵行不到三十里，车下忽折一轮，左右扶住。卓教牵过逍遥玉面马来，卓整衣上马，又行不到十余里，玉面咆哮嘶喊，制断辔头。**卓问**肃曰："车折轮、马断辔，若何？"肃曰："乃太师应绍汉禅，弃旧而换新也……" 是夜有数十小儿于郊外作歌，风吹歌声入帐，歌曰："千里草，何青青。十日卜，犹不生。"歌罢，声相悲切。**卓问**李肃曰："童谣何吉凶？"肃曰："亦只是言刘氏灭……"	卷3　王允定计诛董卓 ……已に十里ばかり来る所に、乗たる車の輪、忽ち折れければ、逍遙玉面と云へる馬に乗かへ、又十里あまり来りけるに、乗つたる馬頻に嘶ひて、駇騰り、其轡を掣切りければ、**董卓怪しんで問ひて曰**、車輪を折り、馬轡を斷る、これ如何なる故にならん、李肅答へて曰、太師いま帝位に即玉ふ、是舊を除いて新に代る也…… 夜深けて數十人の小兒、郊外に集り歌を謡ふ聲、風に吹れて相府に聞ゆ、歌の詞に、千里の草何ぞ青々たる、十日の下猶不生と謡て、聲いと物悲かりければ、**董卓怪んで問ひて曰**、この童の歌、その吉凶如何、李肅答へて、是は漢の世滅ひて……

原文中董卓遇到马车折轮及听到童谣是董卓遇害的天意提示，原著描述时只直接描述"卓问"，并没有表达董卓任何的心理状况；译作对原文的添补是译者推测董卓的心理活动，也可能是译者通过增加字词来深化天命观在此段所产生的特殊效果，并引导与提示读者注意这个情节与其他的不同之处。

而"怪み"与"怪しく"分别有3例及1例，都与天命观故事有关[②]。同"怪しんで"意思相似，译者有意强化惊慌、疑惑或疑虑的心理状态，如下：

原　　著	译　　作
第6回　袁绍孙坚夺玉玺 ……坚列寨中，是夜星月交辉，暖风习习，乃按剑露坐于建章殿阶上。仰观天文，见紫微垣中白气漫漫，坚叹曰："帝星不明，贼臣乱国，万民涂炭，京城一空。"言讫，泪下如雨，傍有军士指曰：	卷2　袁绍孙坚夺玉玺 ……孫堅その夜、一天雲晴れて、星月の光り露冷なりかば、自ら劔を帯て、建章殿の階の上に坐し、天文を仰ぎ見るに、紫微垣の中、白氣漫々たりしかば、大いに嘆いて曰、帝星明かならず、賊臣國を亂り、萬民塗炭の苦を受けて、洛陽の

① "怪しんで"的加译还见于卷14"玄德到司马徽山庄"、卷14"玄德新野遇徐庶"、卷25"曹操兴兵下江东"及卷45"孙峻谋杀诸葛恪"。

② "怪み"的加译亦见于卷14"玄德跃马跳檀溪"及卷29"曹操试神卜管辂"。

（续表）

原　　著	译　　作
"殿南有五色毫光起于井中。"**坚唤军士点起火把**，下井打捞，捞起一妇人尸首……	宮殿此の如に成果てたりとて、坐に涙を流しければ、傍なる軍士告げて曰，あれに見えたる殿の南に、五色の光り井の中より起て候、**孫堅怪しみて火炬を燃させ**、井の中を捜させければ、一人の女を引擧たり……

译文中孙坚命令士兵点火把这个动作被译成"孙坚疑惑地点起火把"，加入了心理活动的描述，可能是以此强化找到代表天命所归的传国玉玺。

而"怪しく"的一例是原著中通过梦境让曹操发现孙权身份显贵，此情节里梦境是一种天意的预示，为原著作者惯常使用的文学手法：

原　　著	译　　作
第61回　曹操兴兵下江南 ……在帐中做了一梦。帐前军报道午时。曹操教备马，引五十余骑，径奔出寨，犹如梦中所见落日山边。正看之间，忽见一簇人马，当先一人浑身金盔金甲，操视之乃是孙权……	卷25　曹操兴兵下江南 ……是乃ちうた寝の夢なりけり、人を呼んで時刻を問へば、軍士報じて午の時なりと申す、**曹操餘に怪しく思ひ**、馬に打乗り、五六十騎を引いて外に出でければ、夢に見たりしに少しも違はず、夕陽西山の頂を照す、暫く望み居たる所に、山の間より一簇の軍馬かけ出で、一人真先に金の盔を耀し、馬を躍せて進み来る、曹操にこれをみに呉主孫權なり……

曹操梦到两个太阳对照，醒来发现如梦中的景象，并发现孙权的身影，预示了孙权与曹操两雄相辉映，亦铺排了孙权称帝的情节发展。同样的，原著于士兵向曹报午时后并没有描述曹操心情疑惑，反而被译者以相同翻译手法再三强调情节的特殊性。

与上述三词相比，"怪しげなる"及"怪しき"在以下译例里以形容词来增强天命情节气氛，用法明显有别于上述"怪しんで""怪み"及"怪しく"的译例，但加译效果相似。以"怪しげなる"及"怪しき"进行加译的译例分别有3项及5项①，

① "怪しげなる"的加译亦见于卷38"孔明五擒孟获"及卷47"孙綝废吴主立孙亮"；"怪しき"的加译亦见于卷10"曹操三勘吉平"、卷12"孙权领众据江东"、卷44"仲达兴兵定辽东"、卷50"司马炎筑受禅台"及卷33"曹丕执政称魏王"。

而且两词都形容带神秘色彩、预示天意的神怪事情或神人。如下：

原　　著	译　　作
第63回　落凤坡乱箭射庞统 庞统出征,玄德感不利:"吾夜梦见一神人,手执铁棒击吾右臂,觉来犹自臂疼,此行莫非不佳?"	卷26　落凤坡乱箭射庞统 吾昨夜の夢に、<u>怪しげなる</u>神人来り、手に鐵の棒を持て、吾右の臂を撃と見たりしが、夢覺めて今に痛あり、今Eの軍は墓墓しからじ

玄德梦见神人执棒击右臂，预示着天命对庞统的生死安排，故事最后以庞统战死告一段落。译作在原著"神人"之前加入"怪しげなる"，强调怪异感觉，为原文加入新元素。这情节在文本意义上与曹操梦两太阳对照相似，同样透过梦境表达天意，而此次是庞统之死的先兆，他的战死天意早就预告了。"怪しき"的使用同样带有浓厚的神怪色彩。

五、译例1.2：以"怪しんで"、"怪み"及"怪しむ"翻译原文的心理活动

本研究也发现"怪しんで""怪み"及"怪しむ"在译作中翻释人物的心理情绪，分别有1例、4例及3例。词语意思大致与译例1.1相似。"孙坚跨江战刘表"一回描述了孙坚军旗被风吹折，孙坚不信此为不祥，并说"何足为怪"。对照如下：

原　　著	译　　作
第7回　孙坚跨江战刘表 ……孙坚打城数日不下，忽一日狂风骤起，将中军帅字旗竿被风吹折，于军不利也，可暂班师。坚曰:"吾屡战屡胜，取襄阳只在旦夕，岂可因风折断旗竿而罢兵?"韩当曰:"此旗乃军中之主，亦不可轻易。"坚曰:"风乃天地呼吸之气，方今隆冬，朔风暴起，折断大旗，<u>何足为怪?</u> 吾平生用兵不信此等异事……"	卷3　孙坚浮江战刘表 ……或日俄に狂風起りて、中軍に立てなる、帥の字の旗竿折れければ、諸人色を失ひ、扨はこの軍墓々しからじ、暫く退いて時を待玉へと、口々に勧めける、孫堅申しけるは、我幾度か戰ひに臨めども、箇様の事を心に掛けて、況や數個度の戰に打勝ちて、この城を取ると手の内にあり、何ぞ輕々しく退くべき、韓當が曰、この旗は軍中の主なり、君何ぞ輕んじ玉ふ、孫堅が曰、風は乃ち天地呼吸の氣なり、時いま冬の末に至つて、朔風俄に起り、立てたる旗を折りたればとて、<u>何ぞ怪しんで</u>、輕々しく是ほどの大事を廢すべき……

另外两个译例分别为汉帝逃亡到一所庄院，庄主见两红日坠落，隐含着汉室衰亡，以及魏延梦见头生两角，预示其遇害。两个译例中分别使用“怪み”及“怪む”来翻译原著人物的心理活动：

原　　著	译　　作
第3回　董卓议主陈留王	卷1　董卓起兵入洛阳
二帝卧于草堆畔。草堆前面是一所庄院。庄主是夜梦两红日坠于庄后，庄主惊觉，披衣出户，四下观望。见庄后草堆上火起冲天，**庄主慌忙**往观，见二帝卧于草畔……	俄に紅の日輪二つ、家の後へ落ちたりと夢を見て、驚いて起上がり、餘りの不思議さに户を開いて望み見れば、深き草の中より、火の光天にあがる、**家主大いに怪み**、走り立て見れば、二人倒れて伏たる者あり……

原　　著	译　　作
第104回　死诸葛走生仲达	卷44　死孔明走生仲达
却说魏延在寨，夜作一梦，梦见头上生二角，**醒来甚疑**……	蜀の陣には魏延先手に屯して居たりけるが、或夜の夢に、頭の上に角を二つ生ずと見て、**覺めて後大に怪しむ**……

以上译例1.1及1.2可见，原著中出现大量人物惊慌、疑惑或疑虑等心理状况的描写，但译者并非对所有这些心理活动都采取相同的翻译策略，而采用“怪しんで”“怪み”“怪しく”“怪しげなる”及“怪しき”来翻译及增译这些心理状况，意义尤为特别。可以就此推论，译者可能通过这种翻译策略把不同情节加以分类，用于区分类型不同的文本意义，希望向读者传递特别的讯息。

六、译例2.1：采取相似策略翻译非天命观一般情节的心理活动

非天命观情节包括故事人物之间的明争暗斗及战争谋略。这些情节的翻译都多次采用与译例1相似的策略。下面用被采用次数最多来作加译的字词“怪しんで”为例，说明有关翻译情况。

原　著	译　作
第 21 回　青梅煮酒论英雄	卷 9　青梅煮酒论英雄
（操令玄德掌兵拏袁术，玄德借此逃走，临走前董承送别）……承曰："公宜挂念，勿负帝心。"二人分别。**关、张在马上问曰：**"兄今番出征，如此慌速？"玄德曰："吾乃笼中鸟、网中鱼，此一行如鱼入大海，鸟上青霄，不受罗网中之羁绊也……"	……董承が曰、將軍必ず常に、此事を思ふて、勅命の重を忘れ玉ふたとて、涙を含んで別れければ、玄徳いよいよ路を急ぎ玉ふ、**關羽、張飛怪んで問て申しけるは**、兄如何なれば箇ほどに慌翊いて、都を出玉ふぞ、玄徳の曰、われは籠の中の鳥、網の中の魚なり、此度都を出づるは、魚の大海に入り、鳥の青天に上るが如し……

在青梅煮酒论英雄经典一幕中，曹操与刘备的争斗已发展到白热化的阶段，刘备借机会逃出曹营，生死系于一线，气氛紧张，而关羽与张飞跟着逃走时问及刘备为何如此慌张。原文中关张二人向刘备提问的情节里并没有任何心理情绪的描写，只以"关张在马上问曰"客观描写有关情节，但译文中就加入"怪しんで"，强化了关张二人的紧张心情。

而原著第 33 回曹丕首次遇见袁熙之妻甄氏，被对方深深吸引一幕中，曹丕在拔剑准备斩杀时，忽然见红光满目，于是按下手中剑。这情节的焦点是曹丕初次见甄氏，被她美貌迷倒，显然与天命观丝毫没有任何关系，可以视之为非天命观的一般情节，但译作同样加入"心あやしみて"一词以突出曹丕的心理状况。但不同于译例 1.1 及 1.2，此例或许是译者希望以此来突出"红光满目"的不寻常，并不是天意支配人事的预示。如下：

原　著	译　作
第 33 回　曹操引兵取壶关	卷 13　曹操引兵取壶关
曹丕向前欲拔剑斩之。见红光满目，遂按剑而问曰："汝何人也？"刘氏曰："妾乃袁将军之妻也。"丕曰："怀中所抱者何人？"刘氏曰："此次男袁熙之妻甄氏也。"	曹丕前に走りより、劔を取つて斬らんとすれば、俄に紅の光目の前に起る、**此故に心あやしみて**、汝は何者ぞと問へば、答へて曰，某は袁紹が妻の劉氏なり、又懐なるは如何にと問へば、劉夫人答へて曰、此は次男袁熙が妻の甄氏なり

从以上两例可以推论译者会同样采用译例 1 的相关策略来翻译非天命观的情节，以此来引起读者的关注，让读者留意有关情节，但如此的翻译策略就改动了天命观在原著中的特殊意义，而把天命观所衍生出的怪异情节与一般情节归

于一类。事实上，天命观是原著的核心思想，贯穿整部作品，而曹丕遇甄氏的故事发展属非关键的故事情节，与原著作者其欲以表达的核心思想无关，但译者通过采取同样的翻译手法，与天命观情节看齐并列起来。

七、译例 2.2：采取相似策略翻译有关孔明神人之事迹及相关的心理活动

原著中有大量篇幅围绕着诸葛孔明，从他为刘备出谋献计，最后鞠躬尽瘁、死而后已都有详细描写。孔明的故事常贯穿着天命难为的哲学思想，纵然如何努力，人只能谋事，成功与否还要看天意，充满宿命意味。不过，孔明的故事并非单单表达宿命的哲学，孔明鞠躬尽瘁的故事经流传及歌颂，其形象已被后世文人神化了。原著作者多次把孔明以神力呼风唤雨，能人所不能解决危机的情节保留下来，是原著渲染孔明算无遗策、通天晓地、精通军事、运筹帷幄的人物形象，歌颂孔明的文学表达手法，无关天命观的论述。这方面，第一个例子来自经典一幕——孔明空城计退司马懿：

原　著	译　作
第 95 回　孔明智退司马懿 （孔明于西城搬运粮草，魏军至，孔明乃设空城计）……孔明坐于城楼之上，笑容可掬，焚香操琴。左有一童子，手捧宝剑。右有一童子，手执尘尾。城门内外有二十余百姓，低头洒扫，傍若无人。懿看毕大疑，便到中军，教后军作前军，前军作后军，望北山路而退次……孔明见魏军远去，抚掌而笑。<u>众官无不骇然</u>……”	卷 40　孔明智退仲达 ……孔明果して城樓の上に坐し、香を焚き、琴を調べて、笑へる容掬しつべく、左に寶劔を持ち、右に玉麈尾を捧げて、童子二人相從ひ、城の門大に開けて、二十餘人の百姓共、首を低れて地を掃ひ、傍若無人の形勢なりければ、司馬懿心の内深く疑ひ、急ぎ中軍に馳回りて、後備を先手とし、北なる山路に向つて退きければ……孔明これを見て、手を撫て大に笑ふ、<u>諸人驚き怪で</u>……

例子中众官骇然的心情，译者不止采用“驚き”一词，而且加入“怪で”一词以强化，有别于其他惊讶的心理活动的翻译。这个译例并不常见，是一个特殊的翻译例子。

译者采用“驚き”及“心驚く”来翻译人物的心理活动，例如原著第 9 回“王允授计诛董卓”中董卓母亲担心董卓遇到不祥之兆，原文为：“……（卓母）吾近日肉

颤心惊恐非吉兆……”而卷3“王允定计诛董卓”却忠于原著，译为：“……われ近ご・皮肉動いて心驚く、この上り然るべからず……”另一例子有第79回“曹子建七步成章”中曹植七步成诗一幕，原文如此描写众人的心理情况：“……植行七步其诗已成诗曰……曹丕及群臣皆惊……”而译文为：“これを見て大に驚き。”

以上两例中，董卓母感不祥而心理惊慌与天命思想有直接关系，情节以董卓被杀结束；但曹植七步成诗则与天命观思想无任何关连，是描绘曹氏兄弟争斗的情节而已。但此两例中，译者同样没有以“怪しんで”“怪み”“怪しく”“怪しげなる”及“怪しき”来翻译，而是采用“驚き”及“心驚く”这种直接翻译原著的手法。对照之下，空城计一段以“驚き怪で”来翻译众官惊吓之情，就突出了这情节的特殊性，其所突出的可能是该情节的不可思议，令人难以置信的感觉，反映出译例1.1及1.2中，译者想强化的可能也只是一种难以相信的怪异事而已，并非为突出天命观的特殊性。

而原著描述孔明拥有鬼神之力见于“布八阵图伏陆逊”一节，译作选择了很特别的译词：

原　著	译　作
第84回　八阵图石伏陆逊	卷36　鱼腹浦八阵伏陆逊
(吴军追杀蜀先主，陆逊大胜)……逊在马上看见前面临山傍江，一阵杀气冲天而起，遂勒马回顾众将曰：“前必有埋伏，三军不可进矣。”即倒退十余里，于地势空阔去处，排成阵势以御敌军，即差哨马去探视。回报曰：“无军屯在此。”**逊不信**，遂下马登高望之，杀气复起。逊再令人仔细观之。回报曰：“一骑之迹也无。”逊见日将西沉，杀气越加，心中犹豫，又令人探之。回报曰：“江边止有乱石八九十堆，并无人马。”逊大疑，寻土人问之。须臾，有数十人到。逊问曰：“乱石作堆者，何也？”……将曰：“日暮矣，请都督早回。”逊方要出阵，忽视狂风大作，飞砂走石，遮天盖地。但**见怪石嵯峨**，嵯峨似剑，横沙立土，重叠如山……”	……山に傍ひ江に臨んで、一陣の殺氣天を撞て起りけり、乃ち諸大將を顧みて申しけるは、これは必ず敵の伏勢ならん、輕々しく進むべからずとて、十里あまり引退き、平野に出て陣勢を張り、敵の来るを相待ち、ひそかに斥候の兵を遣して、行先の様を窺はしむれば、程なく回り來て曰、能々向の體を窺ふに、敵は一人も見えず候、**陸遜怪しみ**、馬より下りて山の上より、望み見れば、殺氣凜々として復起る、此に依て心の内安からず、再び人を遣して、仔細に窺ひ探しむるに、其人回り來て、更に一騎の迹も見えず候と申す、陸遜いよいよ怪しみ、日の傾に從つて、次第に殺氣加はりければ、心猶預して定まらず、又人を遣して能々見せしむるに、其人回り來り、江の邊に、大なる石八九七亂れ散つて、人は獨も見えず候と答ふ……手下の大將告て曰日も已に暮れて候に、都督早く回り玉へ、陸遜馬を回して出でんとすれば、忽然として狂風起り、砂を飛し石を走らしめ、天地須臾に變化して、**怪しき石峨々**として尖き劔の如く……

陆逊闯入八阵图石阵时，译者多次用“陸遜怪しみ”深化原著的紧张气氛，而采用“怪しき”翻译“怪石”，突显了此石非比寻常。根据译例 1.2 所显示，译者运用该词进行加译是为了突出情节特殊。与此对照，就会发现上例中，译者所突出的只不过是一般神奇怪异之事而已。再看“孔明造木牛流马”的故事情节，译作的处理再次提供重要线索：

原　著	译　作
第 102 回　孔明造木牛流马 ……（孔明）唤张嶷分付曰：“汝引五百军，扮作六丁六甲神兵，鬼头兽身，用五彩涂其面，甲子甲寅模样，**种种异怪之相**，一手遮锦绣旗旛，一手仗巨阙宝劍。身挂葫芦，内藏烟火之物，伏于山傍。待木牛流马到时，放起烟火，一齐拥出，护送而来。魏人若见，必疑是神鬼，不敢追之。此乃神师之计也……”	卷之 43　孔明造木牛流马 ……孔明又，張嶷を呼びて申しけるは、汝五百の勢を率し、皆六丁六甲の神兵に出立ち、頭は鬼の如く、身は獸の如く、五色を以て面に塗り、甲子甲寅の模様の如く、**怪しげなる形に成て**、一つの手には寶劔を執り、一つの手には錦の旗を持ち、腰に葫蘆を掛て、内に硫黄焰硝を入れ、山の陰に深く隱れて、魏の勢の北原より出て、木牛流馬を引回る時、一度に蒐出て火烟を放ち、敵を追散して、木牛流馬を奪ひ來れ、魏の勢これを見ば、心みな驚き疑ひて逃去るべし、是乃ち神師の計なり……
第 102 回　孔明造木牛流马 ……郭淮大败而退，蜀兵方回。淮扎住败军，又只见山后烟云突起，一队神兵拥出，个个执旛伏剑，**怪异之象**，驱驾木牛流马如风拥而去。郭淮大惊曰：“此必神助也……”	卷 43　孔明造木牛流马 ……郭淮大に敗れて退く所に、又山の中より火烟を放て、一彪の神兵飛ぶが如くに蒐出でたり、魏の勢膽を冷して之を見れば、**怪しげなる鬼形の者共**……

再次对比译例 1.1 有关“怪しげなる”的用法，会发现译者用这个词语来形容常理难以解释的怪人怪事，而孤立地看译例 1.1 会误以为译者很理解原著的天命观情节，有意突显天命观意识在小说中的意义。上述两例中，孔明用奇兵出战的情节与原著文本中的天命意识并无关系，但原文里士兵的怪异同样被译为“怪しげなる”就可以推论，译者可能只是注意到故事情节里的一些怪异事情，表达一种奇异心情，或希望引起读者关注怪异之处而已，或可能译者把木牛流马情节混同为天命观情节，误以为此情节是天命支配人事的表述。

八、结　　论

译者的确对原著天命观有基本认识。在《通俗三国志或问》中译者明显地说明他对历史成败的看法：

> 漢室既に衰へて、奸雄競ひ起り、曹操、孫權が徒，位を僭し、威を震て、天下皆漢あることを知らず、昭烈皇帝は漢室の皇叔，涿郡より義兵を揚げ、姦黨を誅して王業を蜀都に開き、炎燼を扇いで漢運の將傾を扶け、再び社稷を興して漢の統を繼ぎ給ふ、其功至つて大也，豈高祖の得時，乘運興れるに同じからんや、是所謂易地則皆然る者なり、何ぞ優劣を論ずることをせん。[①]

若易地而运兴则成霸业，成败不足以论优劣，明显是天意支配人事的思想模式。不过，经过对以上译例的综合分析，本研究推测译者充其量对天命观只有基本的认识，对原著大框架下不同故事或情节背后的深刻文化喻意并没有充分掌握。一方面，从译例 1 中直接翻译天命观的例子可以发现，若相关故事内容里有"天命""天意""天数"及"气数"等字词，译者就容易掌握理解，于是直接把有关句子中的汉字直接搬到译作里。例如，译者多处直接使用"天命"一词来翻译，而诸葛亮不敌天意感叹"谋事在人，成事在天"等句子也直接搬进译本里，反映译者意识到当中的文本意义。

但原著故事情节里没有明言"天意""天数"及"气数"等字词，就需要译者有相当高的汉语文化水平，才能理解当中所隐含的天命观意味。例如曹丕及刘备生平中的儿时故事是他们日后成霸业的情节铺排，反映天命安排，文本意义非常重大，或许译者感于篇幅所限，认为两人生平对故事发展并不重要而进行删减，反映出译者并未注意情节之间的意识联系。

译者并不是采取逐字逐句的直接翻译，而且加入新词汇、注入新意思。而译者惯用"怪しんで""怪み""怪しく""怪しげなる""怪しき"及"怪まる"等词汇的现象值得关注。全面检视译作，本研究发现译者惯常采用该等字词进行翻译以突出特殊情节的心理活动，例如惊讶、惊慌、怀疑、疑虑、猜疑等不寻常心理活动。

---

① 湖南文山：《通俗三国志》，第 11 页。

若孤立来看53个关于天命观的译例，会误以为译者采用该等惯用字词来翻译或加译作为翻译策略来突出天命观的文化讯息，让读者留意故事内涵对情节发展的独特之处。

不过，《三国演义》是一部思想内容极为丰富的文本，作者通过多个详略不一的故事有系统地串联天命观思想，以呼应汉室衰亡、三国崛起，最后复归一统的天意安排大框架。若把上述译例1所采取的翻译策略放于整部译作来检视，就会发现译者的翻译态度其实相当随意，并不刻意突出或甚至没有注意到天命观故事在原著中的特殊意义，而只是留意到故事情节中的奇异或神怪之事，并没有掌握背后所隐含的深层意识。

译例2的各例子显示原著传入日本经译者翻译后，天命思想框架被大幅改动，例如曹操死前的怪异遭遇虽可以看成是天意的预示，由三马同槽到鬼索命一连串透过梦境、灵异可怕事件表达出曹操命数受天支配，显示推动历史发展的大英雄也敌不过天意安排，但曹操与左慈争斗的情节里所渗透的思想明显是“反曹尊刘”的历史正统论，而并非天命思想。原著作者常以怪异离奇的故事情节及文学描写手法来达到不同目的，但把带有浓烈怪异气氛非天命观的情节与天命观相关情节作同一归类进行翻译就改动了原著思想框架，所传递的文化讯息就不一样了。

基于上述分析，本研究质疑德田武认为译者忠于原著的看法。的确，除卷数的合并造成一些删减及一点加插外，表面上原著故事大都忠实地保留在译作里。本研究证明，单从字词、字句的对照而不检视译者如何处理小说文本中的深层意识，并不能看到真实的景象。事实上，透过以上的整理及分析，从故事的深层意义上来说，译作并没有忠实保留原著的思想面貌。

翻译作品可以是一种创作，译者理解外来文化后再思考选择什么词语或策略表达原著思想，译者常用来自自身文化对异文化的理解来进行翻译，从而自觉或不自觉地改动原作，于是译作可视为一部新作品，译者是原著的读者，同时又是文学创作者，本研究正为这个看法提供注脚。翻译作品的地位不应被视为原著的附属，其研究价值应该被肯定。作为江户时代首部完整译作，《通俗三国志》于读者面前呈现了有别于原著的作品，它直接或间接影响江户时代其他衍生出来的三国志读物，如《绘本三国志》《三国志画传》及《赞极史》等与原著《三国演义》及译作《通俗三国志》风格都不一样的作品。从阅读史或读者回应论的角度看，江户时代不少文人或平民可能并未阅读过原著，而是通过阅读《通俗三国志》才认识三国故事。《通俗三国志》面世后，日本读者如何思考、如何改动三国故事是继续深入研究的一个很好的切入点。从插图、文本概念的对照分析江户时代衍生出来的其他三国志作品，并加以整理是今后应当进行的新课题。

（李维俭：香港中文大学日本研究学科博士生。专攻德川时期思想文化交流史。博士论文为《〈三国演义〉在近世日本的受容史考察》）

幸田露伴与元杂剧

井上泰山

一、前　言

幸田露伴(1867—1947)知识渊博,创作许多以"汉学素养"为背景的小说及戏曲作品。他在研究方面亦留下种种业绩,如人物考证、《芭蕉七部集》的评释、长篇小说《水浒传》的译注等。明治维新以后的日本面向国外,夏目漱石、森鸥外等相继奔赴欧洲学习,他们接受西欧文化,回国后成为文化掌舵人。露伴对这种西欧化的潮流持怀疑态度,倾向于继承东方精神。其作品中有很多以中国古典文化为背景。石田干之助曾表示:

> 欧外和漱石都具有充分的汉学素养,但是露伴的汉学,或者说是中国学呢,总之关于中国古典与文物的知识及造诣,他的广度与深度都远远超过了欧外、漱石二人。欧外、漱石的汉学素养或清楚地或暗暗地出现在各自作品中的为数不少。虽然漱石没有取材于汉土的,但欧外有《寒山拾得》《鱼玄机》等两三篇。而露伴不但以中国为舞台的小说、戏曲作品相当多,有关中国事物的考证小说、随笔等也是数不胜数的。①

石田干之助将代表明治文坛的三大文豪——夏目漱石、森欧外、幸田露伴的作品风格作比较,指出受中国古典文化影响最大的是幸田露伴。在这段文字之后,石田又先预告"我手头上没有全集,也许说得不确切",接着举出了反映"汉学素养"的露伴作品如下:《命运》《幽情记》《幽秘记》《泥人》《狂涛艳魂》《共命鸟》《不儿罕山》《清系缘起》《愤恨种子》《怪杰诞生》《暴风里花》《云南》《钓车考》《支

① 石田干之助:《露伴与中国》,幸田露伴:《露伴全集》,东京:岩波书店,1949 年。

那文学中的服装色彩》《小说在古支那文学中的地位》《道教思想》《神仙道的一位先人》《仙书参同契》《墨子》《作为画题的诗仙》《骨董》《游尘》《诗话》《渔夫词的作者》《唐宋诗人苟鹤》《文学三题故事》等。他强调这些作品体现露伴广阔的知识和博深的造诣。其实基于"汉学素养"的露伴作品又岂止上列的二十余篇？在《露伴全集》总计 43 卷(1978—1980，岩波书店)中，受中国古典文化影响的作品不胜枚举，完全排除"汉学素养"的作品反倒寥寥无几。

登上明治文坛的露伴于 1889 年发表其短篇小说《好是奇怪也》。估计这篇小说不是出于露伴的创见，很可能借自著名元杂剧《窦娥冤》的框架。本文是针对这一可能性作探讨，查清露伴年轻时如何运用"汉学素养"来展开自己的创作活动及创作手法。与此同时，还可以查明明治时期的文人在汹涌澎湃的西欧化潮流面前，如何吸收中国文化，并且将其移植在日本的土壤中，这对了解日本人如何接受中国文化有所帮助。

二、露伴与元杂剧

在进入本题之前，先确认露伴与元杂剧的关系。露伴是什么时候开始接触元杂剧的？根据他的有关元杂剧著作的发表时期推测，可能是 1894 年，就是露伴 28 岁以前。这样推测是因为露伴第一篇有关元杂剧的文章《郑廷玉的忍字记》是在这年 2 月发表的。这是应《通俗佛教新闻》之约翻译的元杂剧《忍字记》开头部分，刊载在 2 月 21 号上。接着露伴在 1895 年又发表《元代杂剧》①。露伴选择乔孟符的《扬州梦》《金钱记》《两世姻缘》，杨显的《潇湘雨》《酷寒亭》，关汉卿的《望江亭》《窦娥冤》《救风尘》，马致远的《汉宫秋》《黄粱梦》《任风子》《陈抟高卧》《荐福碑》《青衫泪》14 篇作品，对它们作了概论和解说。其中对关汉卿的《窦娥冤》和《救风尘》的描述十分详细，可以看出其对这两作特别感兴趣。根据以上的事实，可以判断露伴正式阅读元杂剧是在 1894 年，28 岁以前。在《元代杂剧》中，露伴自言："从我得到元杂剧想理解它的时候开始，到现在已经很久了，但是还没有达到充分理解的程度。"从中可以推测，在 1894 年以前露伴就阅读元杂剧。从他给许多元杂剧作品写了详细的梗概和解说这一点来看，露伴在发表这篇文章以前的很早的时期就读通了全部的作品。另外，他在前述文章中还提到"臧晋叔"的名字，看来露伴阅读的元杂剧是《元曲选》中的作品。

---

① 刊载于杂志《太阳》1895 年一月号至六月号、九月号，收录于《露伴全集》第十五卷。

（一）元杂剧《忍字记》的翻译

在此对《忍字记》的翻译作补充。露伴执笔的经过大致是这样的：1894 年 1 月 8 日，丹灵源子访问露伴，委托露伴给《通俗佛教新闻》投寄具有佛教意义的小说。露伴当初构思一篇以铁眼禅师为主题的小说，但没有成功，就翻译有布袋和尚这一角色登场的元杂剧《忍字记》开头的一部分，作为苦肉计来搪塞责任。也就是说，因为露伴苦苦写不出答应为报纸撰写的佛教题材小说，才急忙执笔翻译元杂剧来替代。附在《忍字记》译文前的带有申辩意味的前言，如实地流露出露伴当时的苦衷。前言如下：

> 写谁呢？从哪儿开始写呢？在我苦苦思索这些问题的时候，时间毫不留情地偷偷溜走。无意中我拿起经书念经，决定写铁眼禅师的念头便涌上心来。我一边把此事通知丹灵源子，一边收集有关禅师的资料。我大致了解了禅师一生的所作所为，但资料还不全，迟迟不能进入构思着笔的阶段。仔细想想，即便是自己亲眼见过的村民或者游客，一旦要用文字把他们表达出来也并不容易，何况对一位卓越超凡的伟大人物——禅师。在资料并不充足的情况下猜测着描写，不就等于“刻舟求剑”吗?！不用说结果不仅愚陋，而且说不定画的老虎还会被人看成是一只瘦弱的小狗呢。我饭吃不下，觉睡不着，日日夜夜思考着对策，但不济于事，没等资料凑齐就到了限期。不得已，已经无计可施，与其违背意愿留下敷衍之作，不如坦率地认输。铁眼禅师的小说以后再写，许诺写布袋和尚来代替。就这样，我决定为读者拿出珍藏的文献——《忍字记》。

露伴吐露创作以铁眼禅师为题材的小说的苦衷，最终翻译《忍字记》的开头部分交差。露伴遇到新的难题——怎样才能把韵文和散文相结合的戏曲文体翻译成意思通达的日语呢?

> 《忍字记》设想奇异，描写周密，理外言理，情外叙情，似真似假，亦实亦虚。仅此一篇显见作者才华不凡，平庸的作家写的陈腐俗套的作品与其无法比拟。但遗憾的是原本里俗语俗字不少，而难读难解之处又甚多，现在着手翻译它，就算我完全理解了，也不能把原文表达的意思一字一句、正确无

误地传达给读者。另外,原文的押韵部分与按一定句法组成的语句等,可见是作者最刻意的创作,但是找不到将这部分恰如其分地译成日语的方法,现在看来只能在保持诗文体裁这一点上下工夫了。

露伴毫不掩饰地吐露自己翻译元杂剧的困难,但是又对发表日译《忍字记》怀有一定信心,故曰:"原书是在我国几乎不能见到的珍本,读者也许会以为我是半认真半开玩笑地借古人作品伪为自著,其实绝非如此。"在这里流露出他勇于翻译介绍当时一般民众几乎不能看到的"珍籍"元杂剧的自负之心。

(二)元杂剧作品的介绍

在翻译《忍字记》时,露伴绞尽脑汁探寻韵散结合文体的戏曲作品的介绍方法,这一点可以在紧接《忍字记》之后发表的《元代杂剧》的解说中看到。将现有的作品一一详尽翻译出来,还是只作简单介绍,露伴左思右想拿不定主意。下面的引文中,又浮现出露伴苦闷的身影。

> 应该如何介绍元杂剧呢?这是事先必须要考虑的问题。有一定节奏和押韵的文章,一旦翻成外语就会马上降低读者的兴趣,那么这个翻译是徒劳的。还有,翻译一两篇作品还好,如果翻译数十篇,那恐怕读者和译者都会厌倦了。那就只对作品做解说吧,可是读者却又好似隔着竹帘望美女、酒香扑鼻却饮不到,留给读者的是隔靴搔痒之感。即便如此,如果两者以外没有其他更好的方法可以选择,那与其对少数小说尝试做粗略的翻译、降低读者兴致的低质翻译,以及尝试做涂脂抹粉、乔装打扮的笨拙的翻译、改编等,不如尽可能地对更多的作品做稍微详细的解说,并且告诉读者作品好在哪里,妙趣何在,让读者了解什么是元杂剧为好。与此同时,我还想到那些有多篇作品的作家,不论作品题目如何,将这些作品按照作家分别归纳起来,估计这样对读者了解作者的风格与创作手段更为方便。所以,我就采取了这个方法,决定首先从《扬州梦》的作者乔孟符开始,对各篇元杂剧依次进行介绍。

再三犹豫之后,他作出最后决定,就是选出部分作家,给这些作家的代表作撰写解说。露伴继翻译《忍字记》之后,又开始执笔《元代杂剧》,为四位元杂剧作家的14篇作品撰写解说。这四位作家是乔孟符、杨显之、关汉卿、马致远。其中，如前所述，《窦娥冤》及《救风尘》的介绍特别详细。他在解说中还提到《楚昭公》《西厢记》《灰阑记》《神奴儿》《合汗衫》《薛仁贵》《误入桃源》《魔合罗》《谢天香》九部作品。从这里我们可以想象，露伴当时已经几乎研读完《元曲选》收录的一百部作品。

那么，露伴为什么有意识地避开评论而专做介绍呢？其理由可以从下引露伴对当时的风潮发出的警告中找到：

> 最近，有很多所谓的才子贤俊之辈，就算他们持有酒精般渗透性的灵力吧。他们深信自己，翻读两三篇荻生徂徕及新井白石的著作，就能即刻将徂徕的精髓全部挖掘出来，或者误以为能把白石的肚肠解剖得淋漓尽致。他们把徂徕与白石当作案板上的一块肉，胡乱地肆意切割，由此来夸示自己的刀锋如此锐利。古代的才子俊杰一旦落入他们手中，一个个都成为他们批评的对象，要么一味拉出来游斗，要么用火烧或投入水中，总之都变成了肉泥。如此这般，对现今所谓的才子来说，可能痛快无比，但是对古代才子来说，可是莫大的衔冤！我生来性格愚笨，并不想附骥这帮所谓才子俊杰，翻读五六篇作品就品论关汉卿，浏览四五篇作品又评论马致远。为什么呢？如果像我这样学问肤浅、愚笨的人管中窥豹，用小舀子量大海，顿时众人会向我开火："你这个一知半解的！"我恐惧这个现象的发生，更不愿意让古人受罪遭殃。

这无疑是露伴批判那些对作家和作品仅仅一知半解的评论。从这里可以看出露伴对评论态度严谨，持有坚定的信念。露伴认为，要评论元杂剧作品，首先要充分地对作品的全貌进行反复研究才行，否则不仅仅会误解作品，而且还会危害读者。这是露伴发出的警告，同时也是一个暗示，表明他本人当时已经对元杂剧做了相当程度的研究，对评论也极有信心。

众所周知，露伴发表《露珠圆圆》从而正式登上明治文坛[①]。《露珠圆圆》是以美国纽约为舞台，围绕大富豪的独生女选女婿而展开的异想天开的故事。这个设想并不出于露伴自己的创见，而是受明代冯梦龙《醒世恒言》中的《钱秀才错

① 1889年，《露珠圆圆》分十期连续登载在金港堂出版的杂志《首都之花》（第9、10、11、12、13、14、16、17、19、20期）上，露伴时年22岁。

占凤凰俦》的启发，是借用其结构编出来的东西。这一点山口刚及二瓶爱藏已有研究①。

还有其他的来源于中国古典戏曲的作品。露伴暗自承认有来源作品的是《有福诗人》，这是借用元杂剧《生来债》的结构，削减了原作品中包含的神仙滑稽色彩，改写成以“人类社会的金钱是什么”为主题的作品。还有，虽然露伴没有承认存在来源作品，但实际很明显地是借用中国戏曲作品结构的有《白眼达磨》。这部小说借用了元杂剧《魔合罗》的结构。关于上述两部作品的来源问题是前人研究的成果，原作均为中国元杂剧这一点都已被考证。《有福诗人》是露伴 28 岁时发表的戏曲，《白眼达磨》是其 31 岁时发表的小说。但除此之外，还有受元杂剧影响的小说，那就是短篇小说《好是奇怪也》。根据笔者的推测，《好是奇怪也》是借用名著《窦娥冤》的构思写出来的。以下将对此进行探讨。

三、关于《好是奇怪也》

露伴的短篇小说《好是奇怪也》刊载于 1889 年 10 月下旬号的《首都之花》。如前所述，当时露伴的处女作《露珠圆圆》刚刚开始在同一杂志上连载，并逐渐引起文坛的注目。这部作品属于推理小说的范畴，按照明治时期的称呼，那就是“侦探小说”，写的是刑警机智揭破完美犯罪的杀人案件的故事。为了便于理解事件的推移，先介绍一下登场人物。不过以下的人物介绍不是原文中已有的，是笔者根据小说内容另写的。人名均按原著音译。

● 巴德夫：杀人案件的被害者。故事的开头就写道 2 月 7 日被毒死。温厚虔诚的基督教徒。58 岁。是一位从未被人憎恨过的品行端正的男人。他既没有财产，也没有工作，但不可思议的是生活上并没有困难。与前妻曾生育一个女儿，名库库丽，但她不幸自尽。夫妻两人以前曾经为伯爵夏罗库管理过庄园。

● 罗扎琳：巴德夫的后妻。23 岁。虔诚的基督教徒。巴德夫猝死之前，她从夏罗库那里拿到装在坛里的饮料和 150 美元慰问金，所以被怀疑是杀死丈夫的犯人，但后来被证明是清白无辜的。

---

① 第一个指出这一事实的是山口刚，见《明治文学名著全集》第二卷《风流佛・解说》，1926 年 9 月。不过，当时山口是这样申述的：“把中国小说《今古奇观》与《钱秀才错占凤凰俦》对照阅读，就可以知道这个魔术的手腕与手法。”他认定的原作是《今古奇观》。其后，二瓶爱藏在 1978 年出版的《年轻时代的露伴》第三章“露伴小说的中国原作”中主张，其来源应该定为比《今古奇观》先问世的《醒世恒言》，这样对《露珠圆圆》来源的探讨有了定论。

● 古联多：医生。巴德夫猝死之前，他给巴德夫开了一个医治热病的散剂（甘汞和乳糖）药方。巴德夫猝死时，他拒绝开死亡证明。曾一度怀疑是他毒死巴德夫，但通过鉴定药方证明此药不是毒药，澄清了其嫌疑。故事收尾阶段写他与库库丽两人曾发誓要结为伉俪。

● 利乌西：巴德夫家中的女佣。对发生案件当天的情况做了各种证言。

● 波娜：巴德夫的前妻，库库丽的生母。女儿自尽后被休弃，沦为乞丐。

● 库库丽：巴德夫和波娜的独生女儿。18 岁时因不能忍受伯爵对她的凌辱而自尽。

● 夏罗库：杀害巴德夫的真犯人。伯爵、贵族院议员候补。37 岁。相貌堂堂，能言善辩。每月走访被害者住宅一两次，与被害者有来往。案发当天也到被害者家中，给了患热病的被害者一瓶含有稀盐酸的“柠檬水”。以前曾经强奸过库库丽，导致库库丽自尽身亡。之后，被库库丽的亡灵缠绕而患精神病，出于对自己过去的恶劣行为的自咎写下忏悔录，因此犯罪行为曝光，被判处死刑。

● 布拉特：原警署署长。用计谋破解杀人案件的出色刑警。

● 当洋、乌鲁亚、查斯：布拉特的部下。侦查事件真相，为破案做贡献。遵照布拉特的命令，伪装身份钻入伯爵家中，逼迫夏罗库伯爵坦白自供。

● 柯一：修行者。在夏罗库伯爵去过的温泉附近的深山里修行，其实他是侦探扮装的驱逐恶灵的祈祷师。他执行了布拉特署长策划的引诱伯爵陷入自投罗网的计谋，诱使伯爵写了忏悔录。

● 特尼：夏罗库伯爵的忠实奴仆。跟随伯爵去温泉服伺伯爵。他向伯爵灌输柯一修行者神道灵验的传言，帮助修行者进入伯爵家中。

故事不是按照时间顺序描述的，整体分为 11 幕，仿佛一个个电影镜头那样，穿越时空分别描写。每一幕的故事情节大致如下：

第一幕：巴德夫猝死的状况以及主要人物的介绍。

第二幕：布拉特署长审讯利乌西。

第三幕：布拉特署长审讯三个当事人（古联多、罗扎琳、夏罗库）。

第四幕：布拉特署长得到部下当洋和查斯的调查报告，获悉巴德夫与伯爵签订的合约的内容。

第五幕：巴德夫的葬礼情景。距离巴德夫家二百里处的村外，乞丐之间的闲谈。乞丐中有一个样子奇怪的老婆婆（其实是巴德夫的前妻波娜）。

第六幕：波娜的证词。女儿库库丽写于 2 月 7 日的遗书的内容。

第七幕：在坟地挖掘巴德夫坟墓的波娜，形象令人恐惧。其实那是署长梦见的奇怪现象。

第八幕：没能确定毒死巴德夫的犯人，案件好像陷入迷宫。夏罗库伯爵当选为贵族院议员，洋洋得意。但有一天夏罗库患了感冒，后来病情恶化渐渐衰弱起来。巴德夫的亡灵出现，伯爵还听到在耳边诉冤的叫喊。

第九幕：夏罗库伯爵每晚被巴德夫和库库丽的亡灵摧残，不得已带着医生古联多去温泉疗养。

第十幕：夏罗库伯爵在温泉仍然被亡灵摧残，开始反悔过去犯下的罪行。修行者柯一登场。柯一以驱除恶灵为名，机智地引诱伯爵写下“忏悔录”。

第十一幕：布拉特署长逮捕了夏罗库伯爵，公开了破案经过。

故事就是这样按照当事者证词的各种场面，一幕一幕展开的，所以浏览一下很难即刻抓住故事的全貌。在此，我们不妨把上述的各个场面按时间顺序重新整理一下，就可以了解事件的概要与其后的展开。

51 岁的虔诚基督教徒巴德夫和妻子波娜是夏罗库伯爵府的庄园管理人。他们有一个名叫库库丽的独生女儿。库库丽 18 岁那年的 2 月 7 日的一个雨夜，她被伯爵请到家里款待，但万万没想到让伯爵给糟蹋了。库库丽无法忍受这个耻辱，决心跳河自杀，但是想到年老的父母没人照顾，心生一计，给伯爵写了一封信压在自己的被子里。这封信里写着，如果伯爵肯照顾自己父母的生活，就不告伯爵的强奸罪。另外，她还给父母写了一封遗书，请父母原谅自己先行的不孝，并说自己死后，只要访问一个叫皮特的人，就能知道事情的真相。她还写道，自己戴着嵌着红宝石的戒指跳河，如果遇见戴着蓝宝石戒指的人，就请他为自己祈福。库库丽留下这样莫名其妙的遗书自尽了。

夏罗库伯爵读了库库丽的信，深恐自己的罪行败露而失去贵族院议员的身份，就与巴德夫定下合约，每月支付巴德夫 150 美元的慰问金私下和解，企图掩盖库库丽自杀事件。巴德夫同意了，但是没有告诉妻子波娜女儿的死因。可是波娜无论如何也要追问事情的真相，巴德夫就把她休了。波娜走投无路，后来沦为乞丐。

7 年后，巴德夫迁居，与 23 岁漂亮的罗扎琳再婚。夏罗库伯爵时而到巴德夫家去，把约定的生活费交给巴德夫。2 月 7 日晚，巴德夫的热病发作，服用了住在附近的大夫古联多开的药后，病情恶化猝死了。通过三位医生验尸，验明巴德夫是被毒死的。古联多申诉自己的清白，拒绝开死亡证明，结果引起社会的关注。这时，原警署署长布拉特登场，指挥部下当洋和查斯对嫌疑者依次进行审讯。

以上是从事情发生到布拉特署长着手破案的过程。但一经搜查，既看不到下毒药的场景，几个嫌疑者也一一被证明是无辜的，事件好似陷入迷宫。但是布拉特查明，如果同时服用古联多医生开的药和夏罗库伯爵送来的饮料，在体内就会引起化学反应变为剧毒药品，所以认定伯爵是重要当事人，可是怎么也找不到关键的证据。这个事件似乎已经到了山穷水尽的地步了。但最后，署长想出一个妙计终于破案。署长使用的是什么妙计呢？为了说明这个问题，让我们把事情的肇端和其后的经过再次整理一下。

巴德夫猝死当天，伯爵来访并交给巴德夫慰问品。这慰问品是装在瓶子里的饮料（含有稀盐酸的"柠檬水"）和慰问金。而医生开的药（甘汞和乳糖）是治疗热病很有效的新药。药与饮料分开单用没有任何害处，但是两者合用，在体内就会变成剧毒"升汞"。布拉特了解到这个化学性质，认为伯爵可疑，便进行追踪。可是抓不到确凿的证据，不能逮捕伯爵。

有一天，布拉特打瞌睡时做了一个梦。梦见波娜为了澄清巴德夫的死因，在挖掘巴德夫的坟墓，波娜披头散发，样子非常可怕。后来，这起事件好像被人们所遗忘，含糊了事。伯爵当选为贵族院议员显赫一时，但不幸有一天患了感冒，因感冒恶化身体逐渐衰弱起来，性格也随之变怯弱。当他意识自己过去的罪行时发了精神病，结果每天晚上被噩梦惊醒，被他害死的巴德夫和库库丽的冤魂出现在枕头旁边，不断地折磨他已经衰弱的神经。

有人劝他换个地方疗养，他就去了山里，可是冤魂也跟到山里，还是每晚出来折磨他。这时候，伯爵听说一个叫柯一的修行者能驱除恶灵，就让人把修行者找来，坦白了自己过去的罪恶，写下《忏悔录》交与修行者。修行者拿了《忏悔录》马上就不见了。伯爵的病情逐渐好转，返回家中庆贺康复时突然被捕，三天后就被判处死刑。原来，建议伯爵去山里疗养的是布拉特。布拉特认准伯爵可疑，对死活不肯承认犯罪事实的伯爵，采取了在精神上逼迫伯爵坦白的计策，在疗养地出现的冤魂也是布拉特派人装扮的。破案后，库库丽临死前留给父母的莫名其妙的遗书，也从古联多医生手上的"蓝宝石"戒指上得到了答案。也就是库库丽在落入伯爵魔爪时已经与古联多医生订婚。

只有药与饮料两个同时服用才能变成毒药，那么不用说，只给了巴德夫其中一样的人就很难推定他是凶手。从这点来看，医生和伯爵都不可能是真犯人，但是布拉特署长盯住被害者与伯爵的特殊关系，策划了一个引诱伯爵招供的妙计。他把周围的人都动员起来大演假戏，让伯爵去外地疗养，让"冤魂"在疗养处也继续折磨伯爵，机智的刑警真可谓是大显身手。特别值得注意的是，在疗养的地方对伯爵施行的种种计策，把被害者的怨言传入身体衰弱、心虚胆怯的伯爵的耳中，使他产生了冤魂真的出现的错觉，也就是制造超自然现象来逼迫犯人。这种手法恐怕不是露伴的创见，估计是受元杂剧《窦娥冤》启发。

四、关于《窦娥冤》

《窦娥冤》是元杂剧最杰出的作家关汉卿的名著，写一个名叫窦娥的年轻寡妇被无赖诬陷死于刑场的故事。窦娥死后化为亡灵向父亲申冤，最终得以昭雪。年轻时就受元杂剧熏陶的露伴，充分认识到该剧的宝贵价值，便编写了比较详细的梗概介绍给日本读者，这一点已经在前面叙述过了。为了便于比较，我先把露伴所写的详细的梗概写在下面。

[楔子]长安的秀才窦天章虽然学问不浅，但科举还没有及第，妻子已先过世，和 7 岁的独生女儿端云相依为命。两人四处流浪，最后在楚州落居，但是因为没有官职，日子过得十分艰苦。窦天章为了生活，向放高利贷的蔡婆婆借了二十两银子，当连本带利涨到四十两的时候，蔡婆婆要窦天章全部还清。当她知道窦天章无钱偿还，就提出让窦天章把女儿端云嫁给自己的儿子，这样全部债款便一笔勾销。科举考试迫在眼前，窦天章无奈，只好答应了蔡婆婆。蔡婆婆还另外给了他十两盘缠。窦天章挂念着女儿的将来，难舍难分地起程去应考。

[第一折]在楚州开药铺的医生赛卢医也借了蔡婆婆十两银子。连本带利滚到二十两了，蔡婆婆去索取贷款。根本不想还债的赛卢医把蔡婆婆骗到没有人烟的郊外，突然要勒死蔡婆婆。偏巧被路过的张驴儿和其父救出，赛卢医慌慌张张地逃走了。面对救命恩人，蔡婆婆告诉张家父子自己是遗孀，家里还有一个年轻的寡妇。谁知张家父子听后马上要求二人嫁给他们来报答救命之恩。蔡婆婆听了这个无理的要求，知道自己一人不能决定，就把张家父子带到家中向窦娥说明了情由，并暗示要窦娥改嫁。但是窦娥无论如何不肯答应，反而劝导婆婆。蔡婆婆被窦娥攥住了把柄，不能继续坚持己见，只好搪塞过去。张家父子趁机赖在蔡家一起生活。

[第二折]赛卢医生怕企图勒死蔡婆婆一事被告发，准备逃出楚州。而这边，蔡婆婆则害了病，卧床不起。张驴儿计上心来，企图趁机弄死蔡婆婆，指望蔡婆婆死了能霸窦娥为妻。张驴儿进城买药，去的恰恰是赛卢医的药铺，他就以告发企图勒死蔡婆婆之事威胁，向赛卢医讨到毒药，返回蔡家后暗暗窥准下手的机会。窦娥照顾着蔡婆婆，按婆婆吩咐做了羊肚汤准备给婆婆吃。张驴儿先尝了

一口，假借盐醋不足，支使窦娥去取，然后趁窦娥离开之际把药下在汤里。但没想到，偏偏蔡婆婆呕吐起来没吃，本应蔡婆婆吃的汤，却让在场的张驴儿父亲吃下，其父顿时身亡。张驴儿万万没有料到的事态发生，慌了手脚，把毒死父亲之罪推到窦娥身上，并威胁说，如果答应嫁给他则平安无事，否则就告到衙里打官司。窦娥本来无辜，当然坚决不从，跟张驴儿去打官司。开堂审案的是个无能的昏官，他不肯听窦娥的切身控诉，完全听信了张驴儿的谗言，最后判处窦娥死刑。

［第三折］被押往刑场的那天，窦娥唯恐婆婆看见自己的惨状伤心，请求从后街绕行，谁知被蔡婆婆打听到了，两人相遇。窦娥向婆婆诉说了冤屈，并请婆婆每逢时节为自己吊丧。在即将斩首之前，窦娥又向监斩官提出最后一个愿望：把白绢挂在旗枪上，并宣称：如果无罪，自己的鲜血一滴也不会落地，全部飞上白绢。窦娥还预言：六月里会降三尺瑞雪遮掩窦娥的尸体；从今往后的楚州将亢旱三年；这都证明窦娥之冤。果然斩刀一下，天气骤变，大雪飞扬，窦娥的三个预言全部应验。

［第四折］科举及第、荣任高官的窦天章以职掌刑名的身份回楚州探亲。夜里，他在灯下审查已经定案的卷宗，第一起案件的犯人就是窦娥。因女儿小名是端云，所以窦天章并没有想到窦娥就是自己的女儿。可能是旅途劳累的原因，窦天章打起瞌睡来，忽然窦娥出现在梦中喊冤。窦天章醒后虽然感到奇怪，但继续审查卷宗。但不知为什么，刚才已经审完的卷宗又被翻到上面。他把卷宗压在下面继续查看，但灯火忽明忽灭，原来这是窦娥的亡灵为了引起父亲的注意采取的手段。同样的情形反复三遍后，窦天章终于察觉里面大有文章，把窦娥的亡灵招至眼前询问。听了窦娥的申诉，窦天章明白了事情的原委，唤来有关者再审。张驴儿的欺诈与审官的误判真相大白，窦娥得以平反昭雪，罪者一并受到处罚。

以上是元杂剧《窦娥冤》的内容。我不厌其烦比较详细地把梗概写在这里，是为了对照露伴的《好是奇怪也》与《窦娥冤》的相似部分。《窦娥冤》真不愧是著名元杂剧作家关汉卿的作品，事件的发生与整个发展过程毫无牵强之处，看得出是一部始终保持着张力的作品。

五、《好是奇怪也》与《窦娥冤》的相似部分

通过以上整理《好是奇怪也》与《窦娥冤》的情节，我们可以看到两者之间存在以下相似部分。以下(怪)为《好是奇怪也》，(窦)为《窦娥冤》。

(1) 年轻女性死于男人的性欲望。

(怪)库库丽被夏罗库伯爵强奸投水自尽。

(窦)窦娥因拒绝嫁给张驴儿,被诬告毒死父亲而遭处斩。

(2) 杀害手段是使用毒药。

(怪)伯爵利用药与饮料不能同时服用的性质巧妙地毒死库库丽父亲。含有稀盐酸的“柠檬水”与“甘汞乳糖”单用无害,合用会在体内引起化学反应变成剧毒“升汞”。

(窦)张驴儿为了霸占窦娥为妻,企图让窦娥的婆婆吃下了药的汤而被毒死,不料自己的父亲误吃猝死。

(3) 被害年轻女性选择死亡的理由。

(怪)库库丽已私下订婚,由于受了伯爵的凌辱对未来悲观失望而投水自尽。她的选择出于一种固守贞节的观念。

(窦)基于“好女不嫁二夫”的儒教观念,窦娥坚决拒绝张驴儿逼嫁。结果在法庭被张驴儿诬告杀人而遭斩首。

(4) 利用超自然现象来解决案件(让死者的亡灵登场来制造抓住真犯人的契机)。

(怪)在身患精神病的夏罗库伯爵家里,响起被害者巴德夫与库库丽的怨声。这是波拉特署长为了在精神上逼迫伯爵而布下的巧妙圈套。

(窦)窦娥的冤魂出现在升任审判官的父亲面前倾诉。冤魂为了引起正在查点已定案卷宗的父亲的注意,把自己案件的卷宗暗暗地放回到最上面,还拨弄灯火,让它忽闪忽灭。

(5) 优秀的人才发挥其睿智破案。

(怪)波拉特署长事先让祈祷师把犯人引入山中,让犯人写下真相与忏悔书,这也是波拉特署长为了在精神上逼迫伯爵而施展的计策。

(窦)窦娥父亲窦天章任官返乡,含冤死去的窦娥冤魂在夜里出来伸冤。父亲听后重审案情,澄清了事件的真相,一一处罚了真正的罪犯。

虽然《好是奇怪也》与《窦娥冤》描写的是两个完全不同的事件,但仔细分析一下可以看到两者之间有很多相似之处。比如对年轻美丽的女性垂涎三尺的男人用毒药掩盖自己的罪行,陷入魔爪的女人选择死路的理由等,两者别具匠心的构思有几个相同部分。在这里特别值得注意的是,为了解决事件都采用了超自然现象这一点。对这一部分进一步认真辨析,两者的影响关系会更加显著。特别是下述场面的描绘是非常相似的。先看《好是奇怪也》,第九幕夏罗库伯爵因感冒恶化倒在床上,后来又发了精神病,就去温泉疗养,可是在那里仍然受到亡灵摧残。

> 这里与繁华都市不同,到处都是懒散脏乱的情景,让人感到特别萧然凄清。在万籁俱寂的半夜两点钟,忠实的奴仆特尼感到油灯好像黯淡了,就松开螺丝挑出灯芯来。灯光一时亮起来,可是没过多久,火焰又模糊起来,好像熄灭了一般。与每晚相同,夏罗库伯爵又听到"你这个夏罗库狗崽子""可恨的夏罗库"这样的怨声,他突然从床上坐起来大大地睁开双眼盯视,只见库库丽披着一头乱糟糟、水淋淋的头发,垂头丧气地站在眼前,旁边的巴德夫,嘴角淌着鲜血,目眦尽裂,冲着自己扑来。夏罗库再也忍受不住了,随手抓起放在枕边的药瓶投向冤魂。

下面把这段引文与《窦娥冤》第四折的有关部分比较一下。夜里审查档的窦天章,睡魔袭来沉沉入睡,窦娥冤魂出来更换卷宗的前后顺序。结果,查阅已毕的窦娥案件的卷宗又到最上面来,这就是窦娥为了诉冤采取的手段。窦娥冤魂出现之前的描写如下:

> 〔窦天章做醒科,云〕好是奇怪也,老夫才合眼去,梦见端云孩儿恰便似来我跟前一般,如今在那里?我且再看这文卷咱。〔魂旦上,做弄灯科〕〔窦天章云〕奇怪,我正要看文卷,怎生这灯忽明忽灭的!张千也睡着了,我自己剔灯咱。〔做剔灯。魂旦翻文卷科。窦天章云〕我剔的这灯明了也。再看几宗文卷。一起犯人窦娥药死公公。〔做疑怪科,云〕这一宗文卷,我为头看过,压在文卷底下,怎生又在这上头?这几时问结了的,还压在底下,我别看一宗文卷波。〔魂旦再弄灯科。窦天章云〕怎么,这灯又是半明半暗的,我再剔这灯咱。〔做剔灯。魂旦再翻文卷科。窦天章云〕我剔的这灯明了,我另拿一宗文卷看咱。一起犯人窦娥药死公公。呸!好是奇怪!我才将这文书分明压在底下,刚剔了这灯,怎生又翻在面上?莫不是楚州后厅里有鬼么?便无鬼呵,这桩事必有冤枉。将这文卷再压在底下,待我另看一宗如何?〔魂旦又弄灯科。窦天章云〕怎生这灯又不明了?敢有鬼弄这灯?我再剔一剔去。〔做剔灯科。魂旦上,做见科。窦天章举剑击桌科,云〕呸!我说有鬼!兀那鬼魂,老夫是朝廷钦差带牌走马肃政廉访使。

你向前来，一剑挥之两段。张千，亏你也睡的着，快起来，有鬼有鬼。兀的不吓杀老夫也。

把这两段比较一下，两者的情节相似得令人吃惊。横死的亡灵在夜里出现伸冤、反复描写灯火忽明忽暗的情景等，推定《好是奇怪也》是受《窦娥冤》的情节启示撰写出来的作品，那是有一定的根据的，两者之间存在不能忽视的影响关系。另外，杂剧原文中出现了三次“奇怪”一词，让我们很自然地重新想起这本小说的书名是《好是奇怪也》，这是偶然的吗？关于小说的命题，露伴曾经发表过意味深长的文章。这篇文章刊登在杂志《文章世界》1911 年 11 月，题目是《小说命题方法》，露伴在文章中指出：

我命题的方法很简单，一般不会苦心琢磨，经常是一提笔就起好了。比如，写的是两天中发生的故事，那么就叫《二日物语》，写的是一把箭的事情，那就叫《一把箭》。……也有从小说中取一个句子命题的。比如《竹叶舟》，写的是农村的五六个孩子在一起，采来竹叶做小船，有的手巧，有的手拙，他们把做好的竹叶舟浮在水面上，看谁的漂流得快，就以此命题。《风流佛》也同样是小说里的句子。

正如以上露伴自己所述，露伴有时把作品中的句子直接作为作品的题目。本文所讨论的小说的题目《好是奇怪也》估计也是用这个方法命名的。因为《好是奇怪也》的几个段落的收尾句子都用了“好是奇怪也”（第三幕）、“好生奇怪”（第四幕）、“好奇怪”（第五幕）、“不可思议”（第六幕）。而且，如前面已经确认过的，来源可能是《窦娥冤》的作品中，窦娥的父亲在亡灵出现时，也连声自语“奇怪”“奇怪也”。从这一点分析，推定露伴是从《窦娥冤》中的这一段得到启示给小说命题的，恐怕不是牵强附会吧。

比较这两部作品，还让我注意到《好是奇怪也》的背景——事件发生的舞台。作品中没有提到，但是从登场人物的名字推测，绝对不是日本，肯定是欧美的哪一个国家。如前所述，这部小说在 1889 年发表时，露伴的另一部以美国为舞台的小说《露珠圆圆》正连载于《首都之花》杂志上。《好是奇怪也》的背景舞台可能也是美国。露伴当时设想以美国为舞台的几部作品，其中一部是《露珠圆圆》，另一部就是《好是奇怪也》吧。两部作品的舞台相同，估计并非偶然。

六、结　　语

本文再次考证露伴与元杂剧的关系，针对露伴早期的短篇小说《好是奇怪也》，推断其是受中国古典戏曲《窦娥冤》的启示而撰写出来的作品，而且仔细地对两者的类似部分做了探索和比较。露伴年轻时就开始研究元杂剧，精心研读了臧晋叔《元曲选》里的一百种剧码。考虑到露伴在《元代杂剧》一文中，对享有盛誉的名著《窦娥冤》作了特别详细的介绍，不难想象露伴将《窦娥冤》的构思以至情节的细节都深深地刻入自己脑海之中。他借用细节，移植在别的“创作”中亦是毫不为奇。就像《有福诗人》《白眼达磨》那样，将中国的原型故事装入自己的脑中消化、升华，再以它为基础，脱胎换骨，超越时空，编写为另一个作品，这可谓是当时年轻的露伴经常采取的手段。所以，露伴设想《好是奇怪也》时，巧妙利用了元杂剧《窦娥冤》的情节，这个可能性很大。

露伴的阅读量之大、读书面之广超越了我们一般人的想象，特别是在私塾与图书馆的阅览，培养、积累了渊博的中国古典文学素养，露伴将这些养分不断迅速输入自己的脑子里消化升华，并且移植在自己的作品中，给了它们一个无拘无束、自由自在的活跃空间。虽然露伴否认有的作品存在原作，但是如同本文屡次指出的那样，如果作品在细节方面存在若干类似部分，就不得不令人怀疑它有来源。

露伴一生留下了大量的有关研究和创作的作品，纵然是一个大文豪，但他的作品并不是凭空想象创造出来的。他以旺盛的读书精神获得的“汉学素养”，成为他特别是早期作品的创作泉源，而且这种“汉学素养”在很大程度上决定了露伴一生的“创作”方向。

（井上泰山：日本关西大学文学部教授。专攻中国古代文学。近年研究以元杂剧与《三国演义》为重点。代表作为《汉籍西游记》[2008]、《中国近世戏曲小说论集》[2004]及《三国志通俗演义史传》[1998]）

《浮生六记》在日本的翻译

陈小法

一、前　　言

日本学者较早关注《浮生六记》是在20世纪20年代，在桥川时雄创办的《文字同盟》中刊载了中日学者的译文和论文。到了20世纪40年代，台湾学者龙瑛宗在日文版的《中华日报》上再次向日本读者推荐此作。但真正引起反响的是《浮生六记》日译本的出现。在各种译本中，最重要的是佐藤春夫与松枝茂夫的合译本及石田贞一的译本。前者偏向直译，较多保留了原著的味道。后者意译为主，文字简洁流畅，日本味浓。值得注意的是所有日译本都只有《闺房记乐》《闲情记趣》《坎坷记愁》《浪游记快》四记。总体而言，日本学者对《浮生六记》的评价很高，称赞其自然不修饰、妙趣横生，开创了20世纪文学的新精神，以它为现代中国文学的代表之一。本研究探讨日本人如何翻译及评价《浮生六记》。

二、寻找《浮生六记》

清代苏州人沈复（字三白）完成自传体散文《浮生六记》后，生前一直只有手稿传阅，不曾刊刻。1877年杨引传将自己在苏州护龙街旧书肆上发现的《浮生六记》手稿，委托在上海《申报》报馆工作的妹夫王韬，收入自己的《独悟庵丛钞》中。这是《浮生六记》的首次出版。手稿只有前四记《闺房记乐》《闲情记趣》《坎坷记愁》及《浪游记快》，阙失后面的《中山记历》及《养生记道》（有版本作《养生记道》）二记，成为断简残编[①]。1906年，近代学者黄摩西在自己主编的东吴大学《雁来红丛刊》上刊行《浮生六记》。从此名不见经传的沈复与其著作流传起来。

---

① 沈复：《浮生六记》（新增补），北京：人民文学出版社，2010年，第1页。

1935 年林语堂将《浮生六记》译成英文，这是该著首次迈出国门，为外国读者所得知。但遗憾的是美玉微瑕，上述《浮生六记》皆为四记本。天下之士翘首跂踵，冀望后两记的失而复得，即足本的早日出现。

在 1935 年 8 月上海世界书局出版的《美化文学名著丛刊》中，《浮生六记》的足本突然现世，编者为该书局的编辑王均卿。足本一出，其真伪引起争议。经过四十多年的辩论，这段文学史公案才真相大白。原来"足本"确为伪作，后两记的真实作者是一位名叫黄楚香的寒士，稿酬为两百大洋。

那么，真实的后两卷是否存世，这也是沈复的追随者们一直所关注的问题。自从《浮生六记》四卷本刊刻以来，世人就没有停止过搜寻缺失的二记。真所谓皇天不负有心人，2005 年事情迎来转机。

秋天的一个清晨，山西古旧书收藏家彭令在南京朝天宫古玩市场淘得名为《记事珠》的破烂旧书一册。孰料这一不经意的行为，不仅是收藏界的重大捡漏，更是文学界的一大发现。因为谁也不曾想到，《记事珠》中竟然藏有《浮生六记》第五记的佚文。然而，《记事珠》的真伪鉴定并非易事，经过收藏者五年多的不懈努力，终于在 2010 年得到国家文化部、版权部门的正式认可，认定其确为清代中期学者钱泳的手写稿，而其中的《册封琉球国记略》（以下简称《记略》）就是沈复《浮生六记》第五记的佚文。这惊天秘密一出，国内外收藏界、文学界为之震动。同年 12 月，《记事珠》被天价拍出，《浮生六记》因此得以枯木逢春。

笔者认为《记事珠》被天价拍走，主要原因有以下几个：第一，《记事珠》是钱泳在 1823 年的手抄本。钱泳（1759—1844）是江苏金匮人，初名鹤，字立群，号台仙、梅溪，是一名诸生。他曾客游湖广总督毕沅（1730—1797）幕中，与翁方纲、包世臣等人交游，擅长篆、隶、书、画，精于镌刻碑版，学识渊博，著有《履园丛话》《说文识小录》《梅花溪诗钞》《兰林集》等。因钱泳是较为著名的书法家，所以其成册的手稿在中国书法艺术史上具有重要意义。

第二，摘抄《浮生六记》的第五记《中山记历》（又名《海国记》）。前面已经提到，众人延颈鹤望《浮生六记》全本的出现，因此《记略》的发现绝对是中国文学史和史料学上的一件大事。尽管只是钱泳摘抄《中山记历》的部分，但就这沧海遗珠基本呈现了该记的面貌。因此可以说，至少在《浮生六记》足本被发现之前，《记略》所具有的意义之大毋容置疑。

第三，《记略》中还有钓鱼岛归属我国的相关记载

（嘉庆十三年二月）十三日辰刻，见钓鱼台，形如笔架。遥祭黑水沟，遂

叩祷于天后，忽见白燕大如鸥，绕樯而飞，是日即转风。十四日早，隐隐见姑米山，入琉球界矣。①

这一记载也被媒体大肆宣传，将其称之为“钓鱼岛归属中国的铁证”“为钓鱼岛归属中国提供了最新佐证”“比日本文献记载钓鱼岛早76年”等，以致傅璇宗老先生也两次专门撰文，一称《浮生六记》新增本是一种新的“敦煌学”②；二称《海国记》的发现：“能广泛传递、宣传‘钓鱼台（岛）自古属于我中华’的重要历史资讯，现实意义大，历史价值也高，更进一步谓之当代和氏璧，亦应该不为过。”③鉴于《记略》在钓鱼岛归属问题上的重大意义，2010年12月的拍卖会上，收藏主彭令拒绝一切外资的参与，表示坚决要让《记事珠》抄本留在中国。

称《记略》中关于钓鱼岛的记载为“铁证”“最新佐证”等说法，笔者认为不够严谨，因为它忽视了我国在记载钓鱼岛归属问题上所具有的丰富文献资源和悠久历史这一史实。众所周知，在早于《记略》的明清两代航海文献尤其是多种《使琉球录》中，都有与沈复类似的记载。但是我们并不能否定它的价值，诚如傅璇宗先生所谓的：“我们应该注意到，古代著名书法家手迹、传世经典佚文与‘钓鱼台（岛）自古属于我中华’的重要历史资讯，在一部古籍中三位一体，这是从来没有过的事情。”④

第四，《记事珠》整部四册计28面，除《记略》外，其余皆为钱泳自撰《浮生六记》条目、《履园丛话》底稿及其他极具研究价值的札记。

在中国，自《浮生六记》问世以来，至少出现了超过了一百种以上的版本，但大致可以归纳为三大类：①四记本：即以杨引传发现的前四记残本为基础而出版的《浮生六记》，四记分别为《闺房记乐》《闲情记趣》《坎坷记愁》《浪游记快》，大多版本属于此类。无非为繁简、是否有插图、是否有标点注解等区别而已。②五记本：目前只有一个，那就是2010年人民文学出版社出版的《浮生六记》（新增补）。除惯例的前四记外，还增加了以下内容：《册封琉球国记略》（《海国记》）；附录一：《记事珠·浮生六记》；附录二：序、跋、题记；附录三：伪作二卷（《中山记历》《养生记道》）；后记（彭令）。③六记本：即前四记加上黄楚香执笔的伪作

① 沈复：《浮生六记》（新增补），第83页。

② 傅璇宗：《〈浮生六记〉新增本：一种新的“敦煌学”》，《人民日报》2010年5月18日，副刊版。

③ 傅璇宗：《〈海国记〉的发现》，《人民日报（海外版）》2011年1月5日，第7版。

④《〈海国记〉的发现》。

二卷(《中山记历》《养生记道》)。区别也和四记本类似,存在繁简、插图、标点注解等不同。

三、《文字同盟》的《浮生六记》日译

早在20世纪20年代《浮生六记》已引起日本人的关注。最早日译本刊登在一本名叫《文字同盟》的中日双语杂志上。《文字同盟》是日本人桥川时雄(1894—1982)在北京出版的个人杂志,创刊于1927年4月23日,到1931年7月停刊为止总计刊出37期。第1期到第6期的版权页上有"发行编辑者张蔚瑜"字样。据桥川的回忆,主要是为了取得当时在北京日本公使馆的合法发行许可证,而借用中国人之名义采取的权宜之举,实际上编辑、翻译及发行全由桥川一人完成①。

1918年4月,桥川时雄以旁听生身份进入北京大学学习,1922年进入中文报纸《顺天时报》编辑部任记者,1927年3月辞职创办《文字同盟》杂志社。该杂志的最大特点是中日双语并用,即上端为中文,对应的下端为日语,在当时来说是非常难得的双语杂志。

与《浮生六记》相关的内容最早出现在《文字同盟》第一期,在第48页上有一则"小说《浮生六记》登载预告"。在这则中日文预告中,对沈复及其《浮生六记》有简单的介绍,尤其是对第一记《闺房记乐》作了重点推荐,最后提醒读者说"自第二号起登载"②。笔者按图索骥在第二号的第43—46页确实查得《浮生六记》第一记《闺房记乐》的译文,但只是原著内容的一小部分而已。译文前有译者的简单按语:

> 《浮生六记》一书,为沈复字三白杰作。苏州人,能画。此书虽不全,今所存四篇,独得流传。其第一卷《闺房记乐》自写夫妇间之恋史,情思笔致,俱极宛转,真率简易,一目了然。中文记录体中,罕观之绝妙文字也。③

按语虽寥寥数笔,但可见桥川时雄对《浮生六记》的推崇之心,尤其是最后的

① 今村与志雄编:《文字同盟》卷三,东京:汲古书院,1991年,第607页。
② 《文字同盟》卷一,第56页。
③ 《文字同盟》卷二,第115页。

"中文记录体中,罕观之绝妙文字也",把《浮生六记》推到中国文学的至高境地。译文用词比较尊重原著,语言简洁,较多保留原著中的汉语辞汇。最后虽有"未完"两字,但奇怪的是,一直到停刊为止再也未见《浮生六记》之连载,其中止原因不得而知。取而代之的是在第三号中,刊登了俞平伯(1900—1990)的《〈浮生六记〉考》和邓如文藏的《沈三白遗画》一幅。

俞文虽名曰《〈浮生六记〉考》,其实只有 360 字,因篇幅不长兹引全文如下:

> 此书少单行本,见于《烛悟庵丛钞》及《雁来红丛报》中。共有六编,故名六记。《闺房记乐》《闲情记趣》《坎坷记愁》《浪游记快》《中山记历》《养生记道》。今只存上四篇,其五六两篇已佚。作者为沈复,字三白,苏州人。能画。生于一七六三年(乾隆二八),卒年无考,当在嘉庆十二年以后。此书虽不全,今所存四篇似即其精英,故独得流传。《中山记历》当是记漫游琉球之事,或系日记体。《养生记道》恐亦多道家修持之妄说,虽佚,似不足深惜也。就今存者四篇言之,不失为简洁生动的自传文字。
>
> 《闲情记趣》写其爱美的心习,《浪游记快》叙其浪漫的生涯。而其中尤以《闺房记乐》《坎坷记愁》为最佳。第一卷自写其夫妇间之恋史,情思笔致,极宛转而又极简易。向来人所不敢昌言者,今竟昌言之。第三卷历述其不得于父母兄弟之故,家庭间之隐痛。笔致既细,胆子亦大。作者虽无反抗家庭之意,而其态度行为已处处流露于篇中,固绝妙一篇宣传文字也。①

笔者对上文的标点略有改动,首行的"烛悟庵"应为"独悟庵"之印刷错误。众所周知,出生浙江德清的俞平伯是《东瀛诗选》编者俞樾的曾孙、"新红学派"的创始人之一,曾执教燕京大学、北京大学、清华大学,在《浮生六记》的研究上也颇有建树,早在 20 世纪 20 年代,就为多家出版社撰写过《浮生六记》的序文,自己还做过详细的《浮生六记》年表。桥川时雄此时刊载俞文,可谓独具慧眼。因此可以说,在《浮生六记》的日本译介史上,俞平伯和桥川时雄可谓中日的先驱人物。

而同卷邓如文藏《沈三白遗画》中,除刊登沈复的山水画一幅外,还有以下

① 《文字同盟》卷三,第 158 - 59 页。

说明：

沈复，字三白，著《浮生六记》，叙其夫妇食贫居困时事。妇陈甚贤，不得志于舅姑，同见摈逐，僦屋扬州，卖画自给……画传世不多，故鲜知者。予于西小市以二饼金得其一帧，气均清逸，满纸性灵。[①]

藏者邓如文的情况不甚明了，但通过《沈三白遗画》，使得我们对沈复的画风、技巧有了一个初步的认识，为进一步了解沈复其人提供了重要参考。

四、松枝茂夫及龙瑛宗的角色

上文提及，桥川时雄在《文字同盟》第二号中刊载了《闺房记乐》的译文，但只是极少的一部分内容，而第一记的首次全译是松枝茂夫（1905—1995）发表在佐藤春夫主编的《世界短篇杰作全集》第 6 卷《支那印度短篇集》（河出书房，1936 年）。

译者松枝茂夫是一位中国文学研究者，毕业于东京大学文学部，专业为中国文学，曾任东京都立大学教授，也曾执鞭早稻田大学。主要译作有《周作人随笔集》（改造社）、《红楼梦》（岩波书店）、曹禺的《日出》（平凡社）等。编者佐藤春夫（1892—1964）是一位作家、诗人，以作品《田园之忧郁》闻名。1935 年曾和增田涉一起翻译出版了《鲁迅选集》（岩波文库）。

根据松枝茂夫在 1981 年岩波书店出版的《浮生六记》译本中的“解说”，我们可知日本首个《闺房记乐》全译本诞生的过程：20 世纪 30 年代，台湾留日学生杨云萍首次把《浮生六记》推荐给当时还是大二学生的松枝茂夫，从此他与此书结下不解之缘。1936 年，东京都立大学的中国文学研究会开设了《浮生六记》读书会，松枝茂夫被推荐为讲师。读书会结束，四卷的日译本也基本完成。1936 年，在增田涉的推荐下，第一卷《闺房记乐》收入佐藤春夫编的《世界短篇杰作全集》第 6 卷《支那印度短篇集》，由河出书房出版[②]。

译文的标题为《浮生六记——卷一　闺房记乐》，作者“沈三白”。在译文正文前有松枝茂夫的简单序言，提到了沈复的生平、书名的由来及章节。译者称因

---

① 《文字同盟》卷三，第 160 页。

② 松枝茂夫译：《浮生六记——浮生如梦》，东京：岩波书店，1991 年，第 268 - 70 页。

篇幅有限，所以只收录了最为生动有趣的第一记《闺房记乐》[①]。对比松枝茂夫以后的几个译本来看，“第一记”基本为直译，只是语言更加通俗化。可见，松枝茂夫对当时他领衔的读书会的集体成果还是比较满意。

除了桥川时雄、俞平伯等人外，较早向日本人介绍《浮生六记》的还有台湾作家龙瑛宗（1911—1999）。龙瑛宗是台湾新竹北埔人。1946 年 3 月起，曾任《中华日报》日文部主任，期间他在“文艺栏”“名作巡礼”等栏目中，用日语介绍了众多的中国文学作品，其中包括沈复的《浮生六记》[②]。台湾《中华日报》于 1946 年 2 月 20 日创刊于台南市，因当时台湾刚刚从日据时代解放，考虑到一般民众阅读的便利性，创刊之际同时使用中日双语，但 8 个月后的 1946 年 10 月 25 日全部改版为中文。

龙瑛宗用日语写的《浮生六记》短文刊载于 1946 年 9 月 12 日的《中华日报》日文版“名作巡礼”栏，后被收入《龙瑛宗全集》（日本语版）第四册《评论集》。龙瑛宗的文章与其说是介绍，不如说是评论更为合适。文中对沈复、《浮生六记》在中国文学中的地位几乎没有涉及，但龙氏把《浮生六记》比作日本的私小说，强调恋爱自由、结婚制度对社会的重要性，批判了当时社会中存在的对婚姻得过且过的态度。同时，龙氏认为《浮生六记》是一部脱离社会的小说，专注夫妻生活而罔顾周围，这也是东亚小说的通病，即缺乏社会性，忽略艺术来源于生活这一基本道理[③]。

综上所述，无论是日本人桥川时雄，还是中国人俞平伯、龙瑛宗，虽然都向日本介绍了《浮生六记》，但毕竟只是原著的冰山一角而已，而日本读者要得以见到真面目，还要待日译《浮生六记》四记本的出现。

五、《浮生六记》的四大日译本

第一个《浮生六记》四记译本的出现是在 1938 年，译者为佐藤春夫和松枝茂夫，书名为《浮生六记：浮世之习俗》，由岩波书店出版。参与本次翻译的人员之一佐藤春夫最早接触《浮生六记》是得益于中国学研究者增田涉的推荐。

---

① 松枝茂夫译：《浮生六记》第一记，东京：河出书房，1938 年，第 110－46 页。

② 王惠珍：《龍瑛宗の読んだ中国文学—日本語の翻訳による受容—》，《关西大学中国文学会纪要》27，2006 年 3 月。

③ 龙瑛宗：《龙瑛宗全集》第四册《评论集》，台南：“国立”台湾文学馆，2008 年，第 230 页。

据称佐藤读完《浮生六记》后，便有了翻译的冲动，但未果。当河出书房委托佐藤春夫编辑出版中国短篇集之际，增田涉向他推荐好友松枝茂夫。因此，《闺房记乐》得以首先刊出。随后，佐藤春夫希望松枝茂夫把剩余部分译完，但松枝茂夫提出最好两人合作。于是，佐藤春夫答应翻译第三记《坎坷记愁》，但不久他就来到了中国北部旅游，翻译一事就此耽搁。而回国后发现松枝茂夫的四记译稿已经待校出版，于是佐藤春夫就作为校稿者提出一些修改意见。第一个四记日译本就以他俩共译的名义出版[①]。根据文末佐藤春夫的后记可以得知，翻译的底本是俞平伯的校阅本（王钧卿主编《说库》，霜枫社 1924 年出版，朴社印行），同时还参考了林语堂在英文月刊《天下》连载的英译《浮生六记》[②]。

第二个《浮生六记》四记日译本出于石田贞一，收录在《世界纪实文学全集》33，由筑摩书房于 1962 年出版。译者石田贞一的生平简历不详。译文也只有前四记，语言通俗流畅，并附有苏州等地的插图。从语言表现力来看，可见译者对原文的理解有一定深度。据此可以认为石田贞一应该在中国文学上具有一定造诣。

《浮生六记》的第三个四记译本仍出自松枝茂夫，收录在入矢义高等总编的《中国古典文学大系》第五十六卷《记录文学集》，该卷的实际编者是松枝茂夫，由平凡社于 1969 年出版。第五十六卷共选取了 17 部中国文学作品进行部分翻译和全译。从晋朝葛洪的《西京杂记》开始，到清朝李圭的《思痛记》为止，按照时代顺序编排成卷。《浮生六记》被称为是全译本，不过也只是前面四记。译者虽署一人，但应是对岩波书店 1938 年出版的松枝茂夫、佐藤春夫合译本的修订，修订主要由松枝茂夫完成。

《浮生六记》第四个日译本仍出自松枝茂夫之手，书名与之前略有不同，改为《浮生六记：浮生如梦》，由岩波书店于 1981 年出版。根据松枝茂夫文末的“解说”可知，该译本是岩波书店 1938 年版的修订本。此时佐藤春夫已经作古，修订本主要由松枝茂夫一人完成，所以署名为“译者松枝茂夫”。

总括而言，我们可以把上述四个主要的四记译本分为三大类，一是松枝茂夫与佐藤春夫的合译本，一是松枝茂夫一人的译本，另一是石田贞一译本。表 1 以松枝茂夫、佐藤春夫和石田贞一的译本为例，摘取四记标题和原文中的一节，从

---

① 佐藤春夫、松枝茂夫译：《浮生六記：うき世のさが》，东京：岩波书店，1969 年，第 3 - 4 页。
②《浮生六記：うき世のさが》，第 190 页。

而探讨各译本的风格。

表 1　各译本的译法比较

原文		佐藤春夫、松枝茂夫译本	松枝茂夫译本	石田贞一译本
四记标题	闺房记乐	闺房记乐	闺房记乐(結婚の幸福)	闺房の楽を記す
	闲情记趣	闲情记趣	闲情记趣(趣味の生活)	闲情の趣を記す
	坎坷记愁	坎坷记愁	坎坷记愁(不遇に泣く)	坎坷の愁を記す
	浪游记快	浪游记快	浪游记快(旅は楽し)	浪遊、快を記す
	中山记历	中山记歴	中山记歴(琉球遊記)	/
	养生记道	养生记道	养生记道(永生の道を求めて)	/
卷四『浪游记快』节选	至其地，有庙，不知供何神。庙前旷处高搭戏台，画梁方柱，极其巍焕，近视则纸扎彩画，抹以油漆者。锣声忽至，四人抬对烛，大如断柱；八人抬一猪，大如牯牛，盖公养十二年，始宰以献神①。	その地へ行ってみると、何の神を祭ったものやら兎に角一つの廟があって、その廟の前の廣場に高い舞臺を張り、畫ける梁や角柱などその豪奢なことは唯々驚嘆のほかはなかった。もっとも近よってよくよく見ると、何のことはない紙をはって彩色を施し、その上から油漆を塗りたてたものであったが。ぢやらんぢやらんと銅鑼の音がおこると、柱くらいもあるやうな一對の大蝋燭を四人で舁いで来た。牡牛かとも見まがはれるやうな一匹の大豚を八人で舁いで来た。これはつまり村ぢゅうで十二年の間飼っておいたのをこんど宰して神に獻げるのであ	その地へ着いてみると、何の神を祀ったらのやら、とにかく一つの廟があって、その廟の前の広場に高い舞台を張り、画ける梁や角柱などその豪奢なことはただただ驚嘆のほかはなかった。しかし近よってよくよく見ると、何のことはない、紙をはって彩色を施し、その上から油漆を塗りたてたものであった。突然、銅鑼の音がおこると、柱くらいもある大きな一対の蝋燭を四人がかりで舁いで来た。さらにまた牡牛かとも見まがわれる大きな一匹の豚を八人で舁いで来たが、これは村じゅう共同で十二年の間飼っておいたのを、こんど宰して神に献げ	仁里に着いてみると、何の神様をまつったのか、一宇の神社がある。社前の広場に、芝居をするための舞台ができていて、梁や四角の柱の装飾が遠くからみて、いかにもきらびやかである。近寄ってみると、しかし、それはすべて色紙をはったり、ペンキを塗ったりしたものだった。どらの音が急になりひびくと、四人の者が、柱を切り取ったほどの太さの蝋燭をかかえて、舞台にあらわれた。この豚は、今日の祭礼に、神前に犠牲として供される

① 苗怀明编：《浮生六记》，北京：中华书局，2010 年，第 96 页。

（续表）

原文		佐藤春夫、松枝茂夫译本	松枝茂夫译本	石田贞一译本
		らう。①	るのだという。②	ために、十二年間公費で飼われてきたものだという。③
字数	86	251	255	225
特点		（1）两者非常类似，个别之处换种译法，如将“祭った”改为“祀った”“一對の大蝋燭”换成“大きな一対の蝋燭”“一匹の大豚”置换为“大きな一匹の豚”等。 （2）使用一些复杂的汉字，如“豪奢”“惊叹”“油漆”“铜锣”“舁”等。 （3）比较尊重原著，侧重直译。 （4）后者比前者某些汉字简化。		（1）比较简洁，省略了原文中某些形容，如“大如牯牛”等。 （2）日本化，如将“庙”译为“神社”。 （3）规避了一些疑难汉字，如“油漆”“铜锣”“献”等。 （4）通俗流畅。 （5）印刷错误较多。

六、日本人对《浮生六记》的评价

管见所及，日本人对《浮生六记》的关注可追溯至 20 世纪 40 年代。较早发表研究论文的是著名的日本法制史研究专家、东京大学名誉教授仁井田升（1904—1966），他写过几篇《浮生六记》的研究文章。再就是《浮生六记》日译本的作者之一松枝茂夫。佐藤春夫的《谈浮生六记：中国文学中最可爱之女性》（1—5）发表在 1943 年 5 月《江苏日报》上，日期分别为 5 月 8 日、9 日、11 日、12 日和 13 日。这也是日本人较早用中文在中国报刊上发表《浮生六记》的研究文章。此外，电影导演吉村公三郎（1911—2000）也曾关注过《浮生六记》，其论文《关于浮生六记》于 1943 年发表在“支那派遣军总司令部·支那派遣军报导部”编的《纸弹》一杂志上。

① 佐藤春夫、松枝茂夫译：《浮生六記：うき世のさが》，第 139 页。
② 松枝茂夫译：《浮生六記：浮生夢のごとし》，东京：岩波书店，1991 年，第 171 页。
③ 石田贞一译：《浮生六记》，《世界ノンフィクション全集》33，东京：筑摩书房，1962 年，第 406 页。

尽管日本学者关注《浮生六记》较早，但研究进展并不快，发表的论文寥寥数篇而已。与上述日译本的多次重印相比，研究相对滞后。至于评价，东京工业大学名誉教授桶谷繁雄（1910—1983）读完石田贞一翻译的《浮生六记》后，认为阅读此书非常愉悦，是一本奇书，对 18 世纪清朝公然认可纳妾制度印象很深①。

佐藤春夫认为《浮生六记》看似恋爱小说、家庭小说，但更应说它是艺术家小说、社会小说。作者在中国文学史上也许名不见经传，但作品让人感受到了一种世界文学的新精神，相信它和《扬州十日记》等作品一样，将为中国文学史开辟新的一页。佐藤还指出《浮生六记》各篇看似独立，但仔细阅读就可发现其实它们首尾照应，极妙地组成一个立体架构。本书的妙趣在于用简洁单纯的语言勾勒出五味杂陈之人生，这也只有文化绚丽的乾隆时代的中国文人才能做到。最为令人佩服的是作者规避刻板平庸的年代顺序，采用一种独特的方式即自传体来呈现给读者，就如将几个圈圈用智慧雕琢为一个精细的戒指，简直就是中国式的洛可可风格。从此意义上说，卷五及卷六的缺失实为遗憾之至。全篇几乎没有表示怨愤的文字，但我们对作者的喜怒哀乐深有同感，从中可以体会到中国文学那种唯美享乐的艺术之美，而丝毫没有颓废之意，这也正是该书的最大优点②。

另一位译者松枝茂夫认为《浮生六记》的笔触像业余作家，只是写实地吐露了自己半生的喜怒哀乐。但全文自然不加修饰，这在以往的中国文学作品中难得一见。正因基于这种真情流露，读者被深深打动。尤其是可爱的女性陈芸，虽然没有崔莺莺、林黛玉之美貌，氮气的身影却永远烙在读者脑海里。沈复的文章，如和著名的冒襄作品《影梅庵忆语》相比，后者显然属美辞丽句堆砌，显得虚假不实，甚至让人生厌③。

此外，松枝茂夫在《中国古典文学大系》56《记录文学集》中还提到，《浮生六记》的妙趣有两个，一是亡妻陈芸，另一更重要的是作者具有一种波希米亚式的闲适气质。如果把前者当做是该书的向心力，后者则是离心力。这种离心力到了后面两卷达到了高潮。这也许正是撰写该书的真正动机④。

---

① 筑摩书房编辑部：《世界记实文学全集》33，东京：筑摩书房，1962 年，第 442 页。
② 佐藤春夫、松枝茂夫译：《浮生六記：うき世のさが》，第 18 – 189 页。
③ 松枝茂夫译：《浮生六記：浮生夢のごとし》，第 256 页。
④ 松枝茂夫编：《中国古典文学大系》56《记录文学集》，东京：平凡社，1969 年，第 488 – 89 页。

七、今后的课题

随着佚文《中山记历》的发现，《浮生六记》在中国再次掀起热潮，可预计五记本的《浮生六记》将不断被出版和研究。然而《浮生六记》在日本就显得沉寂。由于《册封琉球国记略》真实记载了大量19的世纪初期琉球王国的风土人情和历史文化，所以对中日两国的“琉球学”研究，具有重要意义。希望日本学界排除政治因素干扰，尽快将五记本的《浮生六记》译成日语，为研究者提供方便，同时也为一般读者进一步了解琉球王国提供新资料。

当然，中日两国学者在研究《浮生六记》时也面临一些相同的课题，如作者沈复的卒年就是其中一例①。再者，中日文学爱好者都不要忘记搜寻《浮生六记》足本的使命，愿其早日面世，补遗此经典著作缺失的一角。

（陈小法：中国浙江工商大学东亚研究院教授，副院长。专攻明代中日关系史及杭州与日本交流史。代表著作为《历代正史日本传考注·明代卷》[2016]及《杭州与日本交流史》[2015]）

① 目前关于沈复的生卒年，各种观点不尽一致，如下所示：

资　料　名	沈复的生卒年
佐藤春夫、松枝茂夫译《浮生六记》(1969)	1763—1808以后
松枝茂夫译《浮生六记：浮生如梦》(1991)	1763—?
《中外名书奇书趣书禁书博览》(1992)	1763—约1807
《中国历代小说辞典》第三卷清(1993)	1763—1838前后
《中国历史大辞典》(2005)	1763—?
《五百种明清小说博览》(2005)	1763—1822以后
《中国历史人名大辞典》(2006)	1763—?

传说篇

古代中日天狗的形象研究

姚　琼

一、前　　言

根据中国古代文献的记载，天狗不仅是不祥的星象，还是一个会食人肝血，甚至引发社会动荡的妖怪。然而天狗被传到日本之后，无论是其形象，还是它所代表的意义都发生变化。本文从文献上比较古代中国及日本的天狗形象，并试图分析引起这种变化的原因及显示来自中国的天狗如何跟日本佛教及修验道相结合，形成具有日本文化特点的天狗形象。

二、中国古代天狗形象

（一）星象天狗

对于作为星象的天狗，中国古文献中较早的记录为《史记》中的记载："太白五芒出，早为月蚀，晚为天矢及彗。其精散为天杵、天柎、伏灵、大败、司奸、天狗、贼星、天残、卒起星，是古历星。"[①]在此之后的《汉书》记载中，将天狗描述为流星，并对其具体形状亦有所描述："星有尾，旁有彗，下有如狗形者，亦太白之精。有声，其下止地，类狗。所坠及，望之如火光炎炎中天。其下圜，如数顷田处，上锐，见则有黄色。"[②]根据此条记录，天狗的出现会伴随不祥之象，是个具有"千里破军杀将"作用的星象。《续资治通鉴》中亦对天狗流星的具体形状有所描述：

冬，十月，丁未，大名路有星如火，从东南流，芒尾如曳彗，堕地有声，火

① 《史记》卷二十七，中华书局，1963年，第1335页。
② 《汉书》卷二十六，中华书局，1963年，第1293页。

焰蓬勃，久之乃息，化为石，青黑色，光莹，形如狗头，其断处如新割者。有司以闻，太史验视云："天狗也。"命藏于库。①

对天狗流星的形状《宋史》记曰：

流星，天使也。自上而降曰流，东西横行亦曰流。流星有八，曰天使，曰天晖，曰天雁，曰天保，曰地雁，曰梁星，曰营头，曰天狗。流星之为天使者，有祥有妖，为天晖、天雁，夜陨而为天保，则祥；若夜陨而为地雁、梁星，昼陨而为营头，则妖；流星之大者，为奔星，夜陨而为天狗，厥妖大。②

由此可见，天狗是在夜间陨落的流星的一种，而且具有妖性。

进入晋朝，文献对天狗乃不祥星象的记载更加丰富，东晋升平二年(358)十二月：

枉矢自东南流于西北，其长半天。四年十月庚戌，天狗见西南。占曰："有大兵，流血。"③

东晋太元十三年(388)的记录如下：

天狗东北下，有声。占曰："有大战，流血。"自是后，慕容垂、翟辽、姚苌、苻登、慕容永并阻兵争强。④

南北朝之后，天狗星象出现之时即有将死兵败之迹，诸如此类的记载更是频繁出现在文献中。《宋书》有载：

五月十九日夜，有流星大如斗杆，尾长十余丈，从西北来，坠城内，是谓天狗。占曰："天狗所坠，下有伏尸流血。"⑤

---

①《续资治通鉴》卷二百十三，中华书局，1936年。
②《宋史》卷五十二，中华书局，1936年。
③《晋书》卷十三，中华书局，1936年。
④ 同上。
⑤《宋书》卷七十九，中华书局，1936年。

《隋书》云：

> 军有黑气如牛形，或如马形，从气雾中下，渐渐入军，名曰天狗下食血，则军破。[①]

《南史》亦记：

> 有流星长十余丈，从西北来，坠城内，是谓天狗。占曰："天狗所坠下，有伏尸流血。"[②]

《续资治通鉴》则谓：

> 有大星坠西南，光烛地，有声如雷，占者曰："天狗。"同知谏院范师道言："天狗所下，为破军杀将，宜择将帅，训练士卒。"诏天下预为备御。[③]

除了在战乱中看到天狗星象象征兵败之象，其亦被认为会发生不祥之事。如《太平御览》中记载天狗星象的出现会引发天下饥荒、瘟疫流行及群臣惨死的悲惨景象[④]。

由以上中国古代文献中对天狗的记载，作为星象的天狗形象可总结如下：起初，天狗作为星象在古人的认识中是一种夜间出现带有声响的流星，汉代之后天狗这颗流星开始具有一定的妖性，魏晋南北朝开始天狗的妖行被扩大，逐渐演变为会引发兵败、瘟疫流行乃至社会动荡的不祥之象。

（二）妖怪天狗

较早对天狗的具体形象有所描述的是《山海经》，其《西山经第二》中有载："又西三百里，曰阴山。浊浴之水出焉，而南流注于番泽，其中多文贝。有兽焉，

---

① 《隋书》卷二十一，中华书局，1936 年。

② 《南史》卷十四，中华书局，1975 年。

③ 《续资治通鉴》卷五十八，中华书局，1975 年。

④ 《太平御览》卷三百二十八，中华书局，1960 年，第 1508 页。

其状如狸而白首，名曰天狗，其音如榴榴，可以御凶。”明代蒋应镐版的《〈山海经〉图绘全像》中按照此条记录绘制了天狗的形象。清代汪绂版的《山海经存》亦增加天狗的绘图。根据《山海经》的记载，天狗有御凶的作用，这与在星象中天狗被认为不祥之象的形象有所差异。然而《山海经》之《大荒西经第十六》中记录了“天犬”这一动物，并对其解释：“赤犬，名曰天犬，其所下者有兵。”也就是说天犬的出现会引发战争，这与《山海经》之后的文献对天狗星象引发兵败的记载是一致的。因此，被认为有不祥之象、会带来战争的天狗，很可能最初来自“天犬”。除此之外，黄一正所编《事物绀珠》(1591)中对天狗的形象记载曰：“天狗如狸，白首，音如猫，食蛇。”从以上的记载中，我们仅能大致对天狗的形态有所了解，但仍是较为模糊的状态。

直至隋唐，随着天狗谣言的流传，我们对天狗的形象有了进一步的认识。根据记载，天狗这个妖怪常在夜里出现，人们谣传只有取人的肝脏和血才能安抚天狗的作乱。如《隋书》中有载：“天厌乱德，妖实人兴，或空裹时有犬声，或行路共传鬼怪，或刳人肝以祠天狗，或自舍身以厌妖讹。”①像这样谣传取人肝血以祭天狗的记载，隋唐之后的文献多有出现。《南史》有记载：“夏六月，都下讹言有枨枨，取人肝肺及血，以饴天狗。百姓大惧，二旬而止。”538 年甚至出现天子取人肝脏以祀天狗的谣言记载：“是岁，都下讹言天子取人肝以饴天狗，大小相警，日晚便闭门持仗，数月乃止。”②到了 643 年，民间开始流传官员派遣枨枨恶鬼取人内脏以祭天狗。传言中的恶鬼枨枨身披狗皮，持铁爪，暗中取人内脏而去。于是人人自危，或备弓箭自防，无兵器者则削竹作防备，无人独自行走于郊外。唐太宗听闻此谣言后大怒，命人通夜开堵坊门，并宣旨慰谕，终于终止了此谣言③。

从这些取肝祭天狗的记载来看，在这些谣言中，并没有出现具体的天狗形象，只是显示天狗食人肝血这一特征。对于天狗谣言的产生原因，有学者从社会学和伦理学的角度分析，认为它反映了当时人们对于盛世下潜在政治危机的担忧，同时这种谣言体现了当时以阴阳五行为主的主流学术思想、以佛道为首的宗教神秘主义、包括谣言在内的封建迷信等社会思想对大众的深刻影响④。

---

① 《隋书》卷五十五，中华书局，1936 年。

② 《南史》卷七，中华书局，1936 年。

③ 根据《新唐书》卷三十五，中华书局，1936 年。

④ 参见周能俊：《汉唐“天狗”考释》，《阅江学刊》，2012 年第 1 期，第 76 - 78 页。

三、日本古代天狗形象

天狗的形象不仅频繁出现在中国古代文献中，日本亦吸收了天狗的形象。然而与中国的天狗形象有所不同的是，日本将天狗与佛教、修验道相结合，形成具有日本文化特点的天狗形象。日本天狗形象在平安初期开始出现，但尚未具有具体的形象，到了平安时代后期天狗演变为居住在深山中、妖惑人心、拥有多变形态的妖怪。镰仓时期之后，天狗多以鸢鸟形象出现，手持羽扇，其正身为遭遇不幸而离世的天皇、贵族和僧侣，带着对世间的仇恨扰乱政权。到了江户时期，日本的天狗形象发展为赤颜高鼻的大天狗，成为灵山信仰的对象。

（一）反佛天狗

相对于中国古代文献贯彻始终关于天狗星象的记载，日本方面对于天狗星象的记载并不多。最初在《日本书纪》中有载，舒明天皇九年(637)："春二月丙辰朔戊寅，大星从东流西。便有音似雷。时人曰：'流星之音。'亦曰：'地雷。'于是，僧旻僧曰：非流星，是天狗也。其吠声似雷耳。"[①]同年，《日本书纪》中出现了日食和虾夷之乱的记载，在此前一年(636)，同样在《日本书纪》中记载了日食和饥荒。由此可见，日本文献中初期的天狗星象基本继承中国天狗不祥的星象形象，同样认为天狗星象的出现是灾祸出现的迹象。

然而到了平安时代，日本的天狗就开始出现与中国天狗不同的形象。这时的天狗开始与佛教结合，经常扰乱佛教子弟的修行，然后最终受治于佛教。关于记载天狗与佛教相结合的文献，最为显著的要属成书于日本平安时代末期的佛教说话集《今昔物语集》。

《今昔物语集》卷二十"本朝佛法"中记载天狗的卷目分别有：天竺天狗闻海水音渡此朝语第一、震旦天狗智罗永寿渡此朝语第二、天狗现佛坐木末语第三、祭天狗僧参内裹现被追语第四、仁和寺成典僧正值尼天狗语第五、佛眼寺仁照阿阇梨房托天狗女来语第六、染殿后为天狗被娆乱语第七、良源僧正成灵来观音院伏余庆僧正语第八、祭天狗法师拟男习此术语第九、龙王为天狗被取语语第十一、伊吹山三修禅师得天狗迎语第十二[②]。

---

① 《日本书纪》，东京：经济杂志社，1917 年，第 483 页。

② 黑板胜美：《新订增补国史大系：今昔物语集》，东京：吉川弘文馆，第 530－532 页。

关于《今昔物语集》中天狗故事的内容，已有一定的研究成果，本文在此不再赘述①。这几则故事中的天狗形象多变，时而化作观音，现身在树上扰乱修行人，时而化作佛像，假意引渡禅师，又时而化作尼姑，诱惑高僧。天狗这种扰乱修佛人的行为显示出其反佛的形象。《今昔物语集》主要是通过荒诞怪异的故事向民众宣扬佛法教义，因此天狗对佛教禅师的一系列扰乱行为最终都以失败告终。在《今昔物语集》对天狗的记录中还出现天狗最后被佛法收服，成为修佛人的故事。

（二）鸢鸟天狗

日本天狗的形象不仅出现在文献中，一些绘画作品更是直接生动地描绘出天狗的形象。进入镰仓时代，在一些绘卷中出现长着巨大的翅膀、拥有尖尖的喙和锐利爪子的鸢鸟天狗形象。鸢鸟天狗往往与佛教结合，有着破坏佛教僧侣修行的反佛形象。在众多描绘鸢鸟天狗的作品中，内容较为丰富、刻画较为形象的要属绘成于镰仓时期的《是害房绘》。

《是害房绘》是根据《今昔物语集》中"震旦天狗智罗永寿渡此朝语第二"为内容的绘卷，其中展现了中日天狗同时出现的场景。它主要描述的内容是中国天狗是害房来到日本，挑战日本比叡山的僧人，最后以失败告终。现今保存最完整的《是害房绘》是曼殊院所藏绘于1308年的版本，一共描述三场大唐天狗与日本高僧比武的场景。这些场景的内容大致如下：首先，966年从宋朝而来的天狗是害房意欲将日本引入魔道，在日本天狗爱宕山的日罗房的协助下变身老法师的模样，不巧遇到余庆律师。被不动火界咒余庆律师所持铁火轮袭击后，是害房败走。接下来是害房又企图袭击寻禅权僧正，然而一路受到金迦罗和制多迦童子的追赶，最终依然以失败告终。在最后的场景中，中国天狗是害房遇到天台座主慈惠大师良源，被护法童子打倒，无法站立，最后被日罗房的卷书们抬到加茂河原。在接受了17天的治疗后，是害房向日本天狗谢礼后离开。在《是害房绘》所描绘的三个场景中，中日天狗在形象上并无差异，都是以鸢鸟的形象出现在画卷中②。

---

① 郑婷婷、曲朝霞：《浅析〈今昔物语集〉中的天狗故事》，《青年文学家》，2016年第18期，第92－98页。森正人：《天狗と仏法》，《今昔物語集の生成》，大阪：和泉书院，1986年，第213－27页。知切光歳：《天狗の研究》，东京：大陆书房，1975年。

② 根据梅津次郎编：《新修日本绘卷物全集27　天狗草纸　是害房绘》，东京：角川书店，1978年。

与《是害房绘》同时期创作的还有《是害房绘词》，其内容同样是以《今昔物语集》卷二十中“震旦天狗智罗永寿渡此朝语第二”的内容为模板。然而与《今昔物语集》的记载有所不同的是，《是害房绘》中震旦天狗的名字是“是害房”，而《今昔物语集》中的表述是“智罗永寿”。除此之外，《是害房绘》下卷有几则日罗房与被良源击退时与是害房的对话场景，为天狗故事增添几分趣味性[①]。

（三）鼻高天狗、大天狗

中世之后，随着天狗传说的流传，开始出现鼻高天狗，或称为大天狗。这种天狗拥有强大的神通力，被认为是佛僧与修验者死后的化身，因此大天狗比其他天狗的法力更为强大。创作于江户中期的《杂说囊括》记载了分别居住在各座大山中的八天狗的故事，它们分别是爱宕的太郎坊、鞍马的僧正坊、比良的次郎坊、饭绳的三郎、大山的伯耆坊、彦山的丰前坊、大峰的前鬼坊以及白峰的相模坊。这八个天狗又被称为“大天狗”。另外还有江户中期密教祈祷秘经《天狗经》中描绘的“四十八天狗”，其中包括了部分八天狗。

大天狗多以拥有长鼻、半人半鸟的形象出现。然而这一形象并不统一，现存于京都鞍马寺相传由狩野元信所作《鞍马大僧正坊图》中，鞍马的僧正坊大天狗的形象与其他大天狗的形象有所不同。这幅图中的天狗犹如一位年迈的长老，花白的胡须，完全区别于鸢鸟天狗和鼻高天狗的形象。除了鞍马的僧正坊天狗，饭绳的三郎天狗也与其他鼻高天狗的形象有所区别，多以后背有火焰状装饰，右手持剑，左手持绳索，脚踩白狐的形象出现。

江户时代天狗传说的流行，引得一批浮世绘画师们将与天狗有关的传说故事搬入了自己的画卷中，天狗成了浮世绘作品中经常出现的形象之一。在河锅晓斋所绘的《天狗集会之图》中，描绘了一群站在画前品头论足的天狗，这里的天狗代表的是对绘画作品毫无鉴赏能力的伪评论家。另有月冈芳年所绘《武勇雪月花之内五条之月天狗牛若丸》，描述白峰的相模坊天狗（白峯天狗）手持佛仗与西塔的武藏坊辨庆、饭绳的三郎天狗决斗的场面，图中半人半鸢形象的白峯天狗头顶黑帽，身披青衣，瞪大双眼，手持佛仗正在奋战。二代春章的锦绘《源义仲四天王与木曾奥山退治天狗》描绘了源义仲四天王与木曾奥山将天狗治退的故事，其中的天狗妖怪是鸢鸟天狗的形象。这些浮世绘中的天狗，大都是法力高深的

---

① 对《是害房绘》与《今昔物语集》中天狗故事的分析，参见久留岛元：《是害房絵の成立》，《同志社国文学》，2012 年 3 月。

大天狗，不过形态各有不同。

江户时代中期以后，出现了一些得道高人死后，拥有预知千年的神通力，坠入魔界天狗道的仙人天狗。另外，祭祀天狗的神社亦在这一时期开始出现。这些神社大多是根据各地关于大天狗的传说而建造的，神社中的大天狗与修验道相结合，成为人们供奉的对象。

四、总　结

天狗形成于中国古代春秋战国时期，最初是一种出现在夜间会发出声响的流星，之后这种流星被认为是会引发兵败等的不祥之象。同时，天狗也是一种妖怪，最初有御凶的作用，但受到流星天狗的不祥之象影响，转变为食人肝血、引发社会动荡的妖怪。

天狗不仅出现在中国，还飘洋过海来到邻国日本。日本的天狗，在初期阶段继承了中国天狗星象以及引发社会动荡的妖怪形象。然而平安时期之后，日本的天狗与佛教相结合，形成了扰乱佛家僧侣修行的反佛形象，形态上则是长着尖尖的喙，拥有一对翅膀的鸢鸟形象。中世之后，日本的天狗又与修验道相结合，开始拥有更加丰富多变的形象，在法力上也更加强大，不仅是众多物语故事和浮世绘的主角，还成为神社中人们供奉的对象。

中日天狗在形成的初期阶段形象几乎一致，都是代表不祥之象的流星，亦是引发社会动荡的妖怪。但到了中期阶段，中日两国的天狗形象发生较大的变化。中国的天狗演变为食人肝血，甚至引发社会动荡的妖怪；而日本方面，则与佛教相结合，演变为具有一定的法力，试图破坏佛家禅僧修行的鸢鸟形象的妖怪，到了江户时期更是发展成法力高强、坠入魔界的仙人天狗，甚至进入神社成为人们供奉的对象。

从形象变化上来看，日本天狗的形象更加生动、具体，不仅有鸢鸟的具体形象，还有由鸢鸟发展变化的各种大天狗的形象。这与日本江户时代浮世绘的发展和流行不无关系。天狗作为形象生动的妖怪，在这一时期成为浮世绘作品的对象之一，这使得现在的我们可以通过大量的绘画作品一览日本天狗的形象。

（姚琼：中国浙江工商大学东亚研究院讲师。研究领域为中日比较民俗学、中日文化交流史。目前研究方向为古代中日祭祀对比研究、中日民间信仰对比研究。“日本钟馗信仰”获浙江省教育厅一般科研项目资助）

中世及近世日本玉藻前传说的文献考察

吴伟明

一、前　言

同一个传说，在中日两地流传时往往会分别衍生出各自不同的表述及意义①。江户时代（1603—1868）是中国人渡来传说的全盛期，其中以徐福及杨贵妃最为著名，出现大量的相关文献及史迹②。在中日思想混合下，徐福及杨贵妃分别成为日本皇室祖先及日本守护神。这种改造中国素材的现象亦常见于民间传说、小说及年中行事。日本玉藻前传说与中国九尾狐传说的结合便是上佳例子。玉藻前传说可谓是日本版的九尾狐传说，它包含日本的佛教、神道、阴阳道等不同元素，并结合日本的历史与风俗，跟中国的九尾狐传说差异颇大。本文以日本中世及近世的文献为基础，探讨玉藻前传说在日本中世时期的诞生及其在近世普及与变化的过程，从中可窥见九尾狐传说如何在日本被再脉络化及本土化，成为日本文化的一部分。

二、中国的九尾狐传说

中国历代均有九尾狐传说③。九尾狐原出于秦汉时期成书的《山海经》，谓

① 参见吴伟明：《德川日本的中国想象：传说、儒典及词汇的在地化诠释》，北京：清华大学出版社，2015年，第15－66页。

② 参见吴伟明：《徐福东渡传说在德川思想史的意义》，《中国文化研究所学报》，2014年1月第58期，第161－75页；《日本杨贵妃传说的流变及思想史考察》，《学术月刊》，2011年7月第506期，第123－30页。

③ Xiaofei Kang, *The Cult of the Fox : Power, Gender, and Popular Religion in Late Imperial and Modern China*, New York : Columbia University Press, 2005；中冢亮：《妲己と狐：“封神演義”に見るイメージ及び物語の成立に至る一過程》，《金沢大学中国语学中国文学教室纪要》，1999年4月第3号，第65－95页。

南方青丘山“有兽焉，其状如狐而九尾。其音如婴儿，能食人，食者不蛊”①。九尾狐在中国有两大形象。它在早期文献为吉兆的神兽，《魏略》《周书》《太平广记》中的九尾狐均属瑞兽。《魏略》记：“文帝欲受禅。郡国奏九尾狐见于谯陈。”②《白虎通》谓：“德至鸟兽，则九尾狐见。”《周书》：“成王时，青丘献狐九尾。”③《太平广记》卷四百四十七记曰：“九尾狐者，神兽也。其状赤色，四足九尾。出青丘之国。音如婴儿。食者令人不逢妖邪之气及蛊毒之类。”④另一形象是元明以降小说中迷惑君王的狐狸精。元之《全相平话》、明之《封神演义》及《列国志传》均以迷惑纣王的妲己为九尾狐化身。《全相平话·武王伐纣书》记太公望令妲己现真身：“太公一手擎着降妖章，一手擎着降妖镜，向空中照见妲己真性，化为九尾狐狸，腾空而去。被太公用降妖章叱下，复坠于地。”⑤大量参考《全相平话·武王伐纣书》的《封神演义》描写千年九尾狐狸精杀妲己，然后附其体作恶。《列国志传》亦以妲己为“九尾狐金毛粉面”。

日本的九尾狐形象主要是负面的狐狸精。日人自古虽有拜狐之俗，但甚少以九尾狐为瑞兽，多以其为迷惑帝王的妖狐⑥。日本的玉藻前传说深受《全相平话》及《封神演义》的影响，再加上中世及近世的佛教及神道思想混合而成。

三、江户以前的玉藻前传说

狐的形象在江户以前的日本人眼中正负共存，但九尾狐基本上是负面的⑦。日本早在平安时代后期已出现九尾狐的讨论⑧。平安后期公卿大江匡房(1041—1111)在《狐媚记》(1102)一文讲述九尾狐在日本化为美女作恶：

康和三年(按：1101)，洛阳(按：京都)大有狐媚之妖，其异其一。……

---

① 《山海经》卷一，台北：台湾古籍出版，1998年，第8页。
② 收录在欧阳询编：《艺文类聚》，台北：中华书局，1965年，第2195页。
③ 收录在钱谦益：《牧斋初学集》卷二十九，上海涵芬楼藏崇祯癸未刊，第25页。
④ 李昉：《太平广记钞》第三卷，郑州：中州书画社，1983年，第1809页。
⑤ 佚名：《全相平话五种》，北京：文学古籍刊行社，1956年，第86页。
⑥ 曲亭马琴(1767—1848)是例外。他曾考证九尾狐本是瑞兽而非恶妖，其《南总里见八犬传》登场的九尾狐政木狐亦是助人的瑞兽。
⑦ Janet Goff, *Foxes in Japanese Culture: Beautiful or Beastly?*, *Japan Quarterly*, vol. 77: 66 - 99; Michael Bathgate, *The Fox's Craft in Japanese Religion and Folklore*, New York: Routledge, 2004; 中村祯里：《狐の日本史：古代中世篇》，东京：日本エディタースクール出版部，2001年。
⑧ 高津希和子：《“狐媚記”試論：大江匡房の“狐媚”受容》，《国语国文》，2013年4月，第37-52页。

狐媚变异，多载史籍。殷之妲己为九尾狐。……今于我朝。正见其妖。[①]

这是日本最早有关九尾狐的文字。文中不但以妲己为九尾狐，而且认为它已来到日本作恶。值得注意的是，《狐媚记》已将妲己视作九尾狐，这比14世纪成书的中国小说《全相平话》还早，可见此说很可能在元明以前已经存在，非《全相平话》首创[②]。匡房承认曾参考史籍，非其创见。匡房以九尾狐已来日本的想法颇具新意，它在中世以玉藻前传说的形式被发扬光大。

中世日本正式出现的玉藻前传说的形成过程受佛教的影响相当明显，将日本佛教流行的日中印三国世界观、轮回转生、神佛混同、高僧捉妖及解脱生死等元素混合而成。日本的玉藻前传说在室町时代（1338—1573）出现，室町前期成书的平民文学御伽草子《玉藻之草纸》（又名《玉藻前》，作者、年份不详）可能是最早提出玉藻前传说的文献。它记载在平安时期的近卫天皇（1141—1155）之世，出现一美女玉藻，她有体香，精通佛儒及音乐，深得鸟羽上皇（1103—1156）的宠爱，两人形影不离，时人谓其所获恩宠尤胜唐玄宗的杨贵妃及汉武帝的李夫人[③]。一夜，一阵狂风令烛光熄灭，此女全身发光，鸟羽院以其为菩萨化身，赐名玉藻前。不久鸟羽院生病，御医束手无策，找来阴阳头安倍泰成（亦有作泰亲）帮忙。泰成指出玉藻前正是问题所在，建议若将她逐出后宫，鸟羽院自能不药而愈。经公卿们侦查，得知玉藻前的真身是下野国那须野修炼八百年的妖狐双尾七寻，其事迹见《仁王经》（全名是《仁王护国般若波罗蜜多经》）[④]。此妖狐本是印度天罗国迷惑班足太子的冢神之狐，曾化身褒姒令中国周朝灭亡。因其一心要消灭信佛之国，所以再化身玉藻前来日本作恶。鸟羽院最初不相信，泰成遂作法，令狐妖现真身并逃回那须野。朝廷命大军前往讨伐狐妖，经七日七夜激战，武将三浦义明（1092—1180）呼求观音帮助，用“犬追物”之技将狐妖射杀。狐妖

---

① 收录在塙保己一编：《群书类从》第9辑文笔部24，东京：八木书房，1952年，第319页。

② 例如唐诗人白居易（772—846）的新乐府诗《古冢狐》有“女为狐媚害即深，日长月长溺人心。何况褒妲之色善蛊惑？能丧人家覆人国”之句，收录在《全唐诗》第七卷，北京：中华书局，1960年，第108页。诗中虽未明言褒妲为九尾狐，但已视其为狐妖化身。罗振玉（1866—1940）甚至指出六朝时期李逻在《千字文注》中已谓妲己为九尾狐化身。《千字文注》在日本留存下来。堀诚认为匡房参考的史籍正是《千字文注》。参见堀诚：《日本の中国文学受容に関する研究》，早稻田大学教育学研究科博士论文，2010年，第16页。

③ 玉藻前属于虚构人物，在中世以前的日本史书没有记载，有谓以鸟羽天皇皇后美福门院藤原得子（1117—1160）为蓝本。参见曲亭马琴：《昔语质屋库》第12卷《九尾狐裘》，东京：聚荣堂，1921年，第143－45页；熊谷无漏编：《实说文库》第2编，东京：朝阳社，1911年，第207－10页。

④《仁王护国般若波罗蜜多经》记班足太子之事，但并无提及狐妖。

的尸体化作有毒的杀生石，一直害人害物，多位高僧均无法超度，最终杀生石在1385年为曹洞宗和尚玄翁心昭（1329—1400，亦称源翁和尚）所收服[①]。值得注意的是，故事以玉藻前为双尾狐，而非九尾狐，而且以褒姒而非妲己为其在中国的化身。这两点跟中国的九尾狐传说不同。玉藻前故事一直在中世及近世日本广泛流传，影响甚大。

跟《玉藻之草纸》同期或稍迟，南北朝（1332—1392）末年成书的史书《神明镜》在记载第74任天皇鸟羽院的事迹时，将玉藻前当作历史纪录记下。其内容与《玉藻之草纸》大同小异，谓玉藻是“天下无双美人”，而且精通各类学问。她入宫后鸟羽上皇一直生病，御医亦无法治疗。阴阳头安倍泰成作法后知悉下野国那须野狐妖化身的玉藻是祸根。玉藻变回二尾狐逃回那须野，不久被大军所杀，化为杀生石。《神明镜》亦主张三国妖狐传说，认为三国（中、日、印）三大祸国红颜均是同一狐妖的化身，在日本是那须野的玉藻前，在印度是天罗国华阳夫人，在中国是周幽王王后褒姒。狐妖在印度是天罗国邪神，化身班足王王后华阳夫人。狐妖曾入中国化身褒姒迷惑周幽王，令周灭亡：“下野国那须野有狐也。彼狐当昔天罗国班足王取千人首作祭冢神也。入大唐化作褒姒，成西周幽王后，终亡幽王。”[②]狐妖最后赴日化身玉藻前，在日本被收服，不再转世害人。

比《神明镜》成书约迟半世纪的辞书《下学集》（僧人东麓破衲撰，1444）有类似的记述：

> 昔西域有班足王，其夫人恶虐过人，劝王取千人之首。其后出生支那国，为周幽王后，其名曰褒姒，灭国惑人。死后出生于日本，近卫院御宇，号玉藻前，伤人无极，后化成白狐，害人惟多。时俗欲驱之，先射走犬以试其骑射，白狐知之，化而成石。飞禽走兽，当其杀气者，莫不立毙，故谓之杀生石。于今在下野那须野原也。犬追物始于兹矣。[③]

临济宗僧瑞溪周凤（1391—1473）的《卧云日件录》（1446—1473年的日记）亦有记述玉藻前故事：

---

① 《玉もの前》，国立国会图书馆藏写本（请求记号丑—8）。

② 译自《神明镜》卷1，国立国会图书馆藏1560年写本（请求记号丑—26），第66页。

③ 东麓破衲：《下学集》下卷《艺能门》十之五，国立国会图书馆藏刊本（请求记号せ—24）。

鸟羽院御宇息有美女，不知所出，名曰玉藻前。然为帝所宠。能知天竺、唐土之事言之。尔后帝不豫卜之，则此女所使然也。遂祷之，女变成狐逃去。此狐在下野州那须野中，将驱之。然捷疾不可捕得。先命武士骑马射狗，以习射狗。然后上总介者射而杀之。尾有双针，上总与之赖朝。赖朝得之，遂定天下。①

毫无疑问，玉藻前传说在14世纪已在日本形成及普及，各类文献均有类似记载。

玉藻前传说在中世亦被编成谣曲《杀生石》(佐阿弥安清作)在民间流传，它从御伽草子《玉藻前》的故事上加上褒姒转生的情节开始，以玉藻前化作杀生石为结束。高潮情节是玄翁和尚收服玉藻前，令其获得解脱。此作多少有"劝化物"的布教意味②。《杀生石》内有如此对唱：

主角：今何所隐？天竺为班足太子之冢神，大唐为幽王之后褒姒，我朝为鸟羽院之玉藻前。

主角：我要打倒佛法，借优女之形接近侍奉上皇，令其烦恼，以取其命。不幸安倍泰成施调伏之祭，设五色币帛之坛，令玉藻持币帛，肝胆皆碎。

地谣：玉藻五体皆苦，五体皆苦，抛币帛，其真身穿云越海，隐居此野。③

当化成杀生石的狐妖觉悟后，自行说出自己的前生曾先后是印度的华阳夫人及中国的褒姒，来日化身玉藻前以破坏佛法，但经玄翁和尚开导后不再存恶念。在《杀生石》中，日本及佛教以胜利者的身份出现。

辞书《运步色叶集》(1548，编者不详)记载"犬追物"的起源时亦提及玉藻前传说：

西域有班足王之夫人，恶虐过人，劝王取千人首。其后生出于支那，作周幽王后，其名曰褒姒，灭国惑人。死后生日本，近卫院御宇玉藻前是也。来禁里伤人无极，后化成白狐害。又化作石，飞禽走兽，当其杀气者，莫不立

---

① 瑞溪周凤：《卧云日件录拔尤》第2册，收录在近藤瓶城编：《续史籍集览》第3册，东京：近藤出版部，1930年，第16－17页。

② 岩木委子，《玉藻前物語の研究》，《龙谷大学大学院文学研究科纪要》27集，2005年10月，第407页。

③ 译自谣曲《杀生石》，国立国会图书馆藏1623年写本(请求记号WA8—17)，第10－11页。

毙，谓之杀生石。今在下野国那须野。犬追物者，始于此也。[①]

从以上引用的诸文献可见，中世的玉藻前传说在内容上相当一致，都是以印度华阳夫人、中国褒姒及日本玉藻前为同一妖狐的化身，但是并没有表明妖狐是九尾狐，亦无提及妲己。中国没有将褒姒作九尾狐的说法，亦无九尾狐转生之说。日本中世以褒姒取代妲己成妖狐化身及同一妖狐在中印日作恶是最值得注意的发展。此外，玉藻前传说受佛教的影响十分明显，狐妖在日破坏佛教，但是终被高僧所收服，具劝善传教的用意。

四、江户玉藻前传说的演变

玉藻前传说在德川时代进一步流行及演化，其主因有二：一是《全相平话》及《封神演义》的传入。它们由唐船带入长崎，广泛流传日本各地[②]。儒者林罗山（1583—1657）在《本朝神社考》中曾表示："余书见《全相平话・武王伐纣书》云，纣死时，妲己化为九尾狐飞上天。太公望持符呪之，狐乃降。"[③]二是德川文艺的推广。玉藻前的故事在德川小说、随笔、绘画、歌舞伎及净琉璃中均无处不在，因此家传户晓，玉藻前成为日本恶妖的代表[④]。

玉藻前传说在德川时代出现三大重要变化：

第一，德川小说中出现不同的故事及人物。德川以前的三国狐妖的化身中没有妲己，亦无明记玉藻前为九尾狐化身。德川文人受中国小说《全相平话》及《封神演义》影响，在华阳夫人、褒姒及玉藻前之外加上妲己，而且均视作九尾狐化身。

净土宗僧侣袋中良定（1552—1639）的《琉球神道记》（1609）如此记述商之亡

---

① 收录在神官司厅编：《古事类苑》第25册武技部10，东京：古事类苑刊行会，1908—1930年，第574页。

② 《全相平话》于中世已传入日本，为禅僧捧读。日本国立公文书馆藏元治至版（1321—1323）《全相平话》，为此书现存唯一刊本。《封神演义》亦于中世后期传入，日本内阁文库存明代舒载阳刻本《封神演义》，是此书现存唯一明本。《封神演义》在德川时代出现日文翻译本，对日本近世文艺影响颇大。

③ 林罗山：《本朝神社考》卷六《玉藻前》，国立国会图书馆藏写本（请求记号841—34），第17页。

④ 九尾狐、玉藻前及杀生石传说常见江户随笔，例如《玄同放言》（曲亭马琴）、《燕石杂志》（曲亭马琴）、《音语质屋库》（曲亭马琴）、《嘤嘤笔话》（野野口隆正）、《燕居杂话》（日尾荆山）、《世事百谈》（山崎美成）、《中陵漫录》（佐藤成裕）、《诸国里人谈》（菊冈沾凉）及《秉穗录》（冈田挺之）等均有记载。资料集如《和汉三才图会》《本朝神社考》及《下野风土记》亦有介绍玉藻前传说。绘画方面的代表作有葛饰北斋的《三国妖狐传》《殷の妲己》、歌川国芳的《班足太子と九尾の狐》《須の原　九尾の悪狐退治》、歌川国贞的《九尾狐　安倍泰成　中村芝翫》及歌川丰国的《玉藻の前　実は金毛白面九尾狐　尾上松助》等。

国："时武王乱入，捕妲己，捣死于臼，成九尾狐狸逃走。其为此狐狸来日，变化成近卫院之御时宫中化女。"①中国通俗历史小说家清地以立(1663—1729)的长编小说《绘本通俗武王军谈》(1705)以《封神演义》为本，以妲己为金毛粉面九尾狐化身②。他在序中表示记神怪之事的目的是教化。

读本作者高井兰山(1762—1838)的《绘本三国妖妇传》(1804)认为妲己、华阳夫人、褒姒及玉藻前是同一金毛白面九尾狐在三千年间在三国(中、印、日)的四次不同化身。兰山在《序》中写道：

> 混沌判乾坤时，一妖狐生。一化于震旦，妲己蛊惑纣王，而殷为之亡。太公望逐之，周兴矣。二化于印度，华阳皆荡班足，而国为之危。耆婆逐之，民绥矣。三化于唐土，褒姒迷乱幽王，而周为之倾。申侯逐之，东周存矣。四化于本邦，玉藻愚鲁乌羽帝，而龙体为之恼。泰亲逐之，治教朗矣。③

《绘本三国妖妇传》分上、中、下编，共16册，约三分之一是插图，由蹄斋北马(1771—1844)所绘。兰山强调此作是作警世之用，劝人勿为女色所误："美女之令丧国家，虽其性非妖狐，而古今如同日焉。妖狐兆化美女，而美女实如妖狐也。"④他在以日本为背景的下编中加上崭新的情节，谓狐妖化身为唐玄宗大臣司马元修之女若藻，藏身吉备真备(695—775)的遣唐使船至日本，在博多上岸后消失。400年后，在12世纪再以玉藻前的身份现身⑤。

《绘本三国妖妇传》颇有宣扬神佛之意。安倍泰亲向王藻前作法，令其现真身时求助日本各大神祇及称日本为"神国"。九尾狐被射后，朝廷奖赏泰亲。他将功劳归于加茂大明神，因加茂大明神曾附泰亲仆童之身诧宣。故事以玄翁和尚收服九尾狐作结束。玄翁吟一诗令九尾狐破除执迷，获得解脱：

---

① 袋中良定：《琉球神道記》卷三，西尾市立国书馆藏刊本(请求记号141—58)，第8页。

② 清地以立：《绘本通俗武王军谈》，东京：大柳昌道，1887年，第4-5页。国立国会图书馆藏写本(请求记号特11—999)。

③ 高井兰山：《绘本三国妖妇传》，东京：高桥恭次郎，1885年，第1页。国立国会图书馆藏写本(请求记号特12—121)。这种"中印中日"的四次化身论不合历史，因为印度摩揭陀国(Magádha)(公元前6世纪建国)后于周幽王(前795—前771)。

④《绘本三国妖妇传·序》，第1页。

⑤《绘本三国妖妇传》中编，第99-122页。

人畜悉皆宇宙尘，端的不逢劫外春。
本来面目有何所？无位心印磨不磷。[①]

九尾狐听后合掌表示谢意，对其在人间的所作所为作以下总结：

至今吾生死不离三千世界。今得高僧之教化，得脱魔界。我生元来乾坤开辟之时，浊气凝成狐形。经数千万年变白面金毛九尾。在大唐为殷纣王妃妲己，令彼土成魔国。为太公望所害，吾精形入天竺，迷惑班足太子。再成周幽王妃褒姒以倾周室。后乘吉备公入唐归期之船渡日，潜隐以待时机。复以玉藻前现身，接近鸟羽院之玉体。泰亲使咒术缚之，遂远逃此野。三浦介上总介用矢夺命，一念之怨魂不消，成毒石害人民鸟兽，以倾日本国。几经星霜修罗之轮回，暂时解脱大恶念，实觉欣慰也。从此不以女性之姿再现。[②]

最终九尾狐得成正果，成为玉藻大明神及玉藻大权现，在佛寺及神社被供奉。曹洞宗胜山化生寺供奉玉藻大明神[③]。此作流传甚广，其影响为同类小说之冠。

此外，一些德川小说亦是以玉藻前故事为主题。冈田玉山（1737—1812）的《绘本玉藻谭》（1805）及钝亭鲁文（1829—1894）的《玉藻前恶狐传》（1855）均记狐妖在印、中、日的故事[④]。

《绘本玉藻谭》（刊本，5册）逐一详细介绍妲己、华阳夫人、玉藻前三人的事迹。在玉藻前故事中加入九尾狐附在下野国地方官藤原保隆妻子身上的小插曲。其故事为藤原保隆奉朝廷令在那须野狩猎九尾狐。鸟羽上皇赐一宫女为其妻。其妻劝他不要再狩狐，后来他得知其妻为九尾狐化身而杀之。此小说谓日

---

① 《绘本三国妖妇传》下编，第180页。

② 《绘本三国妖妇传》下编，第181页。

③ 《绘本三国妖妇传》提及曹洞宗胜山（亦称玉藻山及玉恩山）化生寺（今冈山县真庭市胜山）每年9月21日举行祭礼供奉玉藻大明神。《绘本三国妖妇传》下编，第183页。相传玄翁和尚令杀生石分三大块飞散，分别落于越后、丰后及美作三地。此可能受太公望用宝剑将妲己三分的影响。相传在最大碎片降落地美作三高田（今直庭市），玄翁和尚建化生寺超度。小块碎片遍及本岛、四国及九州各地，因此日本不同地方（现今的栃木、福岛、新潟、爱知、广岛、冈山、山口及大分等县）均有杀生石传说。

④ 此外，式亭三马（1776—1822）的《玉藻前三国传记》（1809）亦分唐土、天竺及日域三大部分，分别以妲己、华阳夫人及玉藻前为主角。玉藻前的故事大抵依据《玉藻之草纸》。《玉藻前三国传记》收录在山东京传、式亭三马：《续京传三马杰作》，东京：博文馆，1902年。五柳亭德升（1793—1853）的《三国妖狐杀生石》（1830）只记述日本的玉藻前故事，内容跟《绘本三国妖妇传》下篇《日本国之部》接近。

本是神国，不容九尾狐作恶："[老狐]通力自在，可随心飞渡异邦。此国乃神国，由天上地下四方八隅八百万守寄护。任其飞，任其逃，天地之大，无其隐身之地。"[①]将神道的神国思想加进九尾狐传说。

《玉藻前恶狐传》简介妲己及华阳夫人后，集中叙述玉藻前故事。跟《绘本玉藻谭》一样，此作没有提及褒姒。钝亭鲁文在《自序》中指出，他个人相信狐有善恶之分，但是人们喜欢玉藻前故事，所以为配合市场，相关作品在江户时代不断出现：

> 狐经千岁成美女，唐土之书粗记之。恶狐魅人，灵狐感德于人，皆其性之所然。犹人之有善恶也。此书之前有《妖妇传》及《三漢谭》(注：即《绘本三国妖妇传》及《绘本玉藻谭》)，均大同小异。内容相似，标题不同。按书肆所需不得不抄录以利市。[②]

《玉藻前恶狐传》亦是大同小异，是为市场需要而写，因此其结局亦是读者喜欢的佛法得胜。最后玄翁和尚令九尾狐悟道成佛。他向杀生石念诗如下：

> 法法尘尘端的底，本来面目未曾藏。
> 现盛公案大难事，异类中行任度量。[③]

重视杀生石情节及佛法无边成为江户玉藻前小说的共同特色。投读者所好及布教均是其原因。

第二，九尾狐与祭祀狐仙的稻荷信仰结合[④]。德川时代以前在筱原(今栃木县大田原市)已有玉藻稻荷神社(亦称筱原神社)，其建立年份不详，相传是玉藻前被追杀时曾停留之地。神社内有镜池，有谓三浦义明昔日在池中见九尾狐的倒影后将它射杀。神社内还有九尾狐终焉之地的狐冢及供奉着三浦义明的弓。

---

① 译自冈田玉山：《绘本玉藻谭》，大阪：赤志忠雅堂，1886 年，第 111－12 页。

② 译自钝亭鲁文：《玉藻前恶狐传》，横滨市中央图书馆藏写本(请求记号 913.5—42)，第 1 页。

③《玉藻前恶狐传》，第 44 页。

④ 稻荷神是神道的食物之神。自中世以来日本人将狐狸视作稻荷神的使者，各地出现稻荷神社。佛教有咤枳尼天信仰，此尊以半裸白狐天女现身。咤枳尼天信仰自中世以来在日本与稻荷信仰混同。参见五来重监修：《稲荷信仰の研究》，冈山：山阳新闻社，1985 年，第 36－38 页；大森惠子：《稲荷信仰の世界：稲荷祭と神仏習合》，东京：庆友社，2011 年。

据称镰仓幕府创立者源赖朝(1147—1199)在1193年曾参拜玉藻稻荷神社[①]。三代将军源实朝(1182—1219)在1219年亦曾到访,称玉藻前为"玉藻稻荷大明神",而且咏诗成歌碑。《绘本三国妖妇传》记玄翁和尚收服九尾狐成杀生石后,劝镰仓幕府派征夷大将军到玉藻稻荷神社拜祭诵经。九尾狐从此成为玉藻大明神,不再害人[②]。《绘本三国妖妇传》谓每年9月28日村民往玉藻稻荷神社拜祭玉藻大明神。

德川初期诗人松尾芭蕉(1644—1694)曾在1689年拜访此神社,并在《深处的小路》中记:"一个人在郊外逍遥自在,见犬追物的遗迹,在那须筱原,有玉藻前的古墓。……杀生石在温泉所出之山阴。石之毒气至今不绝,蜂蝶飞近即死,死体如真砂之色般迭在一起。"[③]诗人户田茂睡(1629—1706)在《鸟之迹》(1702)中表示曾访问此寺,记曰:"通过下野国那须野的平原有一森林,其中有古神社。打听得知乃玉藻前被射杀之地。被祭于稻荷,称筱原明神。"[④]水户藩第二任藩主德川光圀(1628—1701)在1655年曾拜访黑羽藩那须杀生石[⑤]。他并没有将玄翁和尚的事迹戏剧化,只表示玄翁曾去那须野在杀生石前祈祷以慰灵[⑥]。

除玉藻稻荷神社外,离那须野汤本温泉杀生石不远的温泉神社亦拜"九尾稻荷大明神"。此外,那须野的解石神社宣称供奉杀生石的碎片。散落各地的杀生石碎片亦称多被供奉于神社内[⑦]。可见玉藻前传说在江户时代与神道关系密切。玉藻前成为神道神祇,连同杀生石一同在神社被供奉。

第三,玉藻前传说刺激德川舞台的创作。跟小说相似,德川歌舞伎及净琉璃将玉藻前从二尾七寻狐变作九尾狐,而且出现新的情节及以杀生石为重点。在纪海音(1663—1742)的净琉璃《杀生石》(1716)中,玉藻前以女官及茶店之女两种姿态出现。这是歌舞伎常见的"双面"手法。其内容跟御伽草子《玉藻前》大同小异,但玉藻前最终并未化成杀生石,而是觉悟得道,成为地方的守护神。

---

① 另一说以源赖朝为玉藻稻荷神社的创立者,《玉藻社缘起》有此记载。参见中村祯里:《狐の日本史:近世近代篇》,东京:日本エディタースクール出版部,2003年,第5页。

② 《绘本三国妖妇传》下编,第26-28页。

③ 译自芭蕉著、野村宗朔编注:《奥の細道》(素龙本),东京:大仓广文堂,1932年,第15页。

④ 译自户田茂睡:《鸟之迹》卷5,《户田茂睡全集》,东京:国书刊行书,1919年,第500页。

⑤ 栃木县县史编纂委员会编:《栃木县史·通史编4》,宇都宫:栃木县县史编纂委员会,1981年,第109页。

⑥ 德川光圀:《镰仓日记》(亦称《德川光圀历览记》,1674),收录在德川圀顺编:《水户义公全集》下卷,东京:角川书店,1970年。

⑦ 例如福岛县的伊佐须美神社、石神神社、爱知县的村积神社及山口县的饭山八幡宫等。

梅枝轩泊莺、佐川藤太(1752—1821)的净琉璃《玉藻前曦袂》(1751)谓九尾狐先后经历印度华阳夫人、中国妲己及日本玉藻前三段历史。值得注意的是它删掉褒姒,添加玉藻前与鸟羽上皇兄长薄云王子合谋的情节。玉藻前如此劝薄云王子:

> 自天地开辟,经亿万藏成狐,通三千世间魔道。天竺化班足王之后华阳夫人,唐土成殷纣王之后妲己,今此日本为玉藻前。君有谋叛之心,我可用神通魔法助之。①

玉藻前的目的是夺取三神器,九尾狐从昔日破坏佛法演变为破坏神佛。《玉藻前曦袂》共五段,首段印度华阳夫人,次段中国妲己,三至五段日本玉藻前,其中以第三段《道春馆》最受欢迎。《玉藻前曦袂》的内容受《绘本三国妖妇传》影响,其故事多出于自创,主要角色多虚构,结局是薄云王子被杀,玉藻前变回九尾狐逃走,命丧那须野后变成杀生石。玄翁法师消其恶念,九尾狐终修成正果,变成稻荷之神,成就五谷丰收②。以九尾狐为故事的舞台作品不断出现,令玉藻前在幕末十分流行③。

德川时代更出现一些借题发挥的作品。山东京传(1761—1816)的《纟车九尾狐》(1808)谓九尾狐化身妲己及玉藻前后,在13世纪以老妇之姿再现日本,作乱九十多年。曲亭马琴的《杀生石后日怪谈》(1825)记镰仓幕府二代将军源赖家(1182—1204)的爱妾紫之方是九尾狐化身,目的是令其堕落④。马琴可能受晋代志怪小说《搜神记》(卷八)之"狐者,先古之淫妇也。其名曰阿紫,化而为狐"所影响。《纟车九尾狐》及《杀生石后日怪谈》可说是玉藻前的番外篇。河竹默阿弥(1816—1893)的歌舞伎《妲己のお百》(1867)基本上与玉藻前或九尾狐完全无关。它讲述吉原游女阿百杀害多名男人的故事,只是加上相关的字眼及情节以吸引观众注意。

---

① 译自浪冈橘平等著:《玉藻前曦袂》,大阪:石川正七,1891年,第53页。

②《玉藻前曦袂》,第84页。

③ 德川中后期有关玉藻前的歌舞伎还有《玉藻前桂黛》(1762)、《杀生石水晶物语》(1770)、《通俗白狐通》(1791)、《伊势平氏摄神风》(1818)及《玉藻前御园公服》(1821,鹤屋南北作)等。

④ 参见三宅宏幸:《曲亭馬琴"殺生石後日怪談"の生成》,《爱知县立大学日本文化学部论集》,2013年第5号,第1-27页。

五、玉藻前传说的意义

玉藻前传说在中日文化交流史上有重大意义。一方面它是以中国九尾狐传说为基础演化而成的日本传说，都是有关狐妖化作美女迷惑君主作恶的故事。不过跟中国九尾狐传说不同，中世日本人以玉藻前为双尾狐，而非九尾狐，而且添加它在中、印、日化身美女作恶的想法。中世玉藻前传说受佛教的影响甚深，包含说教的味道。玉藻前传说在近世出现重大变化：第一，出现不同的故事情节及人物；第二，九尾狐与稻荷信仰结合；第三，玉藻前在德川舞台及小说中被改造。

日本玉藻前是以中国九尾狐为素材加以改造的民间传说，在中世及近世加入大量佛教及神道的元素，令日本玉藻前跟中国九尾狐迥然不同。中日的九尾狐传说有以下明显相异之处。第一，九尾狐在中国有正反两面，它既是瑞兽，亦是恶妖。九尾狐在日本只有负面的恶妖形象。第二，在中国文献中，九尾狐化身美女作恶只有一次，就是纣王的妲己。到了日本，九尾狐成为穿梭不同时空的千年妖精，在中、印、日化作不同的美女作恶。第三，九尾狐在中国是道教系统的民间传说，在日本则被编进佛教及神道的系统①。玉藻前故事被用作宣扬佛教，重点是杀生石传说，即高僧收服九尾狐，令其化作地方守护神，不再转世害人。在日本的神佛混合下，九尾狐在日本失败是因为日本是神国，有神灵保护而不受妖魔所害。九尾狐法力虽高，仍被日本高僧收服后被供奉于神社内，不得再转世害人。日本玉藻前传说显示中国元素往往在日本被大幅度改造至面目全非，其内容及精神均变成日本的东西。

（吴伟明：香港中文大学日本研究学系教授，兼任文学院副院长、日本研究学系系主任及比较日本学研究中心主任。专攻中日思想文化史及东亚易学史。代表著作为《东亚易学史论》[2017]、《德川日本的中国想象》[2015]及《易学对德川日本的影响》[2009]）

① 道教有狐仙信仰，九尾狐被纳入此系统。在汉代及六朝留下的文字及艺术品中，九尾狐是陪伴西王母（现称“王母娘娘”）的神兽，亦是她的信差。相传古代日本的移民集团秦氏在九州有拜祭作为西王母从属神的九尾狐的习俗。参见谷户贞彦：《七福神と聖天さん—民間信仰の歴史—》，东京：大元出版，2005 年，第 162 页。

德川时期
源义经入夷说及入满说初探

丁依若

一、前　　言

每个国家都有跨越时代广为流传的英雄传说。探讨这些历史人物为何会被人们爱戴，他们的形象又是如何被塑造等问题有助认识这个国家。在日本的众多英雄人物中，源义经（1159—1189）作为一个家喻户晓的悲剧英雄不但一直受日本国民的怀念，而且让人们有无限的想象空间。近代日本小说家海音寺潮五郎指出寻常英雄末路的传说热潮大抵只有一回，而义经的传说热潮时至今日算起来不下五回。最初是江户中期主张义经并没有死在衣川，而是逃亡至虾夷地（北海道）。第二次是江户中期主张义经从北海道渡过北海，抵达大陆，其子成为金的将军。第三次为幕末至明治时期形成义经为清朝祖先的传说。第四次为大正时期流传成吉思汗即是义经传说。最后为昭和时期兴起的义经即是成吉思汗说[①]。有许多学者解释义经不死传说的兴盛是因为民众对于义经的同情及期待，是判官贔屓在作祟。笔者认为这有一部分道理，但不能完全归结于此。义经的不死传说在江户时期得到较大发挥，更多的或者还是因为义经传说不仅成为日本官方或是非官方为统治虾夷而实行的怀柔政策，更成为表达日本在华夷秩序下地位的变化及自我意识的媒介。这与当时社会状况紧紧相连，形成的变化是有迹可循的。本文就江户时期形成的义经入夷说及义经入满说进行文献分析，以探讨其兴起原因及历史意义。

① 海音寺潮五郎：《義經と弁慶》，《义经》，东京：国书刊行会，2000 年，第 206 页。

二、义经入夷说

义经入夷说的出现和形成是在江户中期。16—17 世纪中期，东亚动态变化下，日本选择实行锁国政策，其实也就预示着日本型华夷体制的形成。锁国不单是日本国内的政治行为，直接影响的是东亚政治经济关系的变化，也可以看出日本自我意识的变化。最重要的是通过其与明朝的关系可以看出，以前对中国的朝贡体制已不见踪影，仅留存贸易关系。这是日对明国交恢复政策失败之后日本与明朝关系的实态。

最初日本同样是将虾夷地视为“异国”。日俄交流的增多，日本北方受沙俄的威胁，虾夷则是日本北方防备的最前线，因此近世日本对于虾夷地的重视提高了。但因阿伊努人在这个过程中遭受不公正待遇，他们于 1669 年及 1789 年进行了两次反抗运动。幕府对虾夷地的重视越来越高，于 1799—1821 年实行虾夷地幕领化，对虾夷地的态度从“华夷主义”变为“同化主义”。自此，移住虾夷的本岛人口不断增加。义经入夷传说就是在此背景下日渐兴盛。移住虾夷的人民发现，虾夷人喜爱义经，并有各种各样的义经传说。金田一京助认为，“入夷传说”在江户时期有如此大的发展，主要有两个诱因：一是北海道人民对于义经的热爱，另一则是阿伊努人的反抗运动的兴起[①]。1798 年以幕府之名前往虾夷探险的幕吏近藤重藏见阿伊努人民如此喜爱义经，次年便打造义经木像，供人们祭祀。木像辗转多处，最后供奉在今天的义经神社中。这一方面说明义经传说在虾夷本身有一定的地位，受虾夷住民的喜爱；从另一方面而言，是对阿伊努人的怀柔政策。

1699 年发生的相库相郢之战是义经虾夷渡海说兴盛的直接原因[②]。在战争爆发的次年，林鹅峰便在《续本朝通鉴》中再次强调了民间有传说说义经逃亡至虾夷：“又曰：‘衣河之役义经不死，逃到虾夷岛，存其遗种。’”[③]江户时代前期，林罗山在《本朝通鉴》也记述过类似的话，可见幕府急于在正史中体现及推广义经

---

① 转引自金野静一：《义经北行》，卷下，岩手：ツーワンライフ，2005 年，第 115 页。金田一京助对于义经入夷说、义经入满说持否定态度，曾在《中央史檀》发表文章批判小谷部全一郎的“义经＝成吉思汗说”。

② 相库相郢之战是发生于 1669—1672 年间北海道地区土著民族阿伊努人的反德川幕府战争。

③ 林罗山、林鹅峰编：《续本朝通鉴俗传》，《本朝通鉴》卷 9，东京：国书刊行会，1918—1920 年，第 2700 页。

到虾夷的传说。事实上，在这之后，学者对义经入夷说的热情不断高涨，有很多评论义经入夷的随笔及新学说。德川光圀更是对义经入夷说表示了极大的兴趣，为得知义经入夷说的真假，1688年开始多次派遣"快风丸"进入虾夷地探险，并将其作为《大日本史》编撰的一环。《大日本史》中记载如下：

世传义经不死于衣川馆，遁至虾夷。今考《东鉴》，闰四月己未，藤原泰衡袭义经，杀之。五月辛巳，报至，将致首于镰仓。时源赖朝庆鹤冈浮图，故遣使止之。六月辛丑，泰衡使者赍首至腰越，漆函盛之，浸以美酒。赖朝使和田义盛、梶原景时检之。己未至辛丑，相距四十三日，天时暑热，虽函而浸酒，焉得不坏烂腐败，孰能辨其真伪哉？然则义经伪死而遁去乎。至今夷人崇奉义经，祀而神之，盖或有其故也。[①]

《大日本史》第二十册卷一百八十七列传一百八十四中专门描写义经与范赖两人的事迹，从中可以看出，《大日本史》对于《东鉴》中义经在衣川已死之说持怀疑态度，认为实际上难以辨认义经头颅的真假。于是乎将义经入虾夷的说法搬出，可见对于义经入夷说非但不持反对态度，还有认同的倾向。《续本朝通鉴》与《大日本史》，这两本被称为正史的史书中虽没有明确支持义经入夷说，但单将其作为传说记述，已足够说明对义经入夷说的重视。

除正史外，新井白石也在《读史余论》中就义经的问题展开论述：

此年二月，据说忠衡被杀。而按照《东鉴》中的说法，这是六月二十六日之事。由此说来，应相信《东鉴》之说。世间传说此时义经未死，则应是逃去寻求忠衡庇护。有说法称义经已自杀并在高官放了火。那么泰衡献上的头颅便不是真的。泰衡应该也是认为义经必然已死，但因找不到头颅，便把相似之人的头颅砍下浸泡在酒中，经历数日送抵镰仓。然得知忠衡帮助义经逃走，便将忠衡杀死。虽赖朝并非完全相信泰衡，但不久就诛杀了泰衡，便无再追究。若是另一种说法，说是忠衡二月便被诛杀，比讨死义经之日早了近百日。既然忠衡被杀，那么义经不久将遭袭则是明眼人都能看出的事。义经并非是甘愿束手就擒之人。实为蹊跷。如今听闻虾夷地还遗存义经居

① 德川光圀编：《大日本史》第二十册，东京：吉川半七，1900年，第12页。

住的痕迹。更甚之，夷人饮食之前必须祭拜的阿伊努拉克尔[①]，指的就是义经之事，更听闻义经后期还深入虾夷腹地。[②]

新井白石被视为日本近世史学的巨擘，其所著《读史余论》是上呈德川六代将军家宜的史书，主张强调德川幕府的正统性，因此，《读史余论》可以说是带有强烈政治色彩的史书[③]。新井白石虽将义经入夷说作为传说、传承的形式描述，并没有将其视作史实，但有趣的是，其中评论《东鉴》中义经已死的说法，认为其前后矛盾，然后再评论民间义经之死的说法，也认为颇有漏洞，等于表达了他相信义经未死之意。这时候再描述义经入夷说，则说明他认为义经入夷说具有很高的可信度，并且其中强调阿伊努人视义经为当地的守护神阿伊努拉克尔进行祭拜的传统，不难想象这也是饱含幕府的政治期望的举动，与幕府对虾夷的"同化主义"是一脉相承的，是怀柔政策中的一环。从上面《续本朝通鉴》《大日本史》《读史余论》三例关于义经入虾夷的记述、评论中，可看出此三书的评论角度以及侧重倾向都一致，一方面虽不能断言义经入夷说的真实性，另一方面通过加强论述来扩大传说的影响力以及可信度。由此可见义经入夷说是配合幕府政治目的的文化助力。

此外，德川时期也多有学者在随笔中提及义经入夷说。江户中期国学者天野信景（1663—1733）在《塩尻》中描述："传闻源义经奥州衣川之战未死，而是逃到虾夷地度其余生。岛内住民奉其为神，现在称为阿伊努拉克尔神。"[④]可见源义经是阿伊努拉克尔神一说在日本本岛广为流传。不止天野信景，其他学者也多有强调此事的倾向，如江户时期的狂歌师、御家人、国学汉学的造诣较深的大田南亩（1749—1823）。大田南亩 17 岁时子承父业成为幕臣，《半日闲话》是他写于 1768—1822 年的随笔集，其中就有多处对义经渡虾夷的描述，先是描述义经渡海到虾夷："虾夷人在誓词中提及判官殿。义经公渡海到鬼岛，实则是渡海到虾夷。"[⑤]后提及弁庆、义经在虾夷的痕迹传承："虾夷地有号江差岛的出岛，拥有五十个町，传说弁庆就在此地骑驾马匹。其马场岩十分平整，名为千叠石，弁庆

① 阿伊努拉克尔是阿伊努民间传说中的神，后来随着义经入夷说的兴盛，越来越多的说法认为阿伊努人将源义经视作为阿伊努拉克尔，也就是他们的守护神。

② 译自村冈典嗣校，新井白石：《读史余论》，东京：岩波书店，1936 年，第 76 页。

③ 金野静一：《义经北行》卷下，第 124 页。

④ 译自天野信景：《塩尻》，《日本随笔大成》第三期卷十四，东京：吉川弘文馆，1996 年，第 211 页。

⑤ 译自大田南亩：《半日闲话》卷六，《日本随笔大成》第一期卷八，东京：吉川弘文馆，1975 年，第 163 页。

马的爪印就留在此岩石上。因虾夷地无神佛，便把义经奉为神佛尊敬至今。且虾夷地有名刀，这名刀据说是义经所用之刀。”[①]其记述虾夷地无神佛，这与新井白石记述阿伊努拉克尔为虾夷本地神的说法有所出入，但其意趣一致，都表达义经在虾夷被奉为神，与天野信景的《塩尻》也一致。虾夷流传下来的名刀也是义经所用之刀更增强传说的连贯性及说服力。不难看出大田南亩身为幕臣的政治倾向，与一贯的官方描述一致，都提出义经渡海说，也并不否定此传说的真实性。

江户时期兰学者平贺源内（1728—1780）在《そしり草》中提及义经入夷说："有传言'义经实际未死，在秀衡生时就按照其吩咐，秘密逃到虾夷，保全了自己'，若传言属实，那么这便是十分聪明的举动。”[②]平贺源内并没有直接评价义经入夷说的真伪，而是将其视为衡量义经智慧的标准，反映出他更倾向于相信义经入夷说的真实性。江户后期医者橘南溪（1753—1805）在《东游记》中详细描述了源义经逃亡到虾夷所经过的地点，称上岸的地点为三马屋，经过龙飞崎，之后渡海到松前[③]。如此详尽描述义经入夷后的路径，表明橘南溪对入夷说的肯定。江户后期汉学者秦鼎（1761—1831）在《一宵话》中谓，向虾夷地案内人（虾夷通）询问关于义经之事，会得知三件事：第一是义经即为阿伊努拉克尔；第二是虾夷之人听闻义经之事，众人皆掩面流泪，听闻其他的名将英雄则不会感慨伤感；第三是义经与弁庆曾到过虾夷的剑鼻岛[④]。从在地虾夷人的角度阐述义经入夷说，目的是更加让人信服。林自见（生卒年不明）的《杂说囊话》中一笔带过义经入夷说："有说法认为义经渡北倭（虾夷），则献给赖朝的头颅为赝品。又或者渡北倭这一说法本身才是伪说，未详。”[⑤]将义经入夷说列为待考证的传说类。

由此可见，不止官方记述，学者间对于义经入夷说的评论也都呈现倾向支持的状态，大都强调义经在虾夷的地位之高，既称王又被奉为阿伊努拉克尔神。通过这些官方及学者的评论，可见日本本岛对于义经在虾夷的形象是极力支撑吹捧的。但由此是否能断言虾夷本土对义经真的喜爱有加？有学者认为这是官方片面的说辞，实际上阿伊努人对义经的感情并非江户时期日本本岛所渲染的如此正面。

---

① 译自大田南亩：《半日闲话》卷十五，《日本随笔大成》第一期卷八，东京：吉川弘文馆，1975 年，第 383 页。

② 转引自须永朝彦编：《书物的王国 20・义经》，东京：国书刊行会，2000 年，第 134 页。

③ 转引自须永朝彦编：《书物的王国 20・义经》，第 137 页。

④ 译自秦鼎：《一宵话》，《日本随笔大成》第一期卷十九，东京：吉川弘文馆，1975 年，第 399 页。

⑤ 译自林自见：《杂说囊话》，《日本随笔大成》第二期卷八，东京：吉川弘文馆，1975 年，第 362 页。

黑泽贤一在论述义经北行传说之时，对比虾夷的义经北行传说与东北地区的义经北行传说，指出东北地区的义经北行传说中义经都是以善人形象示人，而虾夷的义经北行传说中，不乏有义经以恶人形象示人的例子，如义经不但抢了虾夷酋长的东西，还抛弃酋长女儿，使其发疯后自杀[①]。笔者认为在虾夷地的义经恶人形象，可以说明虾夷地区住民对于义经本人及其所代表的人的形象的抵触，投射的或许是和人与阿伊努人不平等的关系。而这些传说的差异，更可以赤裸裸地反映出义经入夷说的政治工具作用。金田一京助在《阿伊努文学》(1933)中表示，他从阿伊努当地人口中得知阿伊努人并没有将义经当做阿伊努的阿伊努拉克尔神，这只是日本本岛单方面的臆想。他曾在《旅与传说》(1930)中提及民间盛传阿伊努地区多有关于义经的口承文艺，实则是日本本岛极力鼓吹的结果[②]。在研究中不难发现在日本本岛的义经入夷说中多有义经在虾夷称王的描述，例如《义经虾夷勋功记》叙述义经如何成为大王的，其形象十分正面，更教授虾夷当地人如何种植水稻，带来先进的科技，以及帮助虾夷人民反对虾夷王的无情统治，将义经塑造成宅心仁厚、智仁勇兼备的明君。马场信意在《义经勋功记》(1712)中描述："从衣川安全脱逃的伊予守义经，渡海到虾夷，展现了其武威，岛民无一不畏惧归伏。""判官义经不仅成为当地的岛王，还延保长寿，其子孙也成为虾夷之栋梁。""此后，虾夷之人，皆将义经奉为神来崇拜，还称呼他为阿伊努拉克尔。"[③]马场信意以小说的形式展开对入夷论的评价，显然他是支持并将阿伊努神与义经结合，也就是所谓的"习合说"。从历史书籍的记录、随笔中也可看出，日本本岛多塑造了虾夷地成为"王""神"的义经像，营造义经解放、开化虾夷的氛围，进而表明义经所代表的日本本岛是进步文明，对落后野蛮虾夷进行了救赎。而即便如何将义经形象塑造得善意、和平，都掩盖不了义经入夷说成为入侵虾夷社会的工具的事实。

三、义经入满说

义经入满说是由泽田源内(1619—1688)制造的伪书《金史别本》中提及的

① 黑泽贤一：《义经北行传说》，东京：本泉社，2011年，第159页。

② 从这些文章可以看出金田一京助认为义经渡海说纯属虚构。但另一方面，在第二次世界大战之后，金田一因协助阿伊努的同化政策受到舆论批判。这让他的政治观点变得矛盾复杂。

③ 转引自金野静一：《义经北行》卷下，第120页。

"义经大陆渡海说"发展出来的。泽田源内惯常伪造史书,曾一度将他假造的《江源武鉴》共 20 卷的系列书目,递交于负责编撰《大日本史》的水户学的儒官,但被识破后,引来一片骂声。虽然没有得到历史学家的认可,但泽田源内的伪书却广泛流传于市井之间。《金史别本》就引起了巨大的骚动,后来的一系列"义经入满说"都是受它的影响。《金史别本》主要描述 1189 年义经逃脱平泉后,先是渡海到虾夷,再经由虾夷抵达金国,其中一节最具代表性:

> 金史列将传云,范车国大将军源光录义镇者,日东陆华仙,权冠者义行子也。始入新靺鞨部,为千户部判事。身长六尺七寸,性温和而勇猛,才思甲诸部。外夷多随拜,入学馆,弁礼义。后迁咸京录事。章宗诏转光禄太夫,累任大将军。久守范车城押北方。往昔权冠者东小洋藩君,章宗顾厚赏,定总军曹事官。令入北矿。不日破苏敌,得印符。翻来属幕下,筑范车护焉。顷侵北天,渡龙海得一岛。山河丽奇而悉金玉也。民知煎灵草,少食五谷,屠生肉甚嫌,故无邪烦。老仙伊香保行辰行本命法。仪相无异怪。德胜故人。义行皈趣尊敬得长寿。后游中华,隐显不定云云。[①]

义行指的便是义经,描写他渡海之后得长寿还游历中华。其中称义经之子源义镇成为金的将军,也就是说义经成为了金的先人。更描述了源义镇为大将军,统帅金国的骑兵军团攻击中国的汉民族之事,相当于宣称义经之后攻下了汉,统一中国。这个义经传说比起义经入夷说更加离奇、激进,因此它具有更强烈的两面性:一方面,有人认为这一传说根本没有真凭实据,全是凭空捏造,根本不值一提;另一方面,在日本想要构建日本型华夷秩序的前提下,一些学者认为比起义经入夷说怀柔的只是虾夷地区,而这一个传说则涵盖整个中国大陆,义经成为金的先祖则是宣扬日本国威再好不过的助力。由此这一传说引起轩然大波,成为了各方势力关注的焦点,也多被利用成为政治发声的工具。本节将引用各种评论来探讨义经入满说在德川时期的形成过程及成因。

针对《金史别本》的内容,新井白石在 1720 年编撰的《虾夷志》一书中亦提及义经入夷及入满之说。

---

① 转引自畑维竜:《四方之砚》,《日本随笔大成》第一期卷十一,东京:吉川弘文馆,1975 年,第 421-22 页。

俗尤敬神而不设祠坛，其饮食所祭者，源廷尉义经也。东部有廷尉居止之墟，土人最好勇，夷中皆畏之。夷俗凡饮食及祝之曰阿伊努拉克尔，问之则曰判官，判官盖其所谓阿伊努拉克尔，夷中所称廷尉之言也。居止之地名曰ハイ(西虾夷地)，夷中所称ハイクル(西虾夷地部族)，即其地方人也。西部地名亦有辨庆崎者，或传廷尉去此而逾北海云。宽永间，越前国新保人漂至鞑靼地，是岁癸未。清主乃率其人而入于燕京居，岁余敕遣朝鲜送致而还。其人曰：奴儿于部门户之神似此间尽廷尉像者，亦可以为异闻。[①]

文中先是叙述义经入夷说，与《读史余论》中提及的义经渡虾夷成为阿伊努拉克尔神无异。文中所指的ハイクル(西虾夷地部族)是在相库相郢之战(シャクシャインの戦い)中，带头反对和人的部族之一，这里描写义经在西虾夷地部族中备受尊敬，可以认为是幕府压制虾夷的软手段。后描述的是宽永(1624—1644)年间，越前船上的人漂流到鞑靼，奇迹般保住一命后归国。那个人在当地住人中听闻，往昔有神似义经主从的一队人马从虾夷渡海至鞑靼。这些内容触及《金史别本》中的风闻，可见那个时期《金史别本》是热门的话题。新井白石甚至还表示想入手《金史别本》来研究。1717 年刊行的加藤谦斋(1670—1724，史学者、医者)的《镰仓实记》也是受到《金史别本》的影响，主张义经没有死在平泉，而是先逃到北海道，再渡海到大陆。前述马场信意 1712 年的读本《义经勋功记》，主要描述义经在虾夷地的称王之事，只早《镰仓实记》五年，可以看到义经入虾夷的热潮还没褪去，紧接着迎来了义经入满说。

直到 1740 年，汉学者筱崎东海(1687—1740)在《东海谈》中才明确指出《金史别本》为伪书，《金史别本》的著者泽田源内本就是制作伪书的名人，并认为这种空想的义经传说之所以在民间广泛流传，是因为在锁国的情况下民众间有奇妙的异国情绪[②]。这是 1740 年汉学者的想法，可以看出对于义经入满说持极力反对的态度。但即便揭穿了泽田源内的真面目，也阻止不了“义经入满说”的广泛传播，甚至变本加厉的流行。

西村白鸟(生卒年不明)的《烟霞绮谈》中写道：“以前九郎判官义经渡虾夷之时，持船中的粮米借用证文到百姓家。现在其子孙兴盛。宽保间的风闻，说是义

---

① 新井白石：《虾夷志》，威斯康星大学数字馆藏东亚系列电子版 http://digicoll.library.wisc.edu/cgi-bin/EastAsian/EastAsian-idx? type=turn&entity=EastAsian.Ezoshi.p0019&id=EastAsian.Ezoshi。

② 转引自金野静一：《义经北行》卷下，第 130 页。

经从虾夷到了鞑靼，其子义镇为金国庸帝章帝所用，是文武兼备的良将，时任大将军，向北方进军。据说此事详细记录在金国史中。”①此文描述义经渡虾夷再至鞑靼，并标明听闻此事详细记录在金国史中，可见实受《金史别本》的影响。在此看不到怀疑的意味，也没有实证之意，只是单纯转引传闻。

江户中期旅行家百井塘雨（？—1794）在《笈埃随笔》中同样转引《镰仓实记》及《金史别本》的说法。

近来多有传闻，源廷尉高馆没落之时渡虾夷，以威武使国民归顺，且入鞑靼，其裔孙数百年后更治大明的衰运，今大清实则为义经公的子孙。此事不要说在我国，在中华亦是希代珍事。渡虾夷之事，《镰仓实记》中悉数交代，但《金史别本》似是异本，实证困难。议论总是批判白石先生的军器考中，提及虾夷人视为珍宝的锹先，患病之时放于枕头便可消灾避难。据说其形似我朝胄的锹形制品，则是崇敬廷尉的锹形为神物。……又东方的クル（阿伊努东面部族所处之地）这个地方有祭祀义经公的神社，又位于西方的六条间，有名为弁庆崎的地方。夷言中，称义经之事为阿伊努拉克尔。这在净琉璃中也曾有过。将这些文句翻译便将知道事实。②

其内容提及义经入夷入满说，虽然也提到《金史别本》是伪书，但还是极力找旁证以证明义经确实渡海。可见当时还是有学者支持这一说法。

江户中期国学者森长见（1742—1794）在《国学忘贝》（1783）中写到义经成为清之先祖一事：

西土今之清，所著《图书集成》之丛书一万卷。新渡来丛书中，《图书辑勘》百三十卷，其中清帝自序。序中道：“朕姓源义经之裔，其先出清和，故号国清。”国号的清便是清和帝之清。或加入儒考，前年看还认为不可信。然右书弥渡前丑年（明和六年）新刻《古文孝经序跋》之序中道：“《古今图书集成》一万卷，宝历庚辰岁清客汪绳武齐来其书全套，明和甲申（元年）纳之管库。”犹又其书渡海实事传承，不在此间记述。右清帝自序，不知其真伪，又看《镰仓实记》，举出义经之子义镇之说。《金史别本》中有《列将传》一书，引用

① 译自西村白鸟：《烟霞绮谈》，《日本随笔大成》第一期卷四，第242页。

② 译自百井塘雨：《笈埃随笔》，《日本随笔大成》第二期卷十二，吉川弘文馆1975年，第57-58页。

此一字一句记述："陆奥高馆落居，渡虾夷至鞑靼，随金章宗，立大功举事。"右《金史别本·列将传》一书，年来向书肆询问，本不是唐本，又看和学弁（筱崎东海），知《金史别本·列将传》为好事虚谈之书。又有《义经虾夷军谈》一书，其事实不知。看《虾夷志》又知，现在义经之事被封为阿伊努拉克尔，其像被祭祀。又有名为弁庆崎之地，据说宽永年间越前有船漂着鞑靼，看到那里的人亦祭祀义经像。考虑地理书，可料想义经从虾夷至鞑靼。若今之清为义经后裔，便掌握西土，实则快哉。①

从以上内容中可以看到，森长见引用了清帝之序言，认为清就是义经的后裔。又举出之前《镰仓实记》《金史别本》等书中所提义经入夷入满之事，在知道《金史别本》是伪书的情况下，依旧十分支持"义经入满说"，在最后评论中表示如果义经真的是清的先祖，那么就相当于清也是我们的国土，足见其支持"义经入满说"背后是有强烈的政治意图的。笔者认为即便《金史别本》《镰仓实记》本身所带政治意图不强，空想的义经传说之所以在民间广泛流传，真的可能只是因为汉学者筱崎东海所提及的，在锁国的情况下在民众间有奇妙的异国情绪。而到了《国学忘贝》，公然引用伪书《图书辑勘》，作者又是很有文化素养的国学者森长见，而且其直接引用清乾隆皇帝的话，指向更加清晰。这说明森长见认为既然清是义经的后裔，则义经渡海说则是排除中国文明的工具，是构建日本型华夷秩序的工具。这是有意图地要将日本放在文化优势地位的举动，可见日本的自我意识膨胀及其带来的显著影响。

江户国学者谷川士清（1709—1776）在《锯屑谭》中提及义经入夷及入满说：

加罗布登岛，有义经的祠堂。传说，九郎判官义经在奥州高馆假死，实则逃至虾夷，再到加罗布登岛。随从之人不少，便开拓土地，教当地人民耕种，其地号为源国。至今亦沿用日本风俗，言语亦通，国王即义经之后裔。加罗布登岛则鞑靼部也。今来长崎的清人如是说。北限鱼皮，疑是也。《金史·列将传》云：……或曰义经改义显。见玉海。又改义行其为仙也。见《义经记》。所谓的陆华仙与陆奥金华山。②

① 译自森长见：《国学忘贝》卷之下，京都：城户市右卫门，1841年，第10-13页。
② 译自谷川士清：《锯屑谭》，《日本随笔大成》第一期卷六，第443-44页。

此作描写义经不死，到了虾夷再到鞑靼，还相信义经曾教导鞑靼的人民开拓土地及耕种。义经入夷说描述过义经教当地人民开垦及耕种，实则是表达义经所代表的先进文化对于虾夷这一落后文化的救赎，这里将相似的内容应用在鞑靼上，实则是一样的效果，表达出谷川士清对鞑靼的态度与对虾夷的态度是一致的，都是怀柔吞并。并且这部分完整引用了《金史别本》的内容，没有表现出怀疑的态度，也就是全盘接受《金史别本》中关于义经成为金人的说法。

江户中期随笔家、历史学家神泽杜口（1710—1795）在《翁草》中有大量评论义经入夷入满说之事，其中最有代表的为其所著《翁草》之《清朝天子源义经裔说再考》。

> 清朝天子为源义经之裔一说，前卷也多处有评论。然观《国学忘贝》，右说详细记录（《翁草》百七十七），但求《图书辑勘》不得。或人云，此书虽近年传入，但只得三四部，一部呈上江都，一部藏于长崎管库，未广传于世，不寻崎府未必能得。话说前卷记述水户西山公十分厌恶本朝为吴太伯之裔的妄说，甚至停了《本朝通鉴》的官板。这正是将吾国用一些无妄之说，变成中华属国的卑劣行径。而如今清朝是元北虏一族，因耻于祖先为狄虏，天子亲自为《图书辑勘》作序，称自己为日本裔，岂不是助我朝美名传万世，实乃吾国之光辉。丰臣秀吉公举兵御中华，无奈天寿早尽，半途而废。而义经藉助鞑靼势力，将吾国的天孙中华并吞，诚为天之所为，为和汉合一，四隅平稳不动干戈，已是两百年以来的期望。且如今和汉天子皆圣主，东君的仁慧海内皆知，和汉相具，同为大日本神孙，万事不穷的治国，是开辟以来未曾有的盛世。①

文内评论森长见的《国学忘贝》中所提及《图书辑勘》一书中提出的义经为清之先祖，并极力地表示赞同。有趣的是，提到水户西山公批评本朝是吴太伯裔的说法，是因为这样相当于把日本置于中华从属国的位置；又评价现在的义经入满说，反而是义经的后裔将中华兼并，和汉合一，实则开辟以来未曾有的盛事。这里也是显示了赤裸裸的政治意图，认为义经为清之先祖说实际上就等于将清国纳入日本国范畴，实现和汉合一。可见日本并非到明治才出现吞并中华的思想，

① 译自神泽杜口：《翁草》卷之一百八十六，《日本随笔大成》第三期卷二十四，东京：吉川弘文馆，1978年，第293页。

其作为东亚的霸主之心在德川时期就已显现，义经入满说就是很好的证明。并且可以看到日本已经开始使用怀柔等手段，在口头上、书面上使中华成为日本的附属国，形成日本型华夷秩序。此时的义经传说的兴盛，不再是单纯因为他是人们喜爱的悲剧英雄，日本人都有判官贔屓情结，更重要的是义经已然成为政治工具，不仅是怀柔虾夷，更是吞并大陆的软手段！

另一方面，对于《金史别本》及《国学忘贝》亦不乏批判的声音。江户后期所著的《书侩赘笔》（作者未详）强烈抨击一系列伪书，其中也对《金史别本》《镰仓实记》进行了抨击：

> 《镰仓实录》卷末引用《金史别本·列将传》一书，记录义经渡海到金国之事。因与此作者中根丈右卫门是知音，就《金史别本》之事相问，知道实为伪事。即便是恶作剧，这样的学者如果多于世上，便会危害世人。近世板行军谈类，并非都有益处，反而害人不浅。①

前提及义经入满说的两面性，一方面是多有学者抵制抨击义经入满说，这里便可以看见也是有学者对伪书的风气表达了强烈的不满。

兰学者桂川中良（1756—1810）在《桂林漫录》（1800）中批判《国学忘贝》，文辞如下：

> 一直以来都想看此书（森长见口中所说《图书集成》中的《图书辑勘》），未能得见。所幸去年托家兄的福（吾兄桂川甫周为幕府医官）得以见到。先看到初卷，卷首有雍正帝御制序，次序文中并没有提及义经之事。因在此未寻得，便浏览了总目录，也没有发现《图书辑勘》一名，失望至极。如得见此书，则是生涯的洪福。其说不仅在忘贝，更是在世间广为流传。同好之士，对于义经之事，可以断了念想。此书雍正三年撰成，以铜制成活版。句整分明，是十分鲜明之本。②

文中提到森氏所著《国学忘贝》中提及的《图书集成》中的《图书辑勘》一书，实际上并不存在，看目录根本找不到这一册。清国皇帝所附的序文存在，但只字未提

① 译自作者不详：《书侩赘笔》，《日本随笔大成》第一期卷六，第350页。
② 译自桂川中良：《桂林漫录》，《日本随笔大成》第一期卷二，第310页。

义经之事。说明《图书辑勘》必然是伪书，根本不存在。桂川中良在《桂林漫录》中赤裸裸地揭露了森长见的《国学忘贝》。但即便有这么强烈的抨击、揭露，却依然阻挡不住"义经入满说"的广泛传播。多有学者在随笔中提及"义经入满"之事，评论中也多见转引《金史别本》《镰仓实记》《国学忘贝》等书中关于"义经入满"的说辞。

纵观义经入满说的评论，国学者大多持积极支持的态度。这一点与义经入夷说有较大区别。义经入夷说基本上是一面倒的，没有人持绝对反对意见，但在义经入满说出现之时，学者内部的声音不尽相同，国学一派极力推崇义经入满说，其他学者则多有不同声音，汉学者、儒学者并不太赞同这一说法。这可以反映政治派别以及主张的极大不同。儒学者、汉学者还是认为"华"源头始终是中国，但国学者提倡国学，认为日本文化才是最应该被推崇的，极力推进义经入满说，认为清朝的祖先是义经，那么金以后中国自上而下实则为日本的后裔，文化也是日本文化的传承，从根本上达成日本型华夷变态的构建。但在江户后期、明治初期可以看到一些变化，汉学者内部也有人认为这正是宣扬本国的好机会。江户后期，伊藤仁斋的第五个弟子兰屿（纪州藩儒臣）与僧侣智景耀的书中提及义经为清祖先。明治初年，有人向汉学者集中的"斯文会"提出此事。时任此会的代表浦生重章得知大喜，向清朝侧问道："因太阁殿下（丰臣秀吉）攻侵朝鲜国以来，便与大陆方面关系交恶，但现如今想与清国建立良好的国交关系，如果与判官义经的关系真如同右边传闻所说，那么实在是可喜可贺之事。请在了解这意愿的情况下，调查这一件事。"[①]虽然表面上说是因想与清建立良好的外交，希望能够证实这一传说，但其实是期待这则传说成为现实，这本身就是一种文化优势的表现。但清朝方面的回答是："我清国皇帝先祖，金源之后人无疑，因而绝不会与贵邦源氏有何关系。"虽然最终得到的是否定的回答，但也可以看出其欲利用义经传说来缓和政治紧张，达到自身的政治目的。这样的变化表明了不仅是国学者，而且是日本学者的态度发生了转变，亦说明幕府对于义经入满说的政治作用也从暗中支持转变为明面，积极接纳"义经入满说"与幕末明初的大陆政策是密不可分的。

这一点通过"义经 = 成吉思汗"一说会更加好地证明。"义经 = 成吉思汗"一说原本是德国驻长崎的医师西博尔德（Philipp Franz von Siebold）提出的。其用德语所著《日本》一书中，提出义经是虾夷地的发现者，随后渡海到大陆成为成

---

① 金野静一：《义经北行》卷下，第 146 页。

吉思汗。虽然这一说法在德川时期并未广泛传播，但到了明治时期便发挥了它的影响力。明治时期的政治家、历史学家末松谦澄（1855—1920）以外交官身份留学于英国剑桥大学，其毕业论文题目便是 *Identity of Great Conqueror Genghis Khan with to Japanese Hero Yoshitsune*，其中提出“义经＝成吉思汗”的论调。末松谦澄的岳父为伊藤博文，回国后便历任递信大臣、内部大臣及文部大臣。不难想象末松谦澄出国留学本身就带有极大的政治目的，去学习英国先进文化的同时也带有宣扬日本本国实力的任务。用英文发表的“义经＝成吉思汗”一说，很显然是在向西方国家证明日本国力之强大，宣扬中国为日本延伸的领土。而内田弥八在 1885 年将末松谦澄的论文翻译成《义经再兴记》出版。这说明将义经入满说与日本军国主义相结合，将其从非官方的怀柔虾夷、中国大陆学说演变为官方的赤裸裸的进出大陆的政治发声、文化政策，从对外的政治宣传转为对日本国内的政治动员。此后大正时代更出现了小谷全一郎的《成吉思汗是义经也》一书，是“义经＝成吉思汗”说的集大成。此书备受历史学家的批判，却大受军人的喜爱，其原因不言也明了。

义经入满说是义经入夷说的延伸，两者都含有明显的政治目的，入夷说是怀柔进而吞并虾夷的工具，是日本对抗外在危机（俄罗斯对北方的控制）以及日本向外膨胀的文化助力。从虾夷的实际情况来看，日本这一对外政策是成功的。入满说则是怀柔进而吞并大陆的工具，而看其结果，与其说是让中国大陆相信义经是他们的王、神及先祖，倒不如说是混淆视听，使得日本国内民众更加相信这一点，进而达到统一军心的目的。入夷说及入满说的一步步发展，显然看出日本自我意识的膨胀，以及构建日本型华夷秩序的用心。这也是为什么即便遭到众多反论，义经入夷、入满说非但没有迎来终焉，反而是一步步发展的缘故。

四、德川时期源义经传说的历史意义

德川时期义经形象较之前更加多元，呈多样化的趋势。德川时期形成和发展的义经入夷入满传说更是引来学者热议，义经的形象在德川时期的活跃度之高是之前任何时期都未曾有的。而关于德川时期义经传说的历史意义，主要可以分为两部分，一是对于义经形象本身的影响，二是义经传说形成的原因及其所反映的多种思潮。

首先，德川时期的义经传说对于义经形象而言，提供了全新的视角，就是义经入夷入满说带来的政府征服外夷的形象。这一形象是在的德川时期才出现建立的，是义经在德川时期最有代表性的形象，主要通过读本《义经虾夷勋功记》与义经入夷说、义经入满说及针对传说的评论体现出来。《义经虾夷勋功记》中描写的虾夷的几个大王都是暴君，不仁不义，搞得民不聊生。义经发动奇攻，势如破竹，接二连三拿下城池，所到之处百姓皆欢欣迎接，将领皆降服，最终义经攻下虾夷。这一读本的出现，就是义经入夷说成为热潮的很好佐证。对于义经入夷说，不论官方学者、水户学者，还是汉学者、国学者都是一面倒支援的，这在正文部分有详细描述。而在《义经虾夷勋功记》开头，国学者海西渔夫戊申所写的序中道："则判官不唯之虾夷，而亦王满洲也。然则若满人之剃发亦效辨庆海存之秃形者欤。顷者书肆刻《义经虾夷勋功记》，就余请附此说于卷端。其书虽近稗官之流，而如其真伪，则读者自知之矣。爰识数语以与之。"①海西渔夫在为《义经虾夷勋功记》作序之时，提出义经入满称王之事，并认为满人剃发是效仿辨庆的秃形，进而再表明立场支持此说法。这与正文中提及的国学者对于"义经入满说"持积极支持态度是一脉相承的。国学者森长见不惜制造伪书《图书辑勘》的存在来证明义经是清帝的祖先。虽然对于"义经入满说"，除国学者外，其他学者褒贬不一，但义经征服外夷形象的成功塑造并引起热议是毋庸置疑的。至此，义经的形象不再是单纯的日本典型悲剧英雄形象，而是成为征服各方势力的霸主形象；也不单纯是由人们的喜爱之情而塑造的形象，其背后更包含了各种政治目的，也成为表达政治溯源的工具。

再者，德川时期义经传说形成的原因及其反映的思潮，一是"义经入夷说"所反映的幕府对外政策。前文交代了义经入夷说兴起的直接原因是 1699 年发生的相库相郢之战，为了掌控虾夷，将"义经入夷说"作为同化虾夷的软手段。其次，还出于对当时沙俄的防御考虑。17 世纪 40 年代，沙俄为扩张领土而频繁地在日本北方一带活动。德川幕府一方面是为了平息虾夷的动乱，另一方面想将虾夷归化后打消沙俄入侵虾夷进而入侵日本本岛的计划。于是可想而知当时幕府极其重视虾夷，虾夷便成了沙俄与幕府争夺的焦点。也因此不难想象，为何官方史书《续本朝通鉴》《大日本史》，史学家新井白石的《读史余论》《虾夷志》中都有对义经渡海到虾夷的传闻都有所记述。而后来虾夷成功被归化，幕府将"义经入夷说"作为软手段的目的达成，可见"义经入夷说"作为政治工具的效力。对于"义经入满说"，官方的行动便不如"义经入夷说"来得明显，鲜见幕臣对于"义经

① 永乐舍一水：《义经虾夷勋功记》，东京：金盛堂，1886 年，第 1－3 页。

入满说”有过多评价。但到了明治之后，末松谦澄留学英国剑桥大学之际，其论文便是有关“义经＝成吉思汗”的内容，可见“义经入满说”在明治之后亦成为宣扬日本国力的政治工具。

二是“义经入满说”与德川思潮的关联。对于“义经入满说”，学者之间多有分歧，国学者一面倒支持，儒学者、汉学者则持批判态度。这与两方的立场与政治论调有莫大的关系。自1636年明清朝代交替之后，东亚各国包括日本都出现了“华夷变态”的论调。17世纪后半叶到18世纪前半叶，儒者间逐渐有学者标榜“日本型华夷秩序”的言论[①]，强调如今的日本才是“华”，但儒学者还是认为文化的源头在中国，只是中国已经失去作为“华”的资格。因此对于“义经入满说”，儒学者不太提倡。而国学者从根本上不赞同儒教的“华夷秩序”，主张的是日本的本来文化，也不提倡儒学者所倡导的“日本型华夷秩序”，认为这一主张表明日本仍旧是在“华夷体制”的范畴。于是便出现森长见制造伪书，标榜义经就是清的祖先，一切的源头都在日本，中国也不过只是日本的衍生。

两方实则都在强调日本文化的优越性，只是分处不同的思维框架，提出的论调也呈现迥然不同的态势，这样的态势亦存在于中国人到日传说中。吴太伯、徐福、杨贵妃皆是中国人，都有东渡日本的传说。德川时期中国人传说大盛，德川的儒学者认为吴太伯是中国圣人，更有甚者认为他是日本皇室的祖先。有人认为徐福将中国典籍传到日本，还有论调称杨贵妃是日本神祇[②]。当然，这些论调在儒学者间也有褒贬不一的评价，但体现的是德川儒学者极力强调最完整地传承及保存中国古代文化的便是日本，即日本在华夷秩序中处于“华”的位置。但国学者间几乎一面倒地对此持批判态度，认为吴太伯、徐福、杨贵妃到日传说不可信，即便他们真的来到日本，也不过是以政治难民的身份避居在日本罢了[③]。这是因为国学者强调日本本国文化，从源头否定中国文化对日本的作用，因此极力排斥吴太伯是日本皇室先祖及徐福带大量中国典籍到日的传说。

儒学者对中国人渡日说持肯定态度，却不同意“义经入满说”；国学者反对中国人渡日说，但极力吹捧“义经入满说”，背后反映的两大政治派别的用心实则一脉相承，都是出于强调日本本位主义的立场上。义经传说并不是一个个别例子，

① 桂岛宣弘：《華夷思想の解体と自他思想の変容》，《日本思想史学》卷四，宫城：日本思想史学会，1996年7月，第40－59页。

② 吴伟明：《德川日本的中国想象》，北京：清华大学出版社，2015年，第15－63页。

③《德川日本的中国想象》，第15－63页。

通过与徐福、吴太伯、杨贵妃传说的对比，可以看到两大政治派别在宣扬日本优越性、民族主义时，其表现形式不断变化，呈现多样化复杂的趋势。

（丁依若：香港中文大学日本研究学科博士生。研究方向为德川时期中日思想文化交流史。硕士论文《近世源义经的形象变迁》，博士论文《曲亭马琴及中国四大奇书》）

日本禹王传说的今生前世

王　敏

一、前　　言

亚洲区域内的相互交流有着数千年的历史，随着人口的变迁、历史文化的融合，在生活文化层面积累造就了经久验证的互动互惠之共有平台。这深厚的底蕴亦可成为中日比较文化与比较文学的素材智库。

笔者意在考察中日比较文化与比较文学案例之现存环境与素材 30 年之久，重点着眼于挖掘和筛选亚洲尤其是东亚在历史积淀中形成的互为链接的共同点，整理成社会和大众所接纳及参与的公共课题，从而唤起对中日、东亚和亚洲的历史文化关系的新一轮关注。

本文仅举现存于当代日本社会的大禹信仰案例，并同时略举韩国案例，重点整理根植于民风民俗和民间信仰中的 107 处大禹文物的考察成果，解析该文化现象对当代价值取向所发挥的正面作用，探讨其对于当代社会发展的贡献，为比较文化与比较文学研究领域的深耕拓展奉献点滴参考。

二、日本大禹信仰文化圈的考察

自 2006 年以来，笔者参与的日本治水神・禹王研究会在日本全国各地考察挖掘大禹信仰的相关文物与史迹。经治水神・禹王研究会禹王遗迹认定委员会的考察鉴定，至 2016 年 10 月为止，相关文物已达 107 处之多。日本大禹信仰文化各项活动的开展状况如下：

(一) 考察日本大禹信仰文化圈

笔者对日本大禹信仰文化圈的考察始于2006年举办的共议21世纪神奈川发展圆桌会议。笔者第一次得知,位于富士山附近的神奈川县足柄地区有一座1726年创建的神禹祠(现在的福泽神社)及相关的文命(禹的别名)碑等。在此需要高度重视的是,2013年6月富士山作为文化遗产入选世界遗产名录,而来自中国的大禹则与富士山并肩而立。该地区同时拥有富士山和大禹这两种象征性文化标志,似乎偶然,却意义深远。它意味着东亚文化经过相互接触、渗透、变化、融合,在文化交往纵横延伸、深入发展的过程中,同时也在反思、摸索,从而逐渐堆积成历史文化的原生态。比如,当地300年来连年祭祀大禹,学校、水道、桥梁都以大禹命名,无一不在讲述大禹与彼方风土的共生共融[①],同时为后人提供了分析日本混合文化之现代价值的宝贵实证考查资料。

(二) 举办禹王文化节

2006年以足柄地区的市民研究团队为中心,在当地政府的支持下展开全国性调查。由此发现日本的禹文化是经过日本人自主移植和选择,为适应各个地方的风土和生活,在不断的交融演变过程中自然形成的。因此,它既保留中日两国混合文化的特色,又逐渐转换身份,完成在日本土地上的治水神定位。基于此特征,2010年在神奈川县开成町召开首届日本全国禹王文化节。尔后2012年第二届于群马、2013年第三届于高松市、2014年第四届于广岛市、2015年第五届于臼杵市相继召开。与此同时,2013年民间研究机构"日本治水神·禹王研究会"成立,并发行会刊。2015年鉴定审查大禹相关历史遗址和文物的认定委员会成立。禹王文化节筹委会决定,从2016年起,日本禹王文化节每两年在拥有大禹文物和祭祀之地轮流举办。

(三) 导入大型国际学术会议

2015年5月9—11日,在神奈川县开成町成功举办第七届东亚文化交涉学国际学术会议,来自七个国家的三百多名研究人员和市民参加了会议。会议成果以中日韩和英文版的形式向世界各地发表,并获得了天皇夫妇的赞扬。

---

① 参见法政大学国际日本学研究所编:《相互探究としての国際日本学研究》,东京:法政大学国际日本学研究所,2013年。这本由笔者编辑的论文集的封面采用当地文命东堤碑的碑文拓片,其中的"神禹"二字清晰可见。

2014年10月18—19日，日本第四届大禹文化节设定在大禹谟邻近的广岛和平纪念公园内的国际会议场举行。笔者当时应邀赴会做基调演讲，题目是《大禹文化所疏通的东亚和平》。然而，由于当地突发的恶性泥石流的影响，会议最后不得已改为网上召开。

（四）日本大禹信仰文化圈的历史考察

有关大禹的最早的日本文献记载，第一则为712年编纂的《古事记》（太安万吕编），序言《古事记上代歌谣》中写道："当今的元明天皇名比夏之文命高，德高胜于殷之汤王。"第二则为《日本书记》（720年完成）中引禹王之德行赞美考德天皇（第36代天皇，645—654年在位）。

日本最早的禹王庙是1228年的京都鸭川禹王庙①。日本现存最古老的大禹膜拜物，有以下两例：1637年建造的香川县高松市的"大禹谟碑"，及1630年铸造的禹王金像，高约为80厘米，现收藏于名古屋德川美术馆。

根据目前的考察结果表明，日本现存的禹祭大致有以下几处：1708年建立的琦玉县的文命圣庙、1719年建立的大阪府岛本町的夏大禹圣王庙、1726年建立的神奈川县酒匂川流域的文命东堤碑和西堤碑、1740年建立的大分县臼杵市的禹稷合祀坛、1838年建立的岐阜县揖斐川流域的禹王灯笼、1919年建立的群马县沼田市的禹王碑、2012年建立的兵库县姬路市的鱼吹八幡宫、2013年建立的广岛市的大禹谟。

在此仅择2014年5月所举办的两项祭祀活动做简要介绍。其一是岐阜县海津市的禹王祭：当地住民每年都在5月14日黄昏，聚集在街头的祠堂，面向祠堂正中所供奉的禹王挂轴顶礼膜拜，感谢祂除灾祛病，保佑这一方土地五谷丰登、人畜平安。据当地居民介绍，这一祭祀活动已经持续了至少160年之久。其二是神奈川县西部酒匂川流域足柄地区的文命祭祀：据神奈川县立公文书馆所收藏的1879年的"神社明细账"记载，始建于1724年的福泽神社原名取自大禹的别名"文命"，其祭神为"夏禹王"。1841年的《新编相模国风土记稿》第一集中的"班目村、川村岸之项"中也提及了文命神社，明确记载其"祭神・禹"的史实。因此，足柄地区有很多设施以文命命名，如文命中学、文命隧道、文命用水、文命桥等。自300年前起，当地每年都在5月5日于神社举办丰富多彩的文命祭祀

① 野间光辰编：《新修京都丛书》卷十，京都：临川书店，1968年。相关资料参见书中所记载的夏禹王庙文。

活动。

三、日本大禹信仰于当代中日关系的意义

(一) 和平的正能量是安全保障的基础

在现存大禹遗迹统计表中,有 18 处建于甲午战争以来直到 1972 年中日国交正常化期间。即在 1894—1972 年的 78 年之间,大禹的形象突破国与国之间的战火重围,源远流长于日本民间,根植于风土民情深层的历史文化血脉经久不衰。这一事实明显地证明了国与国、国与民、民与民、文化与政治军事诸种关系之间的走向规律与特点。这提示我们,在中日交流的长河中,和平、正面的选项可以跨越政治障碍,人文交流和朴素的民俗学的魅力可以链接人心所向,前人的智慧与方策令今人深思、反思、引以为鉴。

表 1 1894—1972 年所建立的 18 座大禹纪念碑(按年代顺序排列,大胁良夫制作)

年份	遗迹名称与禹的"刻字"	所在地(水系与县名)	日中关系大事记
1895	船桥隋庵水土功绩之碑 "大禹圣人"	利根川、千叶县野田市	1894—1895 年 甲午战争
1896	篠田·大岩二君功劳记功碑 "神功禹迹"	日野川、鸟取县伯耆町	1898 年 列强分割中国 1899—1901 年 义和团运动
1897	川村孙兵卫纪功碑 "神禹以后唯有公"	北上川、宫城县石卷市	
1900	禹功德利 "其业何为让禹功"	木曾川、爱知县爱西市	
1908	禹功门	揖斐川、岐阜县养老郡	
1908	川口修提之碑 "呜呼,微禹 吾其鱼乎"	旭川、冈山县冈山市	
1909	淀川改修纪功碑 "以称神禹之功"	淀川、大阪市都岛区	
1912	九头龙川修治碑 "称功轶神禹矣"	九头龙川、福井县福井	1911 年辛亥革命
1919	禹王之碑 "禹王之碑"	利根川、群马县沼田市	

（续表）

年份	遗迹名称与禹的“刻字”	所在地（水系与县名）	日中关系大事记
1923	治水翁碑 “是颛顽神禹功”	淀川、大阪府四条畷市	
1923	大桥房太郎君纪功碑 “大禹治水”	淀川、大阪府四条畷市	
1923	西田明则君之碑 “大禹治水”	东京湾、神奈川县横须贺市	
1924	黄檗高泉诗碑 “何人治水功如禹”	桂川、京都市西京区	
1928	诗佛上人诗碑 “胜禹业纪之心花盛开”	信浓川、新潟县燕市	1931 年　“九一八”事变 1932 年　“伪满州”国建立
1936	砂防纪念碑 “开荒成田　禹绩豹功垂”	鱼野川、新潟县南鱼沼群	
1937	古市公威像 “不让大禹疏凿之功”	东京大学正门、东京都文京区	1937 年　卢沟桥事件，侵华战争全面爆发，南京大屠杀
1954	大榑川水门改筑纪念碑 “禹功门”	揖斐川、岐阜县养老郡	
1972	大禹谟 “大禹谟”	太田川、广岛县广岛市	1972 年　中日邦交正常化 1978 年　中日平和友好条约签订 1992 年　中韩恢复国交

上述调查结果中还有一个特别值得注意之处，就是位于琉球南风原町的字平桥石碑。该碑始建于 1690 年八月一日，完工于九月一日。当时的琉球王朝在为民铺路建桥之处都立下石碑纪念，字平桥属于王朝支持下修建的第五座桥梁，故于此立石碑。而后，该石碑的底座在二战中被美军的战火炸毁，但惨遭战车践踏留有伤痕的碑身却得以幸存。那是由于当地居民为保护这一历史遗产，将石碑深埋地下所致。该碑文使用当时通用的共同语言——汉字行文。碑文摘抄如下所示：

夫水无桥梁则人民不能徒涉而家邦亦不成壮固焉况宇之水出自中山之阳而至国西以入海其为势　势其为形　南南方之民赴于王　皆无不依此水

也故从古只设木板以杠为不患其徒涉焉或为虫蛀所害或为风雨所伤至颓败往来难庶民不甚其忧兹恭吾王上体皇天好生之德而念及大禹治水之功当兹农功已可用民力特有圣旨以示国相法司干官督责石匠夫役新石桥始工康熙庚午秋八月朔旦庶民子来不日成之日至菊月初一日告成　见金鳞跃梁白游水声隐隐于月

浦秋色淡淡于柳堤人民得往之便喜牛马载负之安仁施臣民爱及禽兽猗欤休哉非特一时之美而以为万世之利也慈俾小臣记此碑文臣将何依吾王如天之以祀　盛世之永安埃

康熙二十九年庚午季秋谷旦梁镛国吉　事谨撰

国相　弘才北谷王子

法司　毛国珍池城亲方

翁自仪稻岭亲方

毛国瑞佐渡山亲方

奉行　叶慕永友寄亲云上

石奉行　毛应龙宫城亲云上

石匠　金城筑登之亲云上宜次

一　宇桥普　成就二付友寄亲云上子供召列初而渡候事

一　石细工六百七人之事附夫凡八千八百七十三人之事

一　碑文作细工五十五人之事附夫凡二百人之事

康熙廿九年庚午九月六日

笔者喜纳筑登之广重

同池原筑之喜增

雕手宫城筑登之金城仁也

该石碑于1990年6月27日被指定为有形文化财产，收藏于南风原文化中心，并对外展示，成为历史教育、风土教育以及和平教育的重点实物之一①。

(二) 传统文化促进和平对话

画在京都御所的御常御殿内隔扇之上的《大禹戒酒防微图》出自江户末期、

---

① 详细资料请参见网页：http://www.town.haebaru.okinawa.jp/hakubutu.nsf/7b6fc9104e02e94e49256992000aae83/1b2a54d5c095ecaf4925699300244bb5。

明治初期的狩野派画家鹤泽探真(1834—1893)[①]。狩野派是日本绘画史上最大的画派,最大特点之一是专注源于中国的伦理道德体系,将其全方位地体现于画面中。其画法则结合日本式欣赏习惯和特色,具有雅俗共赏的效果,长期占据朝野各界的殿堂。

京都御所里的其他以中国帝王为原型的狩野派作品还有《高宗梦赉良弼图》和《尧任贤图治图》,作者分别为座田重就和狩野永岳。这两幅作品与《大禹戒酒防微图》联手合为隔扇画三图。

京都御所是日本平安时代时的政治行政中心,从公元 781 年自奈良迁都京都到明治维新的 1074 年中,它一直是历代天皇的住所,后又成为天皇的行宫。有 28 位天皇从 1331—1868 年生活及工作在此。《大禹戒酒防微图》的目的十分明确:以大禹为楷模,保持传统的自重、自尊、自戒、自勉、自强不息的精神,以期成为万众所望的德君。而日本皇室尊奉以大禹为典范的中华文明还体现在以下几个方面:

第一,以中国传统文化中的精华为建国治世之鉴。自古以来,日本的天皇就是学习并引进大陆文化的推手。他们的日常规诫中基本上以大陆文化中的君王和圣人的仁德为座右铭。中国的伦理道德融入皇室的教化深层,并形成了言行的指南。因此,直至今日,东方式传统的伦理道德更贴近历代皇室所传承的价值体系,更容易被皇室所理解和接受。

第二,皇室指定"号"源于中国古典。由于大禹和日本皇室自古就保持一种近距离关系,当今天皇的年号"平成"便出自《尚书・大禹谟》,原文记录的大禹治水成果所展现的壮观景象就是"地平天成"[②]。《尚书・大禹谟》刻在唐文宗太和四年(830)的《开成石经》中,石经包括《周易》《尚书》等 12 种经书,由 114 块石刻组成,共计 65 万余字,被誉为"世界上最大最重的一部书",现存西安碑林博物馆。

综上所述,至少从 5 世纪汉字与汉籍传入日本起,日本皇室就对大禹抱有非同一般的深刻认识和感悟。大禹在日本的定位与而后的帝王学与帝王图鉴的东进相得益彰,深得朝野拥戴,便自然而然地加入日本文化中的信仰对象行列,并逐渐演化为日本本土的大禹信仰。

---

① 京都御所是天皇的寝宫,位于京都市中心上京区内,最初是作为天皇的第二宫殿而建的,1331—1868 年这里主要用于天皇居住,随着幕府的没落和明治天皇重掌朝政,新的皇宫移至东京。

② 出自日本著名画家雪舟笔下的《历圣大儒像　大禹》挂轴,为 1633 年受德川义直之命而作,画中题辞亦选自《尚书》中的"地平天成"。该挂轴现存日本国立美术馆。

（三）读解日本中国观的一扇窗口

由于近代以来日本的国家价值观在实现富国强兵的过程中取向脱亚称霸，以西方合理主义和实用主义为核心标准，尽管日本致力于战败后的和平建设以及 1972 年中日邦交正常化以来的调整改善，但 16 世纪前以中国伦理道德为参照的观念发生根本性转型，其结果导致了国民的关注重点的移位，与中国相关的各方面的知识都被淡化，中国观的内涵也随之逐渐发生演变。因此，提到“中华”二字，当今日本人最先联想到的大概就是“中华料理”了，而昔日日本人所关心和热衷的中国的文史哲方面的知识已成为古董，即非参照方向。居住在全方位西式装修客房里的主人必然无意识地被调整、被改造。

要认识当今日本对华意识，既不可能笼括整体，也不是天方夜谭。把握时代的变化与时代精神的流向以及生活在不同时代的生活者的价值取向，大概有助于读解日本。而对日本进行调查研究以及积累生活体验的人都有所自觉：读解日本的同时，也是读解中国的“双向”过程，是一种自发的“对应的相互探讨”。

（四）启动重新定位东亚文明的内外联动

在日本，虽然禹王的流传和信仰早已经获得共识，并演化为生活中的习俗与观念。但由于其流于日常并分散于各个地区，从而忽视了对于大禹文化体系的整理和分析，更没有在日本、中国和亚洲之间开展相关交流和传递。不过，这种状况自 2006 年以来发生了根本性的变化。如本文所述，日本大禹信仰研究的发展、相关地区的市民联动，启动了挖掘日本大禹信仰文化圈的新局面。一些地区还结合对中国等地的大禹文化的考察成果，与地方志、地方史研究挂钩，选择相关的内容纳入本地区义务教育的辅教材，自发地参与以大禹为切入点的东方文明建设。

四、韩国的大禹信仰现状

在韩国，不仅“禹”姓的人很多，如禹山、禹津江、禹池旦等含有“禹”字的地名也很多。与禹王相关的历史遗迹有位于庆尚北道六香山的禹王碑，1662 年由一位名叫许穆（1595—1682）的官员为祈求风平浪静而建[①]。这座“大韩平水赞碑”建立的目的和日本一样，被认为是“治水之神”禹王的信仰。

---

① 许穆（1595—1682），字文甫、和甫，号眉叟、台领老人，谥号文正。李氏朝鲜后期的政治家、思想家、作家、诗人、画家、教育家，礼讼争议时南人党的强硬派及领导人。历官大司成、吏曹判书、大司宪、右议政等。

韩国的《檀君古记》等伪作(《檀君古记》被历史学界鉴定为近年所创作)中的建国神话里有禹王登场。例如,此书的《檀君世纪》中有:"甲戌六十七年,帝遣太子扶娄与虞司空会涂山,太子传五行治水法勘定国界。"

鉴于韩国对禹王和古代中国史的深层了解,可以推测这里所说的与太子扶娄会面的"虞司空"(司空是六官之一,掌管水利、土木以及囚犯管理)就是娶了涂山家的女儿,被舜帝任命为司空的禹王,扶娄所学的五行治水之法就是"治水之神"禹王所授。在《檀君古记》中,太子扶娄作为"檀君二世"继帝位,韩鲜经过"贤而多福"的扶娄之治,文化大进。

与之相关,在韩国为称颂学习了禹王治水方法的扶娄,现在依然举行名为"业主嘉利"的祭祀。这些故事的原型可能来自1675年的伪史《揆圆史话》。

《檀君古记》《揆圆史话》之类,即便它们并非史实,但在建国神话中让禹王登场,如此的知识素养和想象力是值得深思的①。据说李氏朝鲜第19代国王肃宗(1661—1720)还创作了赞颂禹王的诗句,即使这是基于神话的误传,也能说明朝鲜王朝存在着对禹王的信仰和崇敬。

以上可以看出,作为治水象征的禹王,自古以来就是东亚三国共同信仰的对象,现在还广泛存在于当代社会生活之中。

五、大禹成为东亚民间信仰的背景

第一,大禹是东亚原始知识共同体的认知象征。东亚内部的人流大迁移伴随着知识与智慧的共同利用与开发。中国古代典籍是最古老、最原初的知识平台的基础框架,也是牵动、引发不同种族和地域互动的强韧的核心纽带。中国典籍对于大禹的记载及其传播起到了决定性作用。从汉字经韩国人王仁带到日本,成为日本的国语时,"四书五经"就被定位为经典范本教科书,

以大禹为模式的主要日籍文献有《古事记》《三教指归》《性灵集》《徒然草》《太阁记》《折りたく柴の記》《政谈杂话》《一人寝》《都鄙问答》《三壶记》《政谈杂话》《诽风柳多留》《风来山人集》《地方凡例录》等。其中"禹"一共出现31次。而韩国更多,在此不做赘言。

第二,大禹乘"四书五经"之风东进入日本后,被古来深受地震水灾之苦的日

① 《揆圆史话》是一部有关古代朝鲜的书籍,成书时间有争议。该书在1925年出版的《檀典要义》中首次被提及并引用。

本人民奉为信仰的对象，移植为保佑本土的祭祀符号。而保障日本民生最优先的工作就是抗洪防震，对于处于原始农业生产状态的日本来讲，大禹不仅是治水之神，也是具有超人技能的科学家。

第三，日本认为以疏通为主的大禹治水方法经过了大陆的成功性洗礼。直至今日，日本的土木建设行业仍然奉大禹为开拓者。日本传统体育相扑中的姿势也取自于治水时代大禹用脚奋力踏实堤土的形象，在日语中叫做“禹步”。

第四，日语中的一些词汇源于大禹的故事。例如“鲤鱼跳龙门”的“龙门”指的是公元前2132年，禹王治理黄河上游的地名①。日本的《大辞林》解释：“能越过黄河上流瀑布——龙门的鲤鱼可以成龙，以此比喻出人头地。”据此，日本在五月五日的传统节日端午节前后，家家户户都要高挂鲤鱼旗，以寄托望子成龙的希望②。挂鲤鱼旗的习俗最初始于江户时代的武士家族，后被民间效仿并普及开来。

“鼎谈”（三人对面交谈）一词出自公元前2067年，禹王主持铸造的“九鼎”，由此而引申的“问鼎之轻重”（《春秋左氏传·宣公三年》）也是日语中经常出现的典故之一。演变为语言的大禹必将流芳千古。

六、结　　语

毫无疑问，21世纪是东亚的时代。如果东亚各国在所有领域都不断加强合作，那么发展势头将会越发迅猛。对于今后进一步的合作，我们应当发挥怎样的作用？笔者认为，历史文化方面的携手并进将先行于其他领域。上述研究成果便是有力的证明。

中国古代史上的先民领袖大禹信仰远渡日本后，在这片土地上被拥戴了千年之久，乃至今天。这个事实可以说明东亚文化间的和平交往不仅曾经在历史

---

① 龙门在晋陕峡谷的最南端，北距壶口瀑布65公里。龙门之南就是开阔的关中平原了。黄河水从狭窄的龙门口进入宽阔的河床中，河性发生了很大的变化。龙门之形成，因东龙门山和西梁山各伸出山脊，相互靠拢，成为一条只100多米宽的狭窄河道，束住河水，形成湍急的水流。每当洪水季节，水位升高，而出了峡谷后河谷变宽，水位骤降，落差很大，故有“龙门三跌水”之说。“鲤鱼跳龙门”的传说，就是指跳跃此处。

② 日本全国各地都有悬挂鲤鱼旗的风俗，随风招展的鲤鱼旗成为端午节一道独特的风景。挂鲤鱼旗时，一般旗杆顶端要有旋转球或者宝珠造型，下面安装风车，然后旗杆的最上端是无色或者描绘鲤鱼的风幡，以下根据大小依次悬挂黑鲤鱼、红鲤鱼、小鲤鱼等。不过不少公共场合也将鲤鱼旗作为装饰品成排悬挂。

上，而且在当代也具有极高的价值。

自 2006 年以来，在日本治水神 · 禹王研究会为主体的全国性调研之中，挖掘出遍布日本的 107 处大禹信仰的史迹文物以及至今依然被顶礼膜拜的现象。北起北海道，南至冲绳，大禹在日本这片土地上源远流长，被拥戴千年之久。这个事实可以说明东亚间的历史文化交往不仅曾经在史前，而且仍然“活在”当代，与现代人息息相关。日本的大禹信仰文化完全出自日本人的主动移植和自觉选择，并逐渐融入日本的风土和民众的生活，在不断的交融演变过程中立足生成。因此，日本的大禹信仰具有中日两国混合文化的显著特征。

以境外大禹信仰文化为切入点，进而追溯历史、展望未来，将有另一幅画卷映入眼帘，那就是东亚间的多元交流历经相互接触、渗透、演变、融合，在历史文化的时空纵横延伸、深入发展的过程中，循序渐进，共同堆建起具有浓郁的东亚特色的文化面貌。而今，在大禹信仰所连绵滋养的基础之上，其成果也润泽现代人的日常生活。比如，日本日历中的大禹祭祀日、神奈川县开成町的中学校名（文命中学）、各地的桥梁与水坝等建筑物的奠基文中对治水先贤大禹的赞扬等，无一不在述说着大禹与彼方风土共生共存。

大禹信仰跨越千年的实践，联系着中日两国。这种互联互通的关系还扩大到东亚、东南亚等地。来自大禹信仰的恩惠为广大的区域和民众所共享。笔者相信，与此相关的研究成果不仅可以广泛运用于对中日文化关系的分析，也能够在东亚文化交流等学术领域做出丰厚的贡献。特别是从作为东亚知识结构的基础——汉字文明的象征的角度来审视大禹信仰，则倍感在 2013 年的中日韩三国政府会议上，由福田康夫首相主持并通过的、由韩国文化部长官李御宁等为核心、《中央日报》等为主推单位所倡导的推广“808 个共同汉字”战略的深远意义。

在东亚共享的大禹信仰底层，贯穿着互联互通的智慧循环，而动态地把握其间的多维视角参照，势必汲取正能量的启示，捕捉健康的发展方向。因此，境外大禹信仰研究将成为一种参考、一种借鉴，推动境内各项研究的建设性发展；与此同时，也会反哺境外，不断互学互惠，联手共进，藉由大禹信仰，共同探索汉字文明的智慧，共同建设“多彩、平等、融合、互惠”的地球。

（王敏：日本法政大学国际日本学研究所教授。从事比较文化学及比较民俗学研究。各种著述 160 余册，改编古典名作《三国演义》《西游记》《红楼梦》等。代表著作为《禹王と日本人》[2014]及《汉魂与和魂——中日文化比较》[2014]等。2007 年获日本文化厅长官表彰，2016 年获日本社会文化贡献奖）